KB265559

지리산권문화연구단 자료총서 12
경상대학교 경남문화연구원

지리산 한시 선집

강정화 · 구경아 편저

❈ 일러두기 ❈

1. 『지리산 한시 선집』은 우리나라 역대 선현들이 읊은 지리산 한시를 발굴하여 정리한 것으로, 지리산권역을 세 유형으로 분류하여 시리즈로 엮은 자료집이다. 과거 선현들의 지리산 유람은 대략 두 가지 목적으로 이루어졌다. 먼저 천왕봉에 오르는 것을 산행의 주요 목적으로 삼는 경우로, 주로 천왕봉 日月臺에 올라 孔子의 '登泰山小天下'의 기분을 만끽하고, 나아가 일출 광경을 보고서 지식인의 浩然之氣를 기르는 것이 그 하나이다. 다른 하나는 雙溪寺·佛日庵·義神寺 등 주로 靑鶴洞과 三神洞 방면을 유람한 경우인데, 현실과 이상이 괴리되었을 때 불편한 심기를 달래기 위해 理想鄉으로 인식되어 온 여러 곳들을 찾았다. 『지리산 한시 선집』 시리즈 또한 이러한 목적에 맞춰 분류하고 정리하였다. 그중 본 책은 天王峰 관련 한시를 수록하였다.

2. 『지리산 한시 선집』 시리즈의 작품 발굴에 필요한 키워드는 『智異山 遊山記 選集』(강정화 외, 브레인, 2008)에 실린 유람 일정을 참조하였다. 이 시리즈의 수록 체제는 다음과 같다.

『지리산 한시 선집, 천왕봉』

지리산의 別稱인 頭流山·方丈山 등과 관련한 한시, 그리고 천왕봉의 주요 名所를 중심으로 한 작품을 발굴·정리하였다.

『지리산 한시 선집, 청학동』

지리산 유산기에 나타난 조선시대 士의 이상향인 청학동은 대개 경상남도 하동군 花開의 雙溪洞과 三神洞 주변으로 일관되게 나타난다. 따라서 이들 명소와 관련한 한시를 집중 발굴하였고, 나아가 청학동으로 들어가기 위해서는 반드시 거쳐야 하는 길목인 岳陽과 蟾津江 일대 그리고 求禮 방면의 명소를 읊은 작품을 아울러 수록하였다.

『지리산 한시 선집, 덕산·단성·산청·함양·운봉』

지리산 유산기 연구를 통해 조선시대 士들이 지리산 천왕봉을 올랐던 코스가 여럿 발굴되었다. 주로 지리산권역의 함양·산청·덕산 등 천왕봉을 중심에 둔 인근 지역에서 많이 나타났다. 이들 지역 또한 천왕봉으로 오르기 위해서는 반드시 거쳐야 하는 곳으로, 해당 지역의 명소를 읊은 한시를 발굴하여 수록하였다.

3. 『지리산 한시 선집, 천왕봉』은 크게 세 가지로 구성되어 있다. 먼저 천왕봉 관련 한시인데, 주로 천왕봉 중심의 명소를 읊는 것으로 나타났다. 둘째, 지리산 유람 중 읊은 한시들을 일정별로 하나의 題名이나 卷名으로 엮은 경우인데, 이는 작품의 분량이나 해당 키워드와는 별개로 저자의 의도에 준하여 일괄 수록하였다. 마지막으로 지리산 유산기 속에 포함된 한시로, 이는 주로 저자의 문집에 수록되지 않은 작품들이다.

4. 이 책에 실린 지리산 한시는 아래 자료를 참조하였다.

지리산 유산기 저자의 문집 :『지리산 유산기 선집』참조
한국고전번역원과 경상대학교 한적실 文泉閣에 DB화 된 한적 자료
경상대학교 南冥學硏究所에 소장된 3,600책의 문집
지리산 유산기에 수록된 유람시 :『지리산 유산기 선집』참조

5. 부록에서는 지리산 한시 저자들의 개략적인 서지사항을 가나다 순으로 정리하여 읽는 이의 편의를 도왔다.

6. 수록된 한시 가운데 미확인 한자는 ■, 탈자는 □로 표기하였다.

🏵 목 차 🏵

❖ 들어가는 말 ❖

帝王으로서의 神聖性, 天王峰

천왕봉은 지리산 遊山의 최종 목적지이다. 유산을 떠나는 연유는 제각각 다를 수 있지만, 도달하고자 하는 목적지는 천왕봉이라 하겠다. 따라서 천왕봉에 투영된 조선시대 士의 의식은 몇 가지로 대표할 수 있다. 먼저 선현들의 遊山을 흠모하여 자신의 유산과 동일시하는 경우이다. 공자가 泰山을, 韓愈가 衡山을, 朱子가 祝融峯을 올라 호연한 기상을 함양하고 산과 인간의 숭고하면서도 신성한 교감을 이끌어낸 것처럼, 조선조 士들도 자신의 유산을 통해 그들과 공감하려 하였다. 곧 선현들의 유람을 자신의 유람 목적으로 삼고, 나아가 자신의 유람을 더 높은 선현의 차원으로 끌어올리려 한 것이다.[1]

다른 하나는 하늘과 맞닿은 천왕봉에 오른 감격을 읊어내기보다 아래로 세상을 조망한 후 인간사에 대한 무상함과 연민을 토로한 경우이다. 이는 柳夢寅(1559-1623)에게서 더욱 짙게 나타난다. 그는 천왕봉 정상에 올라 사방을 조망한 후 "아, 이 세상에 사는 덧없는

---

1) 成汝信, 「方丈山仙遊日記」, 『浮查集』. "내 알지 못하겠다, 공자께서 태산과 동산에 오르셨을 때와, 정자가 藍輿로 3일 동안 유람했을 때와, 주자가 눈 내리는 南嶽을 유람했을 때도, 오늘 나처럼 마음과 눈이 활달했을까?"(吾不知 夫子之登泰山登東山 程子之藍輿三日 晦翁之雪中南嶽 亦如今日之豁心目)라고 한 언급에서 이를 확인할 수 있다.

삶이 가련하구나. 항아리 속에서 태어났다 죽는 초파리 떼는 다 긁어 모아도 한 움큼이 채 되지 않는다. 인생도 이와 같거늘 조잘조잘 자기만 내세우며 옳으니 그르니 기쁘니 슬프니 하며 떠벌리니, 어찌 크게 웃을 만한 일이 아니겠는가?"[2]라고 하여, 거대한 자연에 비해 인간의 왜소함과 한계를 표출하고 있다.

그러나 무엇보다 지리산 천왕봉에 대한 士의 의식은 하늘과 맞닿은 곳, 하늘의 上帝와 가장 가까이 있어 天上의 세계로 여기던 곳, 그래서 역대의 임금이 하늘을 공경하여 제사를 모시던 그 神聖性에서 찾을 수 있다. '천왕'은 본래 불교 용어로, 사방에서 부처의 법을 수호하는 신을 일컫는다. 山寺에서 四天王門을 지나면 부처가 계신 법당이 나타나는데, 곧 부처의 세계로 다가가는 가장 근접의 지점인 것이다. 마찬가지로 지리산의 최고봉인 천왕봉에 오르면 상제가 계신 하늘과 닿을 수 있다고 여겨 '천왕봉'이라 이름 하였으니, 그 명칭에서부터 얼마나 신성시하였는가를 짐작할 수 있다.

'천왕봉'이라는 명칭에 대해 세상 사람들은 神像이 모셔져 있는 곳이어서 그렇게 부른다고 생각한다. 내 나름대로 생각해 보건대, 이 산은 백두산에서 발원하여 흘러 내려 磨天嶺·磨雲嶺·鐵嶺 등이 되었고, 다시 뻗어내려 동쪽으로는 五嶺·八嶺이 되고 남쪽으로는 竹嶺·鳥嶺이 되었으며, 구불구불 이어져 호남과 영남의 경계가 되었으며, 남쪽으로 方丈山에 이르러 그쳤다. 이 산을 '頭流山'이라 한 것이 이런 연유 때문에 더욱 극명해진다. 하늘에 닿을 듯 높고 웅장하여 온 산을 굽어보고 있는 것이 마치 天子가 온 세상을 다스리는 형상과 같으니, 천왕

---

2) 柳夢寅, 「遊頭流山錄」, 『於于集』. "嗚呼 浮世可憐哉 醯鷄衆生 起滅於甕裏 攬而將之 曾不盈一掬 而彼竊竊焉自私焉 是也非也 歡也戚也者 豈不大可噱乎哉."

봉이라 일컬어진 것이 이 때문이 아니겠는가?3)

　지리산은 백두산에서 발원하여 뻗어 내린 산으로, 백두산이 天上
의 산이라면 지리산은 地上에 있는 최고의 산이다. 백두산이 祖宗인
하늘의 제왕 같은 산이라면, 지리산은 제왕의 자손으로 이 세상을
다스리는 天孫 같은 산이다.4) 특히 웅장하게 솟아있는 천왕봉은 마
치 이 세상을 다스리는 천자의 위상으로 형상화하였다. 때문에 이
산에 오르는 사람들은 모두가 신성시하고 공경해 마지않았다.

두보는 靑城山에 들어가	子美入靑城
청성산에 침도 뱉지 않았네.	不唾靑城地
나는 방장산의 나그네 되어	身爲方丈客
감히 게으른 뜻 시로 지어보려 하네.	敢作怠惰意
술도 마시지 않고 마늘·파도 먹지 않으며	斷酒不茹葷
새벽까지 앉아 잠도 자지 않았네.	達曙坐不寐5)

　南孝溫(1454-1492)의 「遊天王峯」이란 시의 초입부이다. 청성산은
중국 사천성 灌縣에 있는 산으로 杜甫의 草堂이 그 인근에 있었다.
두보가 청성산에 들어갈 때 침도 뱉지 않을 만큼 조심스러워했듯,6)

---

3) 朴汝樑, 「頭流山日錄」, 『感樹齋集』. "天王之稱 世以爲神像所居而云也 余則竊以爲
　兹山發於白頭山 流而爲磨天·磨雲·鐵嶺等 關關東爲五嶺八嶺 南爲竹嶺鳥嶺 逶迤
　而爲湖嶺之界 南至方丈而窮焉 以其頭流者 以此而尤極 穹隆雄偉 俯臨諸山 如天子臨
　御宇內之像 其稱以天王者 無乃以此耶."
4) 宋光淵, 「頭流錄」, 『泛虛亭集』. "白頭以南 莫非此山之祖宗子孫 凡我東土之名山大
　川 何莫非此山之枝葉 八路之州府郡縣 亦何莫非此山之鎭望."
5) 南孝溫, 「遊天王峯」, 『秋江集』.
6) 두보의 原詩의 제목은 「丈人山」으로, 원문은 "自爲靑城客 不唾靑城地 爲愛丈人山
　丹梯近幽意"이다.

12

남효온 역시 지리산에 들어갈 때 술도 마시지 않고 마늘이나 파도
먹지 않으며 잠도 자지 않았다고 하여, 지리산에 대한 경건하고도
각별한 마음을 표출하였다. 黃俊良(1517-1563) 또한 천왕봉에 올라
한껏 기분이 부풀어 신나게 휘파람을 불어 보려다가도 되레 천황신
을 놀라게 할까 두려워 그만두었다고 하였으니,7) 지리산에 대한 그
의 외경심을 엿볼 수 있다.

아래로는 대지를 누르고	下壓乎后土
위로는 하늘에 닿아	上薄乎穹蒼
구름 밖에 홀로 빼어난 것	獨秀乎雲表者
바로 우뚝한 천왕봉이라네.	乃是天王峯之突屼
하늘을 옹립하고 지는 해를 떠받치고서	擁乾竇撑西日
우뚝하게 천왕봉과 마주하고 서 있는 것	崔嵬而對立者
또한 장엄한 반야봉이라네.	亦有般若峯之崒嵂
호남의 서석산과 월출산	湖南之瑞石月出
江右의 가야산과 자굴산	江右之伽倻闍崛
고개 숙이고 엎드려 있어	低頭而屈伏
첩이나 신하와 다를 바 없네.	無異乎臣妾
昆明에 있는 금오산	金鰲在昆山
사천 남쪽에 서려 있는 와룡산	臥龍蟠泗南
남해에 치솟은 금산	錦山峙花田
진주·함안 사이의 방어산	防禦界晉咸者等
마치 태산 앞의 구릉과 같네.	如泰山之於丘垤
쏠리듯 동쪽으로 흐르기도 하고	或靡然東注

---

7) 黃俊良,「天王峰」,『錦溪集』. "飛鳥頭流頂 晴林露自零 滄溟天外盡 銀漢眼前明 日月
  升沈見 溪山遠近平 臨風欲大嘯 還怕王皇驚."

누운 듯 북쪽으로 머리를 두기도 한 것	或偃然北首者
安陰의 덕유산	安陰之德裕
聞慶의 주흘산.	聞慶之主屹
점치는 거북 등처럼 갈라지기도 하고	或似龜坼兆
산가지 점괘처럼 나누어지기도 하며	或若卦分絫
올망졸망 불쑥불쑥 솟아 있기도 하고	而纍纍然巘巘然
들쭉날쭉 또렷또렷 서 있기도 하여	參參然煥煥然
그 이름을 부를 수 없는 것들은	不可得以名焉者
빙 둘러 이 산을 향해 읍하고 있는	衆山之環揖于玆山
동서남북에 나뉘어 선 여러 산들이라네.	而分列乎東西南北[8]

성여신은 천왕봉에 올라 사방의 모든 산들을 발아래에서 굽어보고 있다. 호남의 서석산과 월출산, 그리고 강우의 가야산과 자굴산을 마치 임금을 향해 고개 숙이고 있는 첩이나 신하 같다고 하였다. 세상에서 높다고 자부하는 많은 산들과 셀 수 없이 많은 이름 없는 산들을 모두 천왕봉을 향해 엎드린 백성들에 비유하였다. 천왕봉은 백두에서 뻗어 와 국토의 남단에 자리 잡은 그 위용만으로도 이미 제왕으로서의 존재감을 드러내고 있는 것이다.

동쪽의 천 봉우리 제후처럼 복종하고	千山東散詣侯服
남쪽의 만 리 능선 천자가 순행하듯.	萬里南馳天子巡
큰 깃발 높은 깃발 군대가 사열한 듯	大纛高牙森隊仗
날고 뛰는 참마·복마 천리마가 나열한 듯.	飛驂舞服列騏駰
조정의 많은 관리들 품계 따라 정렬한 듯	朝班濟濟千官品
사해의 빛나는 보배 조정에 가득한 듯.	庭實煌煌四海珍[9]

---

8) 成汝信, 「遊頭流山詩」, 『浮査集』.

천왕봉을 중심으로 한 주변의 모든 형상을 천자와 견주어 표현하
였다. 이는 남효온이 천왕봉에 올라 지리산이 인간에게 주는 모든
이로움을 세세히 거론한 후 "대개 높고 큰 산은 움직이지 않고 그
자리에 있지만 인간에게 주는 이로움은 이처럼 풍부하다. 이는 마치
聖人이 의관을 정제하고 두 손을 맞잡은 채 앉아 제왕으로서의 정사
를 행하지 않더라도, 裁成輔相의 도를 베풀어 백성을 도와주는 것과
같은 이치이다. 심하구나, 지리산이 성인의 도와 같음이여!"10)라고
극찬한 것과 상통한다. 곧 일일이 정사를 돌보지 않더라도 존재 그
자체만으로 세상을 다스리고 백성들의 공경을 받는 聖人, 지리산 천
왕봉은 바로 聖人의 산이었던 것이다. 따라서 성인의 산에 오른 사람
은 누구나 성인의 마음을 품게 마련이다.

존엄하구나 천왕봉이라 일컬음이여	尊嚴兮以天王稱其峰兮
의미있구나 일월대라 명명함이여.	有意哉以日月名其臺
동방의 삼신산 중 이 산이 제일이니	此特東海外三神之第一兮
탐라의 영주산 관동의 봉래산 말하지 말게.	愼莫道耽之瀛關之萊
……	……
나는 속세를 벗어나고픈 큰 꿈을 품고서	我有出塵之遐想兮
바람을 타고 九垓를 뛰어 넘고 싶었네.	每欲御泠風而超九垓
원대하게 품었던 그 소원 이루려고	今乃志願之及伸兮
호방하게 멀리 와서 오르고 또 올랐네.	浩然長往兮陟崔嵬
하늘의 문 두드려 상제께 기원하노니	上扣天關兮祈上皇

---

 9) 柳夢寅, 「遊頭流山百韻」, 『於于集』.

10) 南孝溫, 「智異山日課」, 『秋江集』. "盖高山大嶽 雖不見其運動 而功利及物如是 比如
　　聖人垂衣拱手 雖未見帝力之我加 而設爲裁成輔相之道以左右人也 甚矣玆山之有似於
　　聖人也."

마시고 또 마시게 瓊漿을 내리소서.　　　　　願借瓊漿兮一盃復一盃

　丹城에 살던 朴來吾(1713-1785)가 천왕봉에 올라 읊은 「頭流歌」이다. 그는 1752년 8월 10일부터 8월 19일까지 9박 10일 동안 단성을 출발, 덕산→중산리→천왕봉→제석봉→칠불사→신흥사→쌍계사→화개를 거쳐 단성으로 돌아오는 코스로 지리산을 유람하였다. 박래오의 유람에는 문중의 동생인 朴來叟·朴享初·朴亨初 및 벗인 李聖年이 동행했는데, 이들은 이 외에도 가는 곳마다 수십 편의 시를 지어 남겼다. 박래오는 천왕봉을 하늘과 땅의 기운이 들고나는 곳으로, 또한 우주만물을 생성시키는 원기가 모여 있는 곳이라 하여 그 존엄함을 피력하였고, 나아가 삼신산 가운데 최고봉이라 칭송하고 있다. 곧 천왕봉은 사람으로 하여금 상제와 같은 성인의 마음을 품게 하고, 그리고 그 같은 드넓은 이상을 이루고자 하는 꿈을 갖게 하였던 것이다. 다음 시를 살펴보자.

　　　그대는 보지 못했는가 방장산 위의 제일봉을
　　　이 봉우리 한 번 오르면 만 리를 보고 온 세상 품게 되지.
　　　하늘은 높은 줄을 모르고 세상이 넓은 줄만 알지
　　　산은 겹겹이 늘어서고 바다는 넘실넘실 물결치네.
　　　보잘 것 없는 이 한 몸이 높이 올라 사방 바라보니
　　　무엇인들 우리 가슴 속에 포용하지 못하랴.
　　　오늘 그대와 일월대에서 실컷 취할지라도
　　　세상 사람들 천왕봉 위의 구름만 보겠지.

　　　君不見方丈山上山上峰　　　一上此峰使人萬里眼八荒胸
　　　天不覺高只覺大覆之有餘　　　山重重海重重

余乃一身渺然而高視兮　　孰非吾人腔子裡所包容
今日與君轟飲日月臺　　世人但見此峰之上雲溶溶

　승려 應允(1743-1804)의 「頭流山會話記」에 나오는 시로, 1803년 8월 당시 옥천군수와 함양군수 일행이 지리산을 유람한다는 소식을 듣고 실상사에서 만나 그들과 다수의 시를 주고받았는데, 이는 그중 옥천군수가 지은 것이다. 천왕봉에 오르면 넓은 온 세상을 가슴에 품게 되어 세상사 모든 것을 포용하지 못함이 없다고 하였다. 바로 聖人의 마음을 품게 되는 것이다. 곧 조선시대 士에게 지리산 천왕봉은 자신들이 추구해야 할 최고 목표인 聖人의 경지를 대표하는 신성함의 상징이었던 것이다.

天王峰 일대를 읊은
漢詩

智異山

題智異山僧詩軸

芭蕉葉上梵經題　一鉢香秔不糝藜
何事索言千里外　道存隨處卽曺溪

柳夢寅，『於于集』 권2

智異山

智異蒼蒼倚半空　千巖萬壑灑飛淙
洞中靑鶴應欺我　胡不來聞岳寺鐘

梁誠之，『訥齋集』 권5

馬上 望智異山

塵埃三十年　徒自飽山名
今日晉陽路　遙看未了靑
般若與天王　去天尺不盈
諸峯盡兒孫　亦各鬪崢嶸

驅馳不敢暇　亹亹懷雲扃
豈無濟勝具　愧我縛塵纓
安得九節杖　劉阮與同行
柱到靑鶴洞　秋風拾黃精

金宗直, 『佔畢齋集』 권5

望智異山

穹崇高岫遠摩天　水色山頭籠薄煙
聖女祠前巢俊鶻　靈神峯下迸祥泉
經霜紅柿明山谷　弄日烏鴉噪野田
此是濟羅爭戰境　夕陽峯靄翠相連 _{水疑作樹}

金時習, 『梅月堂集』 권11

次太雲詩軸韻

我遊智異山　大乘偶三宿
有僧朝暮來　屢對雙眼碧
吾道久否塞　闢之心須廓
顧我力已薄　悵念身聿側
留語警汝僧　愼莫判心迹

奇大升, 『高峯集』 권1

途中 望智異山

磅礴乾坤氣象雄　厥初開奠孰爲工
北荒騰踔三千里　南極穹窿一萬重
暘谷虞淵分掌上　玄津白海看杯中
洞天應有車輪翅　願借長風謁紫宮

金誠一, 『鶴峯集』 권1

贈智異山人寶雲

南嶽多僧氣　諸天絶俗氛
勝形奔又峭　靈族會還分
塔古無全石　碑摧有斷文
傳聞巖畔鶴　前世是孤雲

柳夢寅, 『於于集』 권2

智異山靈臺道中　智異山靈

杖尋苔徑曲緣溪　竹鎖溪暄徑轉■
落日更堪腸斷處　連雲喬木子規啼

鄭樞, 『圓齋集』 卷中

題智異山人寶雲

昔渡紅泉訪道師　好將蘿薜掛風衣
只今戶外多塵屨　跨鹿雲巒計較非

柳夢寅, 『於于集』 권2

贈寶雲上人 師時住智異山

僧來乞我贈行詩　般若峯前訪老師
坐聽亂蟬秋又近　一官慙負十年期 老師謂善修長老

三神洞裏大能師　傳得摩訶一祖衣
剩欲尋幽聽妙法　白頭空愧計都非 大能法師 乃善修長老弟子也

聞說神興寺　煙嵐隔世氛
千林花氣合　萬壑水聲分
眞鑑禪公塔　新羅古篆文
何時一筇竹　與爾訪孤雲 雙溪寺有眞鑑禪師大功靈塔

李安訥, 『東岳集』 권23

贈坦宗上人 師住智異山 乃善修長老弟子也

智異本稱方丈山　慣聞花洞隔人寰
東華四十五年夢　又見西風僧獨還

欲見修公何處尋　天王峯下石門深

闍梨來說如來坐 身是浮雲水是心

李安訥, 『東岳集』 권23

次仲氏遊智異山西溪韻

錦葉隨風自泛溪 遊蹤不似昔人迷
眞仙去後無消息 只有秋山高復低

睦大欽, 『茶山集』 권1

次使相韻 贈梁子漸

東國之南湖嶺間 君居最是別人寰
名區獨擅帶方郡 衆岳遙分智異山
橘里漁村森在眼 林僧野老慣開顔
從君倘得幽棲地 會趁秋風作伴還

趙希逸, 『竹陰集』 권6

智異山祠行祭

方丈山名天下知 雄盤湖嶺鎭朱維
祥雲翁鬱陰晴判 靈應昭明品物綏
古廟杉松環翠麓 每年香祝降丹墀

小臣承祭如神在　露立瞻天斗柄垂

高用厚, 『晴沙集』 권1

途中 望智異山

望裏橫空萬仞山　憶曾探勝費躋攀
春來更待岩花發　穩着靑鞋上碧巒

鄭弘溟, 『畸庵集』 권8

醉贈戒禪師

靈境曾聞智異山　僧來餉我片時閑
春風花發相尋日　佳處須教領略還

蔡裕後, 『湖洲集』 권1

登東門樓

智異山高翠掃空　東門樓上坐迎風
誰知老守杯觴地　却念疲人壟畝中

蔡裕後, 『湖洲集』 권1

次樹谷遊智異山韻

平生志業負朝聞　老去無端觸世紛
歎我拘幽三丈地　羨君衝破萬重雲
仁同百里人如玉　智異千峯錦作紋
安得幷州翦刀快　奚囊風月割平分

宋時烈, 『宋子大全』 권4

智異山

南岳名方丈　他山摠不如
崚嶒雄地理　氣色近天居
田土皆宜稻　泉源亦有魚
何當謝簪紱　於此結茅廬

朴長遠, 『久堂集』 권2

有僧 自智異山金臺菴來訪

日高吹角縣門開　驚見僧從智異來
積雪爾穿何峽出　去秋吾宿上峯回
隱居欲就身猶繫　坐對無言意不猜
淸境怳然如昨夢　月移梅影傍金臺

朴長遠, 『久堂集』 권2

聞玉上人能詩 要見所作 玉病未能賦 書示舊作尋智異山一首 仍和之

祕史仍仙界　談詩卽古僧
維摩今日病　方丈隔年登
夕籟千章檜　秋陰萬壑藤
尋眞此路近　兜率幾多層

崔錫鼎, 『明谷集』 권1

石郊

黃花在東郊　踈藥若散金
我來自谷雲　徘徊繞花吟
知爾病不深　在床能鼓琴
泠泠白玉徽　迢迢玄鶴音
未能審宮商　猶自卞古今
緩絃有妙理　穆然爲整襟
腐草久無靈　塵編未收心
百年始解鬱　兄弟樂且湛
夜久月滿圃　人靜萬籟沈
聲從窓隙來　蕭颯動霜林
携入智異山　玉寶庶可尋

金昌翕, 『三淵集拾遺』 권9

望智異山

靑山滿吳楚　百折向頭流
宇宙標三嶽　陰陽割數州
窮源羞博望　問道阻丹丘
惆悵儜風遠　孤雲不可求

崔昌大, 『昆侖集』 권3

咸陽途中　望智異山

海外三山一　高標河漢間
峯頭長有雪　天下更無山
只許眞仙住　爭敎俗子攀
遙憐靑鶴洞　雲鎖幾重關

申益愰, 『克齋集』 권1

次智異山僧應連韻 己丑

老禪飛錫欲何之　智異山雲帶汝眉
邂逅要探眞箇景　答云霜葉勝花時

李森, 『白日軒遺集』 권3

十六日 自安陰首路沙斤驛 指山陰縣 望見智異山

一水隨人去不窮 山陰歸路石巃嵸
雙尖掩翳雲霞外 人說頭流第一峯

沈錥, 『樗村遺稿』 권10

望智異山

盤陀天地內 淑氣正扶輿
間有烟霞窟 多歸佛老居
雄深人莫測 奇傑孰能如
萬麓爭名號 區區占緒餘

沈錥, 『樗村遺稿』 권10

劉子精彦一 追至智異山後 爲誦其送友詩 求和 戲作禪語以答之

最怕沙蒸飯 難防壁隙風
禪家語亦切 好作密察功

宋明欽, 『櫟泉集』 권3

智異山僧歌 示有一

智異高高三萬丈　上頭碧巘平如掌
有一草菴雙竹扉　有僧白毫垂緇幌
松葉稀糜或沾喉　葛絲煖帽常覆顙
喃喃念經千百遍　忽爾寂然無聲響
三十三年不下山　世人那得識容顔
花開花落了不省　雲來雲去只同閑
文豹牽裾戲庭畔　斑貔聽偈遊牕間
蔘芽滿地無人採　麋鹿呦呦自往還
此僧名字將誰識　煙霞疊鎖蒼山色
太白藏龍衆共疑　少林面壁愚莫測
吾聞雪坡入禪定　無乃高蹤此逃匿
蓮公俛首不肯答　但道別來無消息 雪坡大士有一之法兄

丁若鏞, 『與猶堂全書』 詩文集 권1

智異山

千巖鏡秀白雲中　萬疊盤回氣勢雄
流水疑從銀漢落　碧峯應與玉京通
山名大槪聞天下　仙景非徒最海東
不死靈芝靑滿岸　昔年何處住秦童

鄭栻, 『明庵集』 권2

智異山 謹用文正公楓嶽韻

當年虛負子長心　五十飄然一杖尋
七佛庵容藏古木　天皇峰勢駕飛禽
無多世界三千窄　不盡滄溟萬丈深
小魯聖嘆今始覺　八荒揮斥晚歸吟

宋秉璿, 『淵齋集』 권1

陪心石先生 下智異山 口呼

下山默料此山屹　賢者登時聳一層
一層今復屬山頂　自後遊人難可登

金會錫, 『愚川集』 권1

贈安慶昌南遊地異山

南溟常勝賞　宗慤駕長風
拂袖沒雲頂　曳杖移山中
胸襟自此闊　眼力不曾窮
落身一何阨　徒然悲壞蟲

李陽元, 『鷺渚遺事』 권1

上山歸路 滯雨宿巖間

椰節草屬入頭流　蕭瑟金風八月秋
誰識人間塵土客　晚登天上玉京樓
呼童夜半拾薪事　煎粥淸晨掩火愁
堪笑山靈雲雨作　故敎戲我此巖囚

郭泰鍾, 『毅齋遺稿』 권1

下山

童鐺飯熟憾無煙　一顆充腸飮冽泉
白霞孤庵凝下土　綠蘿小地仰高天
崖懸短瀑山無北　雨濕長汀野有前
空谷荒林多古木　春風虛得老千年

郭泰鍾, 『毅齋遺稿』 권1

峽中記見

頭似飛蓬乎似瓦　峽人猶自樂生涯
秋來橡藷家假足　不見門前來索催

金奎泰, 『顧堂集』 권1

將下山 細雨霏霏

名山一宿絶塵情　衣袂飄飄頻覺輕
膜裏猶餘渣滓否　天敎林雨濕行旌

鄭琦, 『栗溪集』 권2

智異山

般若天皇最巨峰　介於湖嶺表彊封
白雲朝暮仙人窟　紫氣東南隱士蹤
古洞蒼松巢老鶴　深潭絶壑吼神龍
山名智異誠非偶　想有其人我欲從

裵聖鎬, 『錦石集』 권1

下山口呼

智異山中三夜宿　伴僧飛下石千層
蒼茫下界將何適　步步回頭昨日登

宋秉珣, 『心石齋集』 권1

日出

曉氣沈沈水不興　陸渾山火忽飜蒸

金盤欲近還如遠 烏婦天然一躍登

河謙鎭, 『晦峯集』 권1

智異山

儵然飛屐上層峯 松掩斜陽一抹紅
忽有鷄聲雲暝處 採芝知有夏黃公

姜景敍, 『草堂集』 권1

入智異山三首

洞府雄深開別界 金臺突兀最先看
白石谽谺多怪穴 蒼崖剗削競新顔
不測長淵黝色逈 無邊落葉冷聲乾
透迤細路依雲入 屐下龍宮俯瞰難

絶㵎千層瀑 群巒萬疊圖
登臨經數日 思慮覺淸虛

神山千萬疊 雲屯八蒼穹
谷谷璇風動 喬松各定宮

權命熙, 『三畏齋集』 권1

送友人 登智異山

露白葭蒼玉宇淸　一書墜案夢魂驚
可憐衰頹心徒切　欽歎健康路欲明
獨臥窮窓閒寂事　連登高岳快通情
到處詩腸潤有溢　惠垂破我世愁城

田●●, 『認齋私稿』 권1

智異山紀詠

東國名山不可數　祖自白頭來聯綿　白頭山在咸鏡北 山海經云 不咸山在女眞界

金骨蓬萊出溟島　漢拏瀛洲環海壖　金剛山 一名皆骨 號蓬萊 在淮陽 漢拏山 號

瀛洲 在濟州

頭流方丈最名著　三在東夷古史傳　智異山 白頭支流故云 頭流一名方丈 杜詩云

方丈三韓外 註在帶方之南 帶方國 今南原郡也 漢書天下名山八 三在蠻夷

華人願見不能得　萬里南望三韓烟

況我擧足一百里　摸畫那不題詩篇

崛起帶方雄南紀　扶輿旁礡紛蜿蜒

天王般若護元氣　截然巨柱雙擎天　天王般若兩峯 智異之最高峰

花開水流深洞府　珠樹仙禽正可憐　花開洞名

羽人衲子笑塵世　紺宇香臺出天邊

山南淨寂新羅刹　老槐橋斷今幾年

雙溪石門孤雲筆　風雨不磨大字鐫

八詠樓迥眞鑑古　杜口話心更何禪　雙溪寺在智異南 古有老槐 盤根涉澗爲橋 洞

口兩石對峙 崔孤雲書 東刻雙溪 西刻石門 有眞鑑禪師碑 下有八詠樓 孤雲詩寄瀷上人云 從

日低頭弄筆端 人人杜口話心難

東出佛日纔十里 玩瀑臺石屹庵前
下有鶴淵龍湫曽 奇險絶壁愁扳緣
靑鶴洞天人不見 誰留詩句心茫然
冥翁眉老認是處 毘盧橫對香爐顚
丹頂玄羽巢巖隙 有時盤天舞翩翻
不知無累飜爲累 至今癡心想空懸 佛日庵在雙溪洞十里 菴前石刻孤雲書玩瀑臺
崖谷險峻 下有龍湫鶴淵 石峯特立 東香爐 西毘盧 南冥云 靑鶴兩三巢于巖隙 眉叟云 古老相
傳有鶴巢 今不至者幾百年 佛菴乃靑鶴洞也 古人詩獨鶴穿雲歸上界 一溪流玉走人間 終知無
累飜爲累 心地山河語不看
西去凝神二五里 三神洗耳轉幽玄 凝神菴在雙溪西十里 洞口有刻孤雲筆三神洞
又有洗耳岩
北行四五亞字室 雲上金輪上乘禪
羅王七子或云駕洛王七子成七佛 笛聲如聞玉溪仙 七佛菴在凝神北二十里 去天
王峯三十里 雙溪寺三十里 古稱雲上菴 又云眞金輪 有亞字房 新羅時有玉溪仙人 隱于此 吹
玉笛 羅王率七子 尋仙同遊 七子成佛 自爲梵王
山東斷俗亦古寺 羅代奈麻避世賢
荒寒碑篆石銘外 政堂寒梅雪色鮮 斷俗寺在智異東 山淸界多新羅古碑 羅景德
王時 大奈麻李純 以寵臣棄官爲僧 創此寺 麗末政堂姜淮伯 少時讀書于此 手植梅花一樹 仕
至政堂文學 故世稱政堂梅 其詩曰 偶然還訪故山來 滿院淸香一樹梅 物性也能知舊主 殷勤更
向雪中開
五臺寺僧眞好事 水晶銀索佛象圓 五臺寺在薩川 高麗僧津億慧始創 以水晶朱
銀 索懸諸佛象
絲綸古洞鳴驄入 始知隱者驚盤旋
後來先生此卜築 山天橡亭高臥眠 絲綸洞在養堂村東 高麗時有名士 隱居於此
操行高潔 王聞之 遣使迎之 閉門不出 使者排戶入 壁上書一句曰 一片絲綸來入洞 始知名字
落人間 從北牖而逃 後人疑是韓惟漢 明廟庚申 南冥先生自三嘉兎洞 挈家卜居 築山天齋 又
草構無椽舍一間 卽橡亭 先生詩曰 偶然居住絲綸洞 今日方知造物胎 故遣空緘允隱去 爲成麻

到七番來 又書橡亭日 請看千石鍾 非大叩無聲 爭似頭流山 天鳴猶不鳴

大廉種茶徧山綠 寶高奏琴如風絃 新羅興德王時 大廉奉使入中國 得茶樹 種於

智異山 新羅人玉寶高入智異山 學琴五十年 有玄鶴來舞 制松風三十疊

避世長往知何處　墨客騷人接摩肩

蟻行鵲飛殊時世　爭道將身致福田

我有須彌藏五蘊　內敎隱文落宜便

千重萬疊方寸列　形狀那可摸朱鉛

自有樂地人莫識　去尋智異佳山泉 莊子云 世治則蟻行 世亂則鵲飛 佛書須彌山

名諭心體五蘊則五藏 杜詩秘訣隱文須內敎 康節詩落便宜處得便宜

崔炳祐, 『梧坡集』 권1

望智異山

嶠南第一有名山　聞道天王在上間
佛日巖前雙樹碧　琴仙臺畔白雲閒
十三州鎭遙連勢　五百年來不折顏
鳳舞鸞歌香霧裏　他時吾亦拜而還

曺鎭樂, 『愚齋遺稿』 권1

過智異山

智異山名貫古流　憶曾何歲一登遊
雲邊暗入三朝界　鏡裏曙來萬里洲
海上瀛蓬相與伴　世間恒岱亦難儔

天王峯上巢留鶴 何事長鳴起余愁

曺鎭樂, 『愚齋遺稿』 권1

同人契員 會晉州 登智異山 辛未三月日

昨雨初晴物色淸 同人思切夢魂驚
堪憐樗櫟心猶確 欽仰橡章眼得明
獨步窮廬蒲柳質 聯衿靈岳快豪情
詩興也知逢處起 成編回賜破塵城

李五相, 『溪堂遺稿』 권1

題智異山國立公園

崧高南嶽峻于天 雄據嶺湖陸海邊
山脈白頭終結處 星分太乙降臨躔
天王峯上雲梯短 聖母祠前月魄懸
天作三韓園囿地 至今荒廢問幾年

姜貞秀, 『隻菴遺稿』 권1

與族叔聖穆熙俊·族弟知永敎垂 往湖南紀行

丹城

千里往還計 一心耿耿丹

寄言家裡子　相守保平安

山淸

旣渡鏡湖水　又踰會稽山
心懷淸且放　不覺征裳寒

咸陽

雪滿千山寂　短筇破以咸
險塗何日盡　愁殺石巖巖

雲峰

昨宿嶺南月　今行湖北雲
呼雲欲題意　意索不成文

南原

遊絲飛水北　晴嵐擁山南
寒樓橋與廟　千秋尙說三

淳昌

傷心叔季世　人物何淳淳
殘堞餘獨立　飛鳥自成群

井邑

山遠野恢開　地平可作井

追憶尤翁事 噓唏懷莫定

古阜

花樹滿玆山 歲寒色守古
信宿討情談 渾忘行役苦

泰仁

毛童何處來 天驚路不泰
三國同乘車 相看語未解

金堤

世俗何太薄 紛紛但識金
彷徨寒日暮 轉轉孤懷深

萬頃

東西幾百里 回首頃千萬
孤海寒風裡 愁看遠帆晚

至冬至山 有感 用前韻
昔時全州郡 今來割八萬
先塋何處問 怊悵歲將晚

全州

南樓何絶遞 風物尙依全
朝登任實路 豪氣接天連

任實

遠路三人同　平安行李任
可憐江上女　幾笑若儂傆

長水

行至雪深處　水回山更長
陰陰天不晴　何處見靑陽

李敎文, 『止齋遺稿』 권1

下山聯句

步步出山去　林深隱寺門　晦山
尋眞戒誤入　覓句故無言　石田
禽語破春寂　泉聲警俗昏　修堂
石奇摩瘦骨　花落拾餘魂　雲山
遊賞未云已　誰能謀野樽　光善

文晉鎬, 『石田遺稿』 권1

遊智異山二首

昨日仰玆山　邈然不可攀
進進終無息　乃能達上巒

頭流高且大 洞觀天地間
雖然止所見 不若一心寬

愼守彛, 『黃皐集』 권1

下山二首

百錢何必掛遊节 鷄黍家家禮數同
靑鶴去尋方丈上 白猿歸聽岳陽中
入山庶遇諸仙子 出洞還慚一野翁
信美仙鄕留後約 今秋佳賞不須窮

秋風忽憶入仙寰 偸得浮生幾日間
盧岳已看眞面目 郢門寧唱古陽關
人心易溺同流水 世路多艱若上山
收拾煙霞香滿袖 河城雖樂不如還

河晉賢, 『容窩遺集』 권5

智異山

五岳三神第一頭 方知方丈大名留
排空直上六千尺 據地雄盤十二州
莫道無階天可及 如論出類聖爲儔
靜中有用誰能識 興雨時時惠澤流

文存浩, 『吾岡集』 권1

自德裕向智理 馬上口號

我往君來卜一宵　前期其奈兩崇朝
灆溪忽漲桃花浪　應阻漁郞逐水刀

河世應, 『知命堂遺集』

送南仲遵遊智異山

一蠧當年四月遊　使君今日學前修
仙區物色無多取　想得山靈爲我求

鄭弘鉉, 『沙浦集』 권1

簡丹溪主人約上淨趣寺　因轉遊智異山

赤城風景問如何　別後春光漸漸和
病起不堪花事去　近來虛負月明多
携琴古寺看脩竹　移杖仙源挽碧蘿
髮白尙饒遊衍興　海東元是小山河

미상, 『逍遙集』

次姜夢蘭在璜智異山韻

有山無處不奇幽　我愛天王俯六洲

南北二川_{嚴川德川}滄海入 中央一脈白頭由
凝含雲雨滋人澤 聳作芙蓉出水浮
願借秦童綠玉杖 靈芝毋使老慵愁

許模, 『觀川遺稿』 권1

智異山

盤若主峰奮起於 嶺湖中界大蟠居
智人異物多藏畜 山得其名不是虛

安益濟, 『西崗遺稿』

登智異山

磅礴天王宇宙淸 蒼宵旅者夢寒驚
攀登穿棫行先暗 陟降依岩去後明
歸坐禪房非俗世 聽看佛塔莫人情
頭流閱盡千餘麓 也識靈區不築城

文相日, 『竹軒遺稿』 권1

丙辰春 與趙聖五·趙允善淳濟 往智異山路 自濂滄口呼

滄江之水碧如天 倦馬來停渡口邊

望裏高山多我思 前年餘興又今年

李秉焄, 『谷隱遺稿』 권1

贈智異山僧性巘

方丈 舊所遊也 衰病年來 足不出門 物外雲煙 無由再尋 上人飛錫 渡
洛東而過衡門 自言棲于方丈之金臺寺 爲說仙區勝致 怳然若身在洞
天中 對玉簪而聽流泉也 感舊之懷 依然自生 頓忘沈痾之在體 强書
以贈之

憶向雙溪對玉屛 至今魂夢繞雲扃
逢師更聽金臺勝 萬壑淸泉入耳醒

崔睍, 『認齋集』 권1

次智異山僧義俊軸韻 送還山二首

千載孤雲大筆題 秋風歸興一枯藜
遙知萬壑爭流處 渡盡雙溪又幾溪

邐來僧卷病慵題 仙境無緣一杖藜
別後雲山千里隔 幾時重訪浣花溪

李廷龜, 『月沙集』 권18

智異山多仙人釋子 短律寄懷

頭流山最大　羽客豹皮茵
木未飛雙脚　雲間出半身
人譏困三武　或說避孤秦
豈乏幽棲地　風塵白髮新

李穡, 『牧隱集』 권24

送智異山智居寺住持覺冏上人

南遊何處聽溪聲　智異山高萬丈青
春院日長無箇事　沙彌來學妙蓮經

鄭夢周, 『圃隱集』 권2

奉送冏公智異山之行 次圃隱韻

壽老雖亡尙典刑　冏公後出似藍青
今從智異山中去　且問何人共說經

李崇仁, 『陶隱集』 권3

送僧歸智異山

頭流山峻翠重重　滿地叢篁倚壑松

長老側金開寶刹　上人飛錫駐雲蹤
糜官未卽辭朝幘　發省無由聽曉鍾
他日相尋定何處　薜蘿煙霧鎖西峯

李穡, 『牧隱集』 권3

送浩上人遊智異山

頭流鎭南紀　翠色鬱千層
宇宙一身小　江湖雙眼稜
雲深靑鶴洞　路暗紫龍藤
去去健行脚　高處最先登

徐居正, 『四佳集』 권45

智異山深上人臨行索賦　輒口號

昔非有住今何往　北去南來亦偶然
落日獨行猿影外　淸宵孤嘯鶴聲邊
揮毫舊句閒相改　出定香茶好自煎
愧我久爲塵世累　異鄕瓠繫過年年

柳方善, 『泰齋集』 권3

次達城相公送閑上人之智異山 三首

摵摵西風葉戰飛 嶺南千里送師歸
羨師雲臥衣裳冷 宦海人間入夢稀

浮雲出岫自無心 雲與吾師不可尋
遙想茶餘勲佛處 山高樹密日初沈

智異名山在嶺南 師歸何處更禪參
自慙身世纏名利 爲口渾如徂怒三

李湜, 『四雨亭集』 卷下

遙寄智異山藏上首 入山二十九秋

南紀頭流雋 幽棲學上乘
玄機深契此 白業信輪曾
卅載長趺地 三生不盡燈
塵科多病者 紗帽漸成稜

朴祥, 『訥齋續集』 권2

題智異山僧詩軸

僧到松關始許開 白雲遊錫破庭苔
無端說盡金剛勝 應爲閑翁罷睡來

宋純, 『俛仰亭』 권3

圓宗還智異山 以詩送之

秋風三度此來過　在在尋吾病懶何
竹杖芒鞋從此始　洞天靑鶴訪巖阿

金麟厚, 『河西集』 권7

送一珠上人遊智異山 次軸上韻

東西南北名山四　聞慣頭流第一奇
病臥官齋秋又到　鬢絲慙愧送僧時 俗稱我國四名山 東皆骨 西九月 北香山 南智
異山

李安訥, 『東岳集』 권9

用希安上人韻 贈別守初上人入智異山

希安曾說守初名　方丈今從覺性行
如爾詩僧那易得　使余秋日不勝情
三神洞僻霜楓晩　七佛庵深霽月明
徽老見時應問訊　暮年憂患飽新更

李安訥, 『東岳集』 권23

次趙持世遊智異山韻

白頭南脈幾名山　第一天王湖嶺間
高揖漢挐爲二老　旁瞻月出是三屛
桃花流水通漁艇　桂樹淸風爽醉顏
空外笙簫聞彷彿　孤雲千載儻來還

洪命元, 『海峯集』 권2

題珠上人卷

道在心頭不外求　上人何事復南遊
欲知智異山中味　木老巖奇澗水流

柳方善, 『泰齋集』 권2

送閑上人遊智異山

秋風黃葉雁兼飛　智異山前得得歸
也自行經靑鶴洞　孤雲遺跡尙依稀

雲樣精神月樣心　一生踪跡渺難尋
爲登最上峯頭望　日出搏桑萬籟沈

行脚飄飄嶺以南　尋師無處不眞參
更聞一路光明藏　破却前三與後三

徐居正, 『四佳集』 권40

智異山僧送新茶

晉池風味臘前春 智異山邊草樹新
金屑玉糜煎更好 色淸香絶味尤珍

河演, 『敬齋集』 권1

頭流山

遊頭流山百韻

太虛無閡煦氤氳　品物咸由二氣甄
融作川流非決導　結成山嶽孰陶勻
穹窿五有寰中秀　縹緲三稱海外神
箕國頭流輿地別　仙家方丈號名眞
飫聞南紀雄爲鎭　踔遠中華隔幾塵
之者擧嫌途道絶　於乎虛作狀貌隣
龍城剖虎來佳境　木洞看花及令辰
天府使君開勝宴　水巖處士與華鞇
齊鑣共赴尋芳約　飛杖聊隨學佛人
廢閣乍淹雲縣路　豐碑虔拜石谿濱　雲峰有荒山大捷碑
千秋王跡此皆兆　一戰伯功冊有因
地形咽喉湖與嶠　兵家方略義兼仁
黃山讖應荒山死　王氏君爲李氏臣
石着旗局咨古老　巖流盂液訊居民
替隆從古關時運　天地先期告懇諄
暫卸游鞍休百丈　欲諧心賞惜三春　是日春盡
風凄陰壑花初軟　節晏陽坡葉已蓁
按碧流如僧服淨　燃紅花若佛燈新
籃輿要替酸哀脚　藤蔓時懸老火身

溪號磻巖疑隱呂　村名贏代認逃秦
晴雷亂鬪黃川峽　白雪交加黑水垠
步步行稽新蕨釆　纏纏腰重紫蘭紉
伽藍如畫嵐光合　躑躅成山錦彩均
洞府岩成玉臺壘　袈裟魚被稻田鱗
宗儒訓子遺名在　故屋無人勝跡陳
行到水窮扴寄宿　前尋月落去凌晨
崇芒疊翠淸陰聚　衆石交叢爽氣屯
老栢蔽牛繩墨遠　長松依社鬼神嗔
委蛇般若峯前過　遄邁靈源寺裏臻
和尙雪眉禪定穩　沙彌氷面佛陀遵
肩生雙栢搖寒月　毫吐長虹貫碧旻
要把一空超色相　寧敎五蘊作車輪
梵經堆案堪娛老　溪蕨盈盤足享賓
脚下雲容俄冉冉　溪前雨意忽津津
低回遽落靑蘿壁　蹭蹬還經翠麥畇
野粉滿堂君子陋　牧丹當檻美人嚬
淸流一帶途邊並　風磴千盤澗上循
谷轉高江何吼怒　泓蟠陰罍看輪困
刳成石釜千尋黝　注却銀潢萬軸鱗
續蔓連竿驚邃竇　劓牲沉幣饗明禋
鳥唧落葉澄無滓　雲覆層巒旱不貧
隱隱阿香隨客至　闚闠列缺駭人頻
穿林盡濕花間露　失路多摧石上筇
頻視龍游出氛靄　窮探馬跡歷叢榛
楸城淨界開蓮塔　甕石神坊簇輠枕
林聳堵波靈虎守　泉懸茶邏飮槊馴

棧危獅頂毛頻竪　衣冷夷堂體欲皴
擡首王峯看突兀　騰身郞峴謝緣夤
千齡短木欹纏石　太始堅冰皓爛銀
苔髮鬖髦青似矚　花梢癭腫紫難響
空心半槁寧充棟　自朽中溝孰負薪
摘取明星光燦燦　擷來瓊草馥誾誾
霞裳披拂巍巍頂　玉斗低垂岌岌巾
溟嶽收圓盃一斟　乾坤輸入目雙瞋
榑桑東影搖吟榻　弱水西流細釣緡
豹關叩扃聲可厲　蟾宮壓首吭難伸
衆峯來自白頭遠　一脉終窮蒼海漘
磅礴坤精於此蓄　縱橫天步一何迍
千山東散諸侯服　萬里南馳天子巡
大纛高牙森隊仗　飛驂舞服列騏駰
朝班濟濟千官品　庭實煌煌四海珍
雲合冠裳相雜沓　駿奔賓從互紛繽
金盤玉豆排嘉饌　珠服花簪擁美嬪
丫髻蹌趨欽長老　弁髦夔栗奉嚴親
謝家玉樹諸郎秀　徐氏祥麟衆子詵
山鬼助人澄宇宙　風烟效技繞欄楯
雲門月出豁遊氣　錦水露津橫碧淪
學士不來三洞古　南溟安在兩塘陻
遙思泗水屯樓艦　欲爲孤忠薦渚蘋
誰使晉城寃血濺　空悲原邑戰骸窀
湖山雲物長閑暇　塵世風波浪苦辛
鴻軒聲高山鸞鸞　鳳簫吹徹海粼粼
遺祠何代尊天媼　吉夢當年誕瑞麟

一統東韓垂眷祐　千年南國享精純
邀巫傾費流風薄　詔鬼祈禳末俗嚚
香積夜眠依翠石　靈神風餐藉芳茵
層壇雲搆懸如磬　一衲霜髭壽似椿
寶鴨烟沉餘宿火　藤床塵淨貯香粃
凌危覓路勞重繭　觸物搆詩費苦呻
幽壑鶴盤穿黕黮　飛莖猿掛下嶙峋
繁林布幕三光晦　畫閣翔翬五彩彬
晝靜三花藏語鳥　朝喧千偈竄驚麕
仙蹤細向紅流訪　故事勤從滿月詢
臺峙呂公空碧蘚　潭深妓匣失丹脣
工文刊記碑堪印　巨字鑴厓石不磷
靑鶴遺棲人莫見　香爐飛瀑世無倫
女媧不補一團石　天帝應垂千尺紳
耀日紅烟紛漠漠　浮空玉屑散璘璘
深心靈液空中嚥　元化嬰孩腹裏脈
山氣洗骸知綠換　春光盎面覺丹均
紅塵有路欺雲水　朱墨催人趁卯申
祇老遮途爭勞勞　官驪入谷已駪駪
衙僮爭笑茫鞋骯　山徑那禁道服鶉
花洞傍車懷古哲　龍亭歇馬問吾姻　　姻戚崔蘊 居龍頭亭
悲來興盡垂淸淚　水遠山長隔紫宸
朱紱幾年陪輦轂　玉堂回首憶絲綸
風雲鳥路違雙闕　山海蓬飄負五旬
騏驥無勞造父御　豫章休待匠人掄
文章未試哀侵病　流俗誰分玉與珉
明日篁冠掛蘿薜　不須低首困塵闉

柳夢寅, 『於于集』 권2

頭流歌 送盧二丈新卜頭流山中 兼呈孔巖丈 己丑

君不見頭流

穹窿崒崔際蒼洲　北頭長白南頭流
頭流以頭障半空　天王般若蒼蒼浮
萬古金冶曜石髻　太乙之室羣仙遊
翠羽氀毿皷韽韽　駕鸞鳳兮驂螭虬
變化人寰送雷雨　神怪中間起啾啾
馮翼沆瀁二儀涵　扶桑若木疑可揉
鯨鯢陷天蕩雲根　海若尋常神與謀
綺巖繡林有底處　嶒岈眞成窟宅幽
淙生玉津漱滓穢　高躅曾經此淹留
南冥守愚俱幽貞　俗物茫茫等蜻蜍
雞伏龍見剩餘馥　風刷雲鍊鎖虛樓
俎豆惟設舊洞天　官致以物春復秋
頭流風物今何許　世人不肯訪深陬
頭流山下久無主　自在山禽與渚鷗
老太學生玉川子　身世落落如浮漚
春晴海國忽遐擧　箇裏煙霞占某邱
禿鬢尫容欹載驢　一妻一妾藁爲輞
全家道氣始得見　巖屋雲巢自綢繆
水耨頭流山下田　火畲頭流山上疇
孔巖丈人有好襟　遙托幽期散閒儔
石壁掛巾雙白頭　遠岫看雲兩青眸
宇宙吾衰道未成　十年饑伏醜如鰍
世故糾紛我安適　願入頭流恣冥搜
踏盡花開泛岳陽　霽月光風把前脩

然後滅迹靑峰裏 與子卒歲共優游
共優游消我愁 一歌頭流歌送君 望頭流兮思悠悠

李滿敷, 『息山集』 권1

次頭流韻

人間摘埴信多岐 歸去仍携綠玉枝
千載白雲藏鶴洞 崔仙遊處可題詩

申光漢, 『企齋集』 권3

憶頭流秋景

秋陰欲雨晚還晴 拂檻風來寢席淸
吐藥忽思靑鶴洞 噴流長掛玉虹明
世間人讀興公賦 夢裏吾聞子晉笙
不用靑鞋與布襪 桂花香處獨吟行

趙絅, 『龍洲集』 권3

遊頭流山詩幷序 癸亥

世稱病之難醫者謂之癖 故人之嗜之過於中者 亦謂之癖 是以 杜
氏有左傳癖 鄧公有好馬癖 余謂余之遊覽 其殆謂之癖乎 余之齒
今至七十有八歲則可謂老矣 人老則不能升高也歷險也者 脚力衰

矣 氣力疲矣 而猶不自揣也 猶不自止也 强與年少輩 作隊隨行 或
扶之 或負之 登覽億萬丈高峯然後已 其爲癖爲如何哉 余之癖如
是也 故少時遊京師 登白雲臺 三角山中角路絶難升處 中年遊中
原 登鷄足山 在忠洲 寺有牛庵 臨老過東海沿邊六邑寧海·盈德·
淸河·興海·延日·長鬐 遊觀焉 如東都 登鳳凰臺 訪鮑石亭 月
城·鷄林之跡 亦皆搜剔而尋向焉 至以近者言之 則入紅流洞者再
入靑鶴洞者五 入神興洞者三 入白雲洞者一 今又登覽頭流山上上
峯 則此老遊覽之癖 抵死難醫 堪可笑也 於是 作遊山詩一章 凡八
十六句 詩曰 效歐陽公廬山高體 用韓昌黎南山詩語法

頭流之山高
不知幾千萬仞兮 截然屹立乎南極
東有辰韓之舊都 西有百濟之故國
北望五雲中 中有蓬萊之宮闕
分宅占丁戊 後白岳前木覓
美人兮美人兮 不知爲朝雲爲暮雨
使我思之心惻惻 下壓乎后土
上薄乎穹蒼 獨秀乎雲表者
是天王峯之突屼 擁乾寶撑西日
崔嵬而對立者 有般若峯之崒崔
湖南之瑞石月出 江右之伽倻闍崛
低頭而屈伏 無異乎臣妾
金鰲在昆山 臥龍蟠泗南
錦山峙花田 防禦界晉咸者等
如泰山之於丘垤 或靡然東注
或偃然北首者 安陰之德裕
聞慶之主屹 或似龜坼兆

或若卦分繇 而纍纍然巘巘然
參參然煥煥然 不可得以名焉者
衆山之環揖于玆山 而分列乎東西南北
吾儕結約洗心亭 同行數子摠是豪而特
秋風忽起凌雲思 手持靑藜足芒屩
堂堂趙瑩然 身長九尺兮儀容仡仡
斷斷金汝輝 琅琅乎鏘鏘乎
山立而玉色 曺家兩少年
抱奇才多淸趣 鳳之雛蘭之茁
鋧也隨杖屨 云是家豚犬末
隣僧又有彦海名 招爲前導飛杖錫
聯裾作隊泝淸流 珍璧鏗然走白石
公田村外日將西 薩川堂前月已白
鞭驢急投黃店中 覆以橡皮扉以竹
山家室少衆難容 分店便宜宿溫突
夜半翁忽痛河魚 瀉痢如流如厠數
朝來擡首氣繭然 似有命物兒猜我尋山窟
翁年縱衰志不衰 嚥以白粥安我輪困之腹
朝哺蔬糲氣如常 肯以微恙行還輟
因與諸君向前路 伽葉麻田地名曰
捨馬携杖始登登 雲林蔽天兮苔石錯落
有人呼號久乃至 陳君汝明追而及
黃眉靑眼許同遊 風懷亦可謂不俗
攀緣石磴寸寸進 脚顫息急生偪塞
同行有一奴 仙僕其名多膂力
挽我背負之 不憚險易能超越
有人束火來照之 黃昏走入法界刹

將身已置最高處 快若乘風向廖廓
頤神安寢屢念灰 俯視人間等螻蟻
淸晨夢罷待朝起 手闢東窓看日出
東方漸入紅錦中 火輪輾上滄溟角
六合淸朗玉燭明 物象森羅千萬億
江流爲帶束諸山 何地是秦楚
何地是吳越 玆地絶翔走
但見蒼松碧檜 雜丹楓間翠柏
東蹲世尊峯 石角如人立
西峙文昌臺 孤雲遺舊跡
人言石刻遺仙筆 路險境絶無由覿
堂中有何物 西南壁下坐石佛
便有無窮求福人 脫冠攢手拜僕僕
遠近男女老少 贏糧齎帛
綿綿焉延延焉 前來者下 後來者上
盈庭塡路無時絶 甚矣惑世誣民之說
能使愚氓競陷溺 天王峯上又有聖母祠
俗傳高麗太祖母 死而爲神此焉託
或云釋迦之所誕摩倻夫人 來坐神山自西域
荒唐衆說何足信 但見塑像
塗粉施丹衣錦帛 何人倡此無稽語
擧世波奔恣淫瀆 嗟哉汚俗難滌去
噫乎舊染難變革 昔有浮屠天演者排門突入
撞破神軀投絶壁 吾儒只守敬而遠之之訓
不爲謟不爲褻 閒節隨處任遨遊
遍踏名區無局束 東望牙山靑未了
知是吾家在其麓 浮査伴鷗寄幽棲

一瓢生涯萬卷榻　生逢聖世爲棄物
在澗之薖矢不告　今來閒放物外遊
世事紛紛一隍鹿　蒼茫烟海浩淼外
誰令染齒爲窟穴　連年信使縱相通
時時來肆蜂蠆毒　龍蛇亂離那忍道
三京失守兮　廟社幾顚覆
搜山賊鋒遍玆山　殺人如麻兮
腥血汚草木　何幸如今
聖化覃被乎四裔　海不揚波兮
民物安耕鑿　吾儕得遊山水間
一一無非由聖澤　身高天不遠
頭上星辰手可摘　步闊意何長
萬里山河輸一矚　玆山得名有三稱
頭流智異方丈載古籍　頭流山逈暮雲低
李仁老詩尋靑鶴　智異山高萬丈靑
圃隱先生贈雲衲　方丈山在帶方南
杜草堂詩中說　玆山神異自古傳
知是千秋名不減　況乎東海中三神山
方丈居其一　儲祥産異無絶時
山上多生不死藥　秦皇漢武
求之而不得者　此日輸吾雙蹻屐
左挹洪厓右浮丘　儘是神仙中骨格
餐霞步步拾瑤草　回瞰人間塵霧合
仙遊旣了返飇輪　飄飄乎身世
灑灑乎精神　浩浩然如有得
吾不知夫子之登泰山登東山　程子之藍輿三日
誨翁之雪中南嶽　日之豁心目

張騫之乘槎 劉安之鷄犬
王喬之控鶴 孰如吾儕今日之恣遊樂
古今人同不同未可知
只與造物者爲徒 而逍遙乎山川之阿
放曠乎人間之世 無所拘而無所縶
勝事不可忘 歸來記遺躅
年是昭陽大淵獻 月乃楓丹菊花節
書於敬義西翼室 日則靑龍旁死魄

成汝信,『浮査集』권2

始下頭流 遙寄尹亞使

空外藤蘿盡日攀 石邊溪水下潺潺
風飄一屐雲初卷 霜染千林葉已殷
始覺海東還有嶽 從知天下更無山
十書不報蘇秦老 歸去函關事亦艱

李陸,『靑坡集』권1

中秋夜 與克己世隆百源 翫月望頭流

去年此日頭流山 頑雲遮隔爛銀盤
繭足歸來志不慊 夢或成魘窮巑岏
今宵晴景實邂逅 遠徵勝友要團圞
淸商門裏正如畫 金背蝦蟆林下看

斥去華燭羅杯觴　絡緯悲嘶零露溥
浮雲點綴旋辟易　百里豪末觀能殫
頭流亦似慰舊恨　入眼縹緲攬雲端
永郎天王可指數　酒邊醞藉供淸歡
當時足跡布岩嶂　後日濫巾良獨難
終宵長嘯對銀闕　兩腋倏若生風翰

金宗直, 『佔畢齋集』 권9

頭流作

高懷千尺掛之難　方丈于頭上上竿
玉局三生須有籍　他年名字也身看

曺植, 『南冥集』 권1

遊頭流 贈呈方伯

扶笻探勝尋眞去　巖穴無非可隱淪
烟火俗緣嗟莫脫　如今還對紫金人

邊士貞, 『桃灘集』 권1

頭流山行

長白走勢萬里來　結爲南嶽屯雲雷
孤雲昔弄雙溪月　羣仙驂鶴往復廻
石門刻字橫劒戟　香殿留眞動精魄
名高天下不能容　此事亦足羞東國
靈境最說靑鶴洞　瀑怒松喧白日闐
香爐峰色落禪窓　至今羽衣入僧夢
回身却到國師菴　下麓往往多精藍
居民不言石田薄　竹籬蕭疎山梨落
雲中深聞雞犬響　聖代亦有逃塵客
玉寶振策攜我袂　金壇焚香拜上帝
三神忽闢達摩境　七佛遠自新羅世
杉檜落落千章直　谿壑泠泠萬古寒
楓林照地猩血赤　霞氣生洞日色丹
山僧苦道天雨乾　泓底自有蛟龍蟠
蒼熊掛壁樵童忙　猛虎吼山木葉狂
明朝騎馬花開峽　遺恨不得窮天王
鈒巖物色如畫圖　錄事不來山月孤
小臣竊抱杞國憂　落日獨立岳陽湖

金道洙, 『春洲遺稿』 권1

陪家君 遊頭流山 伏次石門韻 己卯

淸江遲日浪花浮　綠樹時啼黃栗留
健筆蒼崖依舊在　千秋相望起閒愁 右懷孤雲

四月花開麥欲秋　當年物色尙分留
孤舟會泝頭流去　指點遺墟不盡愁 _{右過一蠹遺墟}

李栽, 『密菴集』 권1

頭流歌 贈與齡 還晉山

頭流磅礴橫南藩　潯川之水初發源
一尺錦魚偏種尾　腹腴味可充盤飧
龍游潭上石關龕　垠堮劃剞誰始鑿
是知造物故戲爲　一一推究何大憨
金臺寺對天王峯　薜蘿涼月堆琉璃
秋風桂子更淸瘦　何處隱映山石辭
靈神寺北高山巓　衆矗列戟攙雲天
是間萬籟眞笙竽　却疑雲旗鷥鳳鞭
靈神寺南路無蹤　靑冥獨鳥孤雲送
人生適意卽爲仙　何用別求靑鶴洞
百八盤旋不可度　閑雲落日莽回互
卽逢道士話前程　疑是夢入天台路
香積寺中僧不見　雲糧一脈泉泠泠
千年白摧龍虎骨　壑竇時看魍魅精
天王峯上揖群仙　須臾閃爍飛雲煙
俯仰今古只眼底　一區萬象空蒼然
天王峯外山無尊　夜半日出扶桑曉
直視東南萬里間　一髮靑島海雲表

俞好仁, 『㵢谿集』 권2

送人 入頭流山

頭流山在白雲表 獨往神傷吾未從
手弄天王峯上月 清光須寄喚仙東

鄭澈, 『松江續集』권1

晉山君錄解空語 爲頭流詩一篇見寄 其意 覩僕頭流錄
欲繼蹤以遊也 僕一遊之後 不復再登 每以爲恨 故用安
期之語 以誌余過 且爲後日之約云

自我遊頭流 清夢空相續
足武不再布 愛山誰謂篤
虛名恥南箕 厚味忘腊毒
緬懷紫陽翁 櫂歌凌九曲
三休亦奇士 肥遯王官谷
鬱鬱羅網中 焉能騁遐矚
每瞻天王峯 如被三薰浴
簿書旋打圍 杯酒競談俗
勞力且勞心 何由試餐玉
有愧古人言 人苦不知足
昨宵倚壁睡 安期忽忠告
方丈在咫尺 靈草長搖綠
晃蕩朱明洞 自古無昏旭
飛仙不可數 巾岥常聯屬
子欲從之遊 羽翼奚借鵠
人寰苦偪側 心緒風中纛

一酌靑岑醴　煩襟庶灌沃
眞源自澹澹　豈比朝畫榾
于嗟世上人　其誰能窒慾
荊棘植寸田　長鑱難得斸
我言若有契　勉旃追芳躅
倏然形神開　稽首甘奴僕
班行十餘年　和嶠眞刺促
地頑恐却穴　天高敢不跼
平生無長物　只消書一束
而今佩郡章　又喜燃官燭
神仙吾所慕　難兼熊魚欲
非惟畏茵露　亦恐北嶺辱
名宦雖卑微　猶勝司馬督
頭流日在望　來者胡不勗

金宗直, 『佔畢齋集』 권10

陪勉菴 上頭流山

不圖垂死日　會事發天公
重接靑城老　共上天王峰

崔琡民, 『溪南集』 권4

頭流雨後

春晩千峰嫩 雲晴萬壑分
依俙馬巖路 山雨白紛紛

朴汝樑, 『感樹齋集』 권1

雨後 望頭流

秋陰三日沒千岑 霧捲還抽碧玉簪
添得一番依舊色 令人却憶昔年心

朴汝樑, 『感樹齋集』 권1

啓頭流山遊行 是行有八仙錄 卽浮査少仙成汝信公實·玉峰醉仙鄭大淳熙叔·鳳臺飛仙姜敏孝士順·洞庭謫仙李重詷謹之·竹林酒仙成鐏而善·梅村浪仙文弘運汝幹·赤壁詩仙成鐏而振 而先生則自號凌虛步仙 浮査撰日錄 而先生爲文序之 諸公亦幷有酬唱

尋眞今日葉初飛 五六仙曹綺語霏
象外飄然多少興 吾將輸入錦囊歸

朴敏, 『凌虛集』 권1

奉贈性老師 謹按頭流山記 有覺性老師 而天機其法副世 尤翁集亦有覺
性者 頗聰明識道理 故兩先生皆與之語

水鏡精神老不衰 分明慧月警瞳癡
相逢何事增悲感 示我當年伯父詩

金之白, 『滄虛齋集』 권1

同社諸君 請作頭流行 以詩謝之

天畔羣山繞似城 小年行事草鞋輕
頭流勝賞吾何謝 四月東山更聽鶯

梁會甲, 『正齋集』 권1

與子厚 宿頭流山中龜兔洞 陳仲文種藷所也

人間何處是天山 筇屐居然再此間
來去悠悠無滯跡 此身還似白雲閒

老拙無金買一山 多君卜築此巖間
啖藷讀易知何味 軒月簷雲也共閒

鄭載圭, 『老栢軒集』 권2

次友人遊頭流韻

天雞初搏翼　河漢洗淸曉
獨立千層壁　臨流意欲悄
一落塵世界　十載夢魂杳

李楨, 『龜巖集』

次友人遊頭流韻二首 古詩一首　入元集

鶴背靑靑影滿天　舊時行跡覺茫然
暴流何日飄殘髮　潤色三公洞裡烟

磊落腦中萬古心　山盤眞眞海波深
何時更向天王上　快踏千峰與萬岑

李楨, 『龜巖集』續集

遊頭流謌

山之高兮仁者靜　風之來兮聖之淸
白雲飛兮碧江深　余懷之長兮誰與評

李楨, 『龜巖集』續集

五月三日 發頭流行 李國賢·梁元淑·裵彩洪·裵文五·申孝植·張永億·金奎■·李炳琦·裵炳鍊·朴蕃來及余十一 人也 ○乙亥

平明路出大江頭　江水澄空積翠流
蠹濯遺芬君記否　孤舟猶繫夕陽洲

鄭琦, 『栗溪集』 권2

聞頭流山竹實盛開

聞說頭流山　竹實正離離
云是鳳凰食　奉去欲何爲
東方君子國　鴂舌自四時
祥麟猶見踣　翻令聖涕洏
陽秋無人續　我心徒傷悲

鄭載圭, 『老栢軒集』 권1

登頭流峰

頭流高出世人家　四月初旬我杖斜
冬雪餘寒身起粟　春江暄暖眼生花
不殊風景伯仁淚　有秀故墟箕子歌
聊得如今登去力　願言歸日案邊加

金敎俊, 『敬菴集』 권7

頭流山 即景

頭流長在夢中山　却扑奇雄萬熊顔
鶴背仙風生兩腋　飛升飛下幾層巒

河渾, 『暮軒集』 권1

登頭流吟

崔嵬方丈障東南　絶頂登臨穩竹籃
西瞰三神山似培　北瞻千疊嶂如龕
龍淵臺上雙松老　佛日菴中一釋探
物外淸遊二十載　眞仙不遇是吾慚

其二

觀遊經盡北西南　物表行裝倚竹籃
喚鶴樓邊鳴一澗　上書堂外立雙龕
淸詩美句終宵詠　玄圃丹丘盡日探
身入仙山還有恨　世知名字亦堪慙

其三

跡遍東西繞北南　飄然物外一吟籃
風生八詠樓前樹　月照雙磎水上龕
觀盡仙山多佛住　未知禪業幾僧探
微蹤不向人間步　塵染靑鞋是我慙

其四

物外淸遊出世中　飄然兩箇白頭翁
萬重寂寂山圍畫　千仞飛飛水掛空
玄碧至今無鶴跡　丹靑依舊耀禪宮
人傳歸住玆山上　盡日招仙愧未逢

其五

扁舟經盡水雲中　萬壑千峰兩箇翁
已覺此身元是幻　飜思何物不爲空
蓮花繞榻扶禪座　玉燭懸籠耀佛宮
今入廬山無遠釋　人間好事未全逢

權克亮, 『東山集』 권1

與河黙齋晩山·鄭晦山·孫玩溪·趙景輝鏞瑚·李泰明·
鄭永振·李泰德·李孔善寶榮·李子剛基仁·呂玉汝相
韓·都子文在哲·李進明承晉·河龍道　同頭流之行　抵
宿曲店　共賦

浮生共喜超塵外　仙境曾多入夢中
營辦玆遊緣底意　暮年爲有寸心通

河鍾洛, 『小溪遺稿』 권1

同朴沙村·河下臺載奎 遊頭流南麓 甲寅

深洞

水落三淸界 山藏萬古春
巖間聞犬吠 應是避塵人

洞庭

境壯難爲筆 湖深不可橋
我有胸懷大 群靈豈待招

舟行過岳陽亭下 次一蠹鄭先生韻

細柳輕蒲不耐柔 棹歌聲斷幾多秋
三人一笑同舟去 只見山高與水流

李壽安, 『梅堂集』 권1

陪南冥先生 上頭流山

泰山曾謂莫高山 難上於天不可攀
賴有先生升自下 還從脚底見屛顏

李光友, 『竹閣集』 권1

盧希叔有遯世之意 將欲携家入頭流山 聊賦二絶以寄

聞說青雲多故人　如何白首久漂淪
從來軒冕非吾願　且入方壺避世塵

方丈千峯與萬溪　問君何處占幽棲
春來欲沂仙源去　流水桃花路恐迷

鄭榤,『四無齋詩稿』권1

將遊頭流山　自百泉　次第尋寺三首

書劍無成雪滿頭　暮年餘計只閒遊
孤雲獨鶴誰能繫　勝水佳山擬遍搜
已喚詩朋要並轡　行逢釋子卽爲儔
江南江北千峰裏　倚得春風幾寺樓

清遊今日也非遲　年貌雖衰興不衰
有杖扶顚寧畏險　揮鞭涉遠不言疲
西尋鶴洞隨雲去　南泛蟾江與月期
探勝歸來何所得　滿囊珠玉富新詩

鞭驢遠訪梵王家　欲度蓮橋日已斜
百道山泉籠洞壑　千層禪閣隱雲霞
老僧披衲迎來客　童子開門掃落花
野宿石房清磬動　却敎塵慮頓消磨

鄭榤,『四無齋詩稿』권2

登頭流山 宿朴氏山圃

山下群山莫敢山　嵬然獨立嶺湖間
千巖宿霧無人掃　萬里長風特地寒
雲田老圃平安在　塵世浮生不可攀
爲是胸衿開豁計　流年四十肯偸閒

權秉軾, 『玉澗集』 권1

壬戌肇秋 與從兄秉熹 訪樵山于山陰 同作頭流之行 過金武良台鎬於洗心臺

靈區占築洗心臺　雲影天光一鑑開
月照汀洲磷白石　遇過崖壁潤蒼苔
桐江釣老云誰在　方丈仙人也自來
惟君最是多情友　爲我淸宵更進杯

權秉軾, 『玉澗集』 권1

次雷淵頭流諸詠 壬午

槿域三山鼎足立　瀛洲皆骨又頭流
漫使秦皇徒費力　蒼然一色古今留

三淸東國首靑鶴　萬六千峰護境眞
冷谷回陽舊聞說　看君今日拓荒陳

萬事輸嬴夷與險 百年否泰懶兼勤
但能要有同歸地 豈礙區區一戚欣

附原韻

頭流

金剛萬二千峰好 萬六千葉又頭流
此語古仙無顯記 千秋密付野人留 雷淵

營居細石

頭流一萬六千葉 葉葉裁成別境眞
復是中藏爲細石 可能擲置任荒陳 雷淵

工役旣始 余有抱 卽歸權淸潭 爲之監董

二舍迢迢路阻險 忍飢代苦意何勤
堂堂待有同歸日 却憶今時一笑欣 雷淵

權鵬容, 『近庵遺稿』 권1

次文熙汝頭流山詩韻

東南巨嶽最頭流 天造初來罕與侔
一脈崑崙來鼻祖 三邊嶠嶽列藩侯
群仙帳帟芙蓉吐 大將陣營劍戟抽
安得長風吹送我 胸中淘瀉百年憂

金冕運, 『梧淵集』 권1

遊頭流 次梅村韻

抨葛攀藤入洞天 小庵高架白雲邊
脩然丈室蒲團淨 手撫頭流最上巓

盧禛, 『玉溪集』 권1

啓頭流仙遊行

鳳笙吹斷碧雲飛 千載雙溪鎖夕扉
今日詩仙尋舊跡 不知靑鶴倘能歸

文弘運, 『嘉湖世稿』 권1

陪茅谿先生 遊頭流山歸路 先生以詩贈別 奉和一絶

德望星懸斗 襟懷月上亭
難忘前夜誨 說到理無形

附原韻

烟霞方丈麓 雲月練江亭
親情兼族誼 相對兩忘形

文後, 『練江齋集』 권1

頭流山細洞 留題

一谷呀然路轉深　洞天纔午下山陰
緣溪浮沒驚波鳥　穿峽逢迎選樹禽
杞水誰云延壽藥　桃源非是採眞心
此間儻是唐虞界　林澗超遙隔世音

吳文鉉, 『西山集』 권1

癸未八月 約同志三四人 賞頭流南麓諸名勝 臨行賦短篇 以示志

天下八名山　方丈居其一
鬱鬱鎭南服　天王特峻拔
萬壑兼千巖　丹崖復翠壁
谺谽德山洞　逶迤靑巖谷
橫看復成嶺　碧霄雲外屹
南作嶺湖界　蟾津萬折碧
兩岸多靑山　雲林何實密
岳陽及花開　雙溪與七佛
自古山水趣　奚但仙與釋
吾家有仁智　登臨自有術
魯叟登泰山　晦父遊南嶽
吾邦雖褊小　群賢迭相作
縹渺孤雲臺　微茫錄事迹
一翁與濯老　文章復道學
江上孤舟在　遺風可想得

卓哉山海老　敬義如日月
由是玆山重　蒼古有遺錄
余生玆山下　未暇一攀陟
所見井底蛙　胸中多齟齬
苒苒老將死　豈不重可惜
速我素心人　遠躡前賢轍
明晨發啓行　時維仲秋節
良辰難再期　願君勿負約

李承現,『栗軒遺稿』권1

頭流山

一望龍灣涕淚零　孤形天地弔伶傳
可憐一片三韓地　依舊頭流山獨靑

裵世謙,『心遠齋集』권1

次睡翁遊頭流山韻

一身還有備剛柔　靜裏乾坤度幾秋
點瑟千年兼浴詠　登臨竟日盡風流

鄭汝諧,『遜齋集』권1

登頭流山

着跟雲自躡　上手月幾攀
回首塵區窄　難爲天下山

鄭在璟, 『學岡遺稿』 권1

遊頭流山

山水情懷老更深　一笻遙指暮雲岑
層巒聳翠添詩興　殘雪留寒引醉吟
坡老汎舟今赤壁　子猷回棹舊山陰
衰年跌宕人休笑　兩老平生一片心

洪箕範, 『牛峯實記』 권1

頭流吟 仰呈伯氏

萬丈頭流天與齊　孤雲遺迹杳難躋
天王峯逈瑤壇閟　靑鶴巢空玉洞迷
仙路休言無夙契　行裝却喜有枯藜
江城太守能無事　爲理扁舟待我西

金奉祖, 『鶴湖集』 권4

題府伯默好柳相公頭流錄 長律四十韻

白頭山脈流南紀　八萬神峯此地停
方覺化工彈技力　終敎氣勢鎭坤溟
衆生罕得窮顚踵　兩腋其如乏羽翎
聞說我侯抽簿領　邀將仙侶出郊坰
藤筇蠟屐隨行李　鐵笛瑤琴付從伶
策馬肯辭勞跋涉　沿流漸喜聽瓏玲
廬山見面那禁興　衡岳開雲認有靈
玉洞尋眞攀羽駕　金經問法扣禪扃
深村巾服人殊制　廢寺荊榛佛壞形
峽裏叢岩根厚地　江間奔浪建高瓴
喧如萬鼓飛如雹　窪作千罌矗作屛
共說蛟龍遊此水　至今雷雨帶餘腥
金沙古刹初停蓋　雪竇甘泉忽滿缾
天近層峯僅盈尺　眼看頹日小如萍
蒼茫不自分齊魯　淸濁誰能辨渭涇
渤海蓬瀛瞻繚白　伽倻瑞石杳鑽靑
鵬邊蜃闕分明見　鶴背仙簫斷續聆
欲向香鑪看垂瀑　仍敎釋子導飛輧
雙溪寺古煙霞老　八詠樓虛物象泠
學士風流驚四海　古壇松月近千齡
山疑禹鑿蒼崖裂　碑刻唐年綠蘚冥
異草無名渾莫議　奇禽難見只堪聽
歸驂出峽遵江路　餘興尋詩上水亭
仙賞已違舟底劍　早銜還掣閣前鈴
俗緣未了塵侵座　淸夢初回月瞰櫺

勝境豈無三宿戀　茲遊況變一旬冥
千篇得雋工摸景　百紙團辭敍所經
展卷心驚騰虎鳳　揮毫想見走風霆
盧同腹貯三千卷　吏部胸羅廿八星
直跨建安論麗藻　肯同餘子丐殘馨
鼻漫蠅翼斤揮堊　手把牛刀刃發硎
近代騷人事遊覽　敢將篇翰競光熒
明珠不翅連城邑　赤幟宜推豎井陘
不有壯遊那意豁　每逢奇勝即愁醒
飆輪獨到毗盧頂　玉節三朝上帝庭
自恨蠅營難附驥　深慙蚊睫有巢螟
名山坐負重尋約　舊迹俄經十載零
少日飄然思遁世　暮年何苦學拘囹
從今玉局修眞籙　永擬金爐煮伏苓
千里相思霞月好　一書靑鳥報丁寧

梁慶遇, 『霽湖集』 권7

算博士體

頭流八萬四千峯　五十衰翁一短笻
九曲雙溪鳴玉玦　百尋垂瀑掛銀龍
頻招七佛庵前鶴　幾訪三神洞裏松
忽別名山經二歲　耳邊長繞六時鍾

趙緯韓, 『玄谷集』 권10

病中 送琅玕翁遊頭流六絶

文殊山脈接頭流　山下高人作勝遊
靑鶴洞中無限景　歸來正好一囊收

誰識蟾江病客愁　年年方丈送人遊
精神不與形骸檠　飛上天王第一頭

孤雲遺蹟在雙溪　靑鶴高標拂日西
他時會償仙山債　到處先將姓字題

峰頭冠玉鄭先生　物外逃名錄事亭
遺躅秪今誰不敬　一編相感最南冥

儒林雪老戊寅遊　傑句爭高方丈頭
今日風流賢子在　名山會見續編留

湖上蘭舟雙櫓柔　波頭日月尙千秋
花開舊宅今安在　惟有雙溪響碧流　右次鄭先生韻

金聖鐸, 『霽山集』 권2

贈周居士麟

南山八月初　雨後天氣新
有客扣我門　行年七十春
鬚眉皓霜雪　氣岸離世塵
快談劍鋒白　一聽蘇心神
云本森溪周　歷世光城人

鳴陽犬牙地　蜂谷淸溪濱
縣小民苦稠　活計何酸辛
思移頭流洞　嶺路阻蹄輪
思耕德裕麓　湖西非我鄰
偶過七友堂　誅茅依至親
雲巖洞壑幽　白蓮山嶙峋
荒田將百頃　墾之可濟貧
時登鷲嶺臺　庵窟羅星辰
上上窮絶頂　西海無涯津
舟行可指點　羽化思騰身
雜以儒釋說　出入無生因
以善爲可行　切切多敷陳
將期效芹曝　一獻之楓宸
或爾不能得　策杖從吾眞
金剛玉峯列　妙香凌蒼旻
西廻九月山　甘露臨海漘
雙溪訪舊遊　八詠臺輪囷
行看下靑鶴　銜苔浴淸淪
依然玉笛聲　相揖洞天賓
爛柯千甲子　回頭如隔晨

金麟厚, 『河西集』 권3

復次諸公韻 詠三山遊勝 以寓歆羨之意

萬岳千山列畫低　揷天峯頂散芒鞋
東望蓬島西塵界　鷺鶴蜉蝣孰悟迷 _{右楓岳}

眞洞深尋別有岐 千年靑鶴踏松枝
遊人盡道天王快 幽宵寧無一偈詩 右頭留

參天松檜繞蘿藤 終日行山不見僧
應是幽棲長入定 煙霞爲飯月爲燈 右妙香

金安國, 『慕齋集』 권8

遊頭流山紀行篇 乙巳夏四月 遊山川

風馬春脫羈 野鶴秋開籠
軒昂自任宇宙寬 誰鎖玉脛鞭雲
崑崙萬里刷雪羽 華陽落日驕花驄
堪嗟俗學晩回首 管豹一班慜悾悾
低回井天一蛙黽 生死塵編老蠹蟲
旣不學低眉伏氣摧心顔 往掃人門能曲躬
又不能刓方斲朴變操節 巧把好竽求齊工
孤蹤素食厠鷺序 七載倚席忝周癰
一場槐夢覺莊生 再臨胡學憇陳公
尙喜天公借我子長遊 愛山心如粥面濃
況乃三韓方丈聞天下 第一位號先瀛蓬
蠟屐飛騰興已顚 欲仗靑蛇倚崆峒
學士樓中弔詩魂 崔孤雲金季溫曹太虛皆守天嶺
有學士樓嚴川路上橫孤篰 暖風晴日慰我欲山行
夾路照眼花如烘 巨壁斷神斧 嵌崖張翠屛
驚波怒濤倒瀉雙石筇 雲古迤細秋毫 險如鉅齒形摐摐
龍遊一潭忽躍出 極巧雕鏤誰所攻

逶迤暴石鯨 顚倒臥玉龍蜿蜒神迹見分明
更有千層躑躅粧石縫 臼樽散落孰來飮 漫郞千載留遺蹤
山門一夕踏翠陰 寒溜飛灑裘蒙戎
白頭南走分遠脈 馬川東下翻驚潒
十分佳色暮山來 幽禽得意啼春叢
祇林坐峯亂石扶結搆 靑煙起處鳴晩鐘
庬眉蔎蒻荷稻田 迎坐上方褰珠櫳
飽飯靑精香 寒漱淸川淙
荒尋石磴度亂溪 在在靑山如改容
懸瀑穿雲幽竇深 或噴瓊瑰 或磨靑銅
崩崖曲澗春色晩 靑紅正好鬪纖穠
天台已度石橋雲 靈源忽泛桃花紅
弱蘿纖葛手幾援 千盤百折撗還縱
高林蔽葉日欲陰 老樹騈立根疑同
淸流當道知我渴 盤石在前知我憊
東邊一片巖 手拭千年苔 鴉棲亂墨毫生鋒
枯槎挂壁礙前頭 瑤草環滋爭蔥蘢
白日驚人走鼪鼠 隔林側耳聞猿狨
馳坑跨谷歷沮洳 數里蒼竹 間以靑楓
背汗喘息困恂懅 忽驚面上生寵嵸
離離佳實滿林垂 鳴鳥未聞疑我聾
丘民濟飢食之旣 遲爾一下朝陽桐
竹實滿林 飢民採食
有實者皆枯 高原處處半間茅 伺鷹設械如編蓬
禽荒毒民彼不仁 凌霄逸翮胡罹罥
怪底螺蚌附巖腹 人言曾被洪流潼
麀麀鹿豕行作友 騶虞化已覃五猣

徑到山堂却訝極崢嶸　仰視不盡靑重重
崖懸山市勢立立　松鳴古樂聲融融
轉石千仞雲根動　吐嘯半嶺鸞吟雄
登玆有小魯心　下視積蘇塵離離
正見晩靄漫山夕陰寒　紫翠萬狀爭溟濛
也知龍眠亦難畫　迷神擲筆愁忡忡
新齋數楹創誰手　捨財乞靈哀愚蒙
金華臺邊黽餘力　上窺石門憂心忡
躋攀尺寸到上頭　始得三山第一峯
時當首夏亦凄緊　氣候蕭索如深冬
花心未動暮春深　樹木拳曲枝皆童
陽和不到太古雪　嵐霾晝夜藏沖瀜
三間古廟不避風雨籬　板扉無主繚壞墉
糢糊石軀帶瘢痕　開眉如喜來人跫
誰敎左脅産凶雛　呑卵開商憝有娥
西域妖神豈遠到　無稽怪語還朦朧
爭將靈驗擬神明　明燈灌酒能致恭
無心媚竈禱已久　肯向幽冥推吉凶
須臾急雨散銀竹　一掃積陰開昏曚
纖埃點塵自不干　如跨鶴羽翔層空
固知天意勞遠遊　豈謂正直能感通
萬界湖山一一露眞狀　澌澌湊首咸來宗
爭抽碧玉筍　亂揷靑美蓉
浮空遠岫有無間　點波孤嶼蒼茫中
昂頭老虯渴欲飮　拔地長劍光如礱
翩然舒翼舞鳳凰　逸似振鬣嘶騄駷
西瞻小白白雲飛　北望華岳祥煙彤

列城依山點黑痣　衆水縈林橫蟠蝀
入眼乾坤尙嫌隘　一杯滄海誰云洪
紛綸巨細覽無餘　蜂窠蟻垤難爲崇
區區峭嶽各自名　雷封眇然如齊楚之於邠酆
只有般若峯高翠磨空　讓頭不敢爭比隆
高攀老人星　下瞰雲飛鴻
呑胸小八九夢澤　噓氣蟠萬丈晴虹
扶桑咫尺可飛到　長江若爲春醅醲
悠悠塵世笑壤蟲　浩氣直欲參玄穹
飄乎乘月槎而御風伯　曠然麾列缺而驅豐隆
仙娥冠雲酌霞觴　子晉步虛吹鸞箜
揖我謂我仙　令騎太微朝天翁
坐余淸都白玉筵　交梨碧桃金盤充
銀毫寫就碧雲篇　折寄琪花葉蒨蔥
良晤未闌金烏翥　追思邂逅成奇逢
中夜魂淸發深省　靑熒殘燭懸金釭
風雲戰搏響耄敉　寒氣挾霜侵衣襛
起看六合一瀛海　靑煙白霧渾夢夢
萬形無眹蘊沖漠　一氣未闢成盲矇
漸見紅光盪射海宇翻　暘谷欲明先曈曨
鷄子初分大樸全　三皇首出猶倥侗
金輪湧空驚魍魎　淸旭驅陰散錦幪
文明赫赫正當中　昭揭九萬開天聰
羲和賓餞歌出作　唐虞民物登熙攤
聊憑日觀覷天步　推此可驗一元之始終
可笑下土蟣蝨臣　有懷捧手傾葵荙
畜眼年來最奇絶　心醉怳若酣醇醲

詩豪安得李謫仙　驅使物象吟颯颯
臨風欲賦愁大巫　態存寒瘦如秋蛩
忽有西風駕腋訪落星　竹外斜暉時下春
僧殘寺古塔半摧　溜雨空階陰翠榕
紫霞應是赤城標　爛熳天際疑張烽
行穿木末出半身　扶登雙石煩呼僮
西南衆峯此來會　宛如春江得雨魚喁喁
裹氈縋下又數里　膝行不前心忪忪
臺擎仙掌入重霄　山聳詩肩凌九嵸
此間從古畜神怪　靈溪玉泉流溶溶
曾聞中使屢行香　至今信惑多愚憃
老僧要我留玉帶　少僧勸我加朝饔
千尋迦葉日邊影　刀斫亦被島夷兇
民生血肉不堪說　石木胡然逢鞠訩
天生聖祖爲濟時　一揮蕩滌如決癰
靑林玉岑認鶴洞　夜警風露聲摐摐
高人底處臥松陰　歌斷紫芝春茸茸
應有飡霞飛步如應眞　藏橘覆棋如巴邛
仙曹自古遠塵囂　世人迷路知何從
但見丹崖萬疊樹參天　樵丁無計戕斧鏦
風磨石刻半微茫　有雙溪石門四大字
孤雲所書　松纏翠絡垂鬖鬆
良田數掌樣平　濕可秔稻　高宜稑種
欲喚孤雲訪消息　仙遊何許飛靈踪
抽身禍網振華藻　風聲沒世欽淸丰
千秋一人韓錄事　快如騏馬不受絡頭絨
高麗韓惟漢棄官　携家入此終焉

以避崔忠獻之禍　累微不見
老賊門前拜卿相　獨擧物外妻孥共
飛書誰起避地龐　閉戶還如推印龔
丘壑無人水空咽　唯餘壞垣荒蒿芎
多小珠林各占勝　古道無媒零露震
參差畫棟古非古　出沒巖扃封不封
嗟哉靈境阻山海　每費吟魂思盪胸
今將寸珠投此玉京裏　非復向時吳下儂
生平謾負湖海志　欲跨禹迹尋幽窮
摳衣直泝泗源　開襟恰受關閩風
登臨五島見象山　徙倚岳陽看吳淞
生世難逃世累牽　探奇未了歸心勿　噫嘻造物初開張
雄奇秀麗　胡爲此山兮獨鍾
領會元氣　經紀兩儀　屹立萬古誇穹窿
夸娥巨靈不得動一髮　豪縱造化工陶鎔
精聚應多産寶藏　金銀氣上牛斗衝
若使移在中華峙土中　峻極不讓華與嵩
燔柴望秩祀玉皇　泥金檢玉銘神功
又有登岱之宣聖　樂山之朱張
聯踵蕙路披丰茸　誤落偏區名未大　祗說神山海東
秦皇昔日銳求仙　湘山風雨回蒙艟
童男不返徐市亡　靈區未許來凡庸
山乎有靈獨拔萃　要爲王國勤輸忠
澤民功利效泰嶽　降生申甫齊高崧
雨暘無災乎愆伏　賢俊爲國之笙鏞
鎭我靑丘壽不崩　千秋聯美周岐酆
爲問山都知耶否　孱顏不老幾閱人憧憧

紛紛割據屬詩家　縮結煙霞吟料供
潛思今古閱萬刦　細推物理無歡悰
浮雲過鳥迹杳杳　晨鐘暮鼓催鼕鼕
中有一生誰壽天　膏火自煎良可恫
其上有狗骨之杞　人形之蔘　流膏入地　五鬣不朽之長松
採根食實制頹齡　何難飛到廣漢宮
逆理偸生非所安　奈此浮生如寄傭
太上立德大人事　景行千古爭顒顒
逢時策勳亦偶爾　圖形肯數雲臺彤
玩物騷人效刻鵷　衆作喧噪多午蜂
徘徊歲晚無奈何　日月昭昭臨我衷
自分庸材散樗櫟　誰憐下體收菲葑
不羨終南進捷徑　不願渭陽載匪熊
龍劍何須遇雷煥　爨桐不必逢蔡邕
行路太行非岌岌　世濤瀲灔浮洶洶
牽犬何嗟赤族斯　潛郞空歎白頭馮
開荒數畝專一堅　圍螺髻兮臨琤琮
乘春桃茦當列鼎　携鑱斸藥扶衰癃
茶烹陸羽破白雲　荷折象鼻傾碧篘
元亮風窓撫短桐　樂天醉筆傳詩筒
禍福唯任塞翁馬　得亡都付楚人弓
戕生可戒食蓼蟲　懸鉤庶免貪餌鮦
銀臺金馬在何許　雲關石扉開玲瓏
將身已超榮辱境　滿世虛愁誰內訌
神閒意靜樂自饒　信天安命心愈豐
身處人寰心出世　何羨喬松白日雲天沖

黃俊良, 『錦溪集』 권1

與趙復齋遠儒鏞肅 遊順頭流三十首

早發登登御晚風　天王眞面入懷中
千重萬兀如斯壯　果與前評無異同

好是名山第一峯　平生知己又相逢
幾年囙耐塵寰鬱　此日還如伴赤松

步步聯襟若鳥雙　掠來谷谷吠仙厖
樵竪亦驚山外客　頻頻佇立白雲龐

勝處每逢愧拙詩　石湖題品獨君知
雲林谷谷成奇絶　況復新秋好景時

萬木陰陰石逕微　卻疑雙屐挾雲飛
左攀右拓深深到　洒洒仙風振薜衣

縹緲身如御太虛　人間萬事問何如
三神之一最靈地　晚矣遊觀今日余

千林寂歷鳥聲孤　萬象怪奇難畵圖
儘覺玆行償宿願　淸遊自許子平徒

高坐嵬巖一仰低　黝雲忽起使人迷
蒼屏擁立林陰密　但聽春撞萬壑溪

雄莫斯雄佳莫佳　古今無數費芒鞋
幾多不作尋常看　散盡生平齟齬懷

稜稜山勢積巖開　遊客探奇步步催
萬事莫從平處說　于玆端合著跟來

尋來一曲又尋眞　始信玆山面面新
莫道如今塵土客　半空許作白雲身

崎嶇石路滑苔文　步屧誠難咫尺云
堪笑貧兒今暴富　滿山瑤草滿山雲

山人指勝款款言　板屋生涯樂成村
倦脚還如風使逐　深深故入萬山昏

曲曲名區第次看　秋天寥廓夕暉團
棲中白鶴驚飛下　無乃吾行破睡安

玆遊今日覺身閒　踏盡天王萬疊山
爲問桃源何處是　斜陽佇立卻忘還

入山猶見太平天　片片諸田可食年
這裏居人無一事　朝暾猿鳥共悠然

及過山腰攀樹條　每逢盤石暫逍遙
涼風颯颯雲邊下　襟袂飄如拂玉霄

蝸屋雲端蓋以茅　山翁見我若曾交
從知搜勝耽奇客　虎窟經來又鵲巢

一步艱難景益高　故敎筋力倍增豪
滿林滴㴩淸肝肺　半掬寒流淨髮毛

山腰沃土拓無多　萬種獸禽一任地
悅若心期收不得　無端凝立放吟哦

處處平原可起家　秋來橡栗足生涯
山間百事都疎闊　只信居諸葉與花

創見名區不可忘　菟裘吾欲此山傍
坐兀歔欷仍縱目　三千里界但蒼蒼

仙人笑語若聞聲　兩腋淸風習習輕
那當借得韓公手　掃盡留雲萬壑晴

世念此來可息停　望中繚白又縈靑
悠然盡日千林裏　鬖髮翛翛秋氣醒

石架雲梯步步登　悄然疑是衆仙朋
元來奇絶多高處　更束全身又一層

辦得玆遊卄五秋　駕風來坐最高頭
笑他山外紛紛客　塵土長時沈且浮

抱得峨洋太古音　名山深處一來尋
不徒眼界當場豁　且覺纖塵不入心

一嶽方壺鎭二南　破來牛脇不徒談
仙蹤寶藏俱無量　吾爲玆山贊嘆三

谷邃林深勢兩兼　長時煙雨下靆霺
來坐峯頂天全淨　不妨徊徨縱目瞻

搜來萬壑又千巖　盡日煙霞渾滿衫
逸興未收回蠟屐　新詩卅頁愧余凡

權鳳鉉, 『梧岡集』 권1

與許尙遠 遊頭流山

頭流山昔聞已久　不謂君鞭著我先
這裏淸奇不須問　前賢遺躅最堪憐

朴嶠, 『安齋遺集』 권1

頭流山 　吳聖奎父子·金振汝·李仁善·李亨仲 同伴

上下靑天一帶江　却憐明月照成雙
諸君爭出驚人句　各自爲雄互不降

宋準夏, 『魯菴集』 권1

頭流山歸路 奉和趙應章昺奎

萬疊頭流歷覽歸　泉聲岳色尙依依
春來擬逐桃花水　更續前遊未必非

李準九, 『信菴集』 권1

送鄭雲躍·閔希叔·盧海卿·金琢汝及申金二童 採藥頭流山 　壬辰夏

萬疊頭流深　送君採藥去
俗流從不得　遙望雲生處

權基德, 『三山遺稿』 권1

入頭流山

無伴春山裏 探眞獨躋攀
白雲生屐底 滿眼摠仙園

權寧鎬, 『雙石遺稿』 권1

次諸友上頭流山詩

直到上頭計已非 逶迤衰衰乃如歸
已知緩步安當馳 豈有閒行發若機
到處巖楓偏愛晚 偶逢瑤草更憐肥
次第輪來皆好景 悤悤何必趁朝暉

河仁壽, 『梨谷集』 권1

頭流山歸路 次南冥先生贈韻

相逢邂逅地 理屐故遲遲
此日殷勤意 奈如告別歸

附原韻

爲憐霜髮促 朝日上遲遲
東山猶有意 靑眼送將歸

文敬忠, 『湖陰集』 권1

宿順頭流

氣便虛明意便淸 登臨非復世人情
望裏孤烟凝不散 此間應有鍊丹成

李鍾浩, 『拓齋集』 권1

登頭流山 同權松山·河龍秀·李道長·鄭珪錫·李定洙·李錫洛

碧蒼眞別界 何處是塵寰
雲鳥飛過上 佛仙疑信間
極邊祗有海 此外更無山
呼吸玉京近 幾承上帝顏

沈相福, 『恥堂集』 권1

登頭流山

層磎百轉涉危傾 留憩林廬意未平
巖壑中開深更遠 海天夐闊杳難晴
依依殘日峰頭沒 片片飛雲脚底生
夜久不眠怊悵起 滿山松檜忽秋聲

黃鍾淵, 『伊山集』 권2

贊頭流山國立公園

三山鼎立海之東 方丈最高國寶中
維嶽降神多士出 金銀玉帛不爭功 三山卽三神山 瀛洲·蓬萊·方丈 是也

姜貞秀,『隻菴遺稿』권1

頭流遊山詩軸

一抹西岡特地成 四時無日不秋淸
雲藏磅礴千尋壁 龍噴玻瓈九曲聲
此去罔非山更好 今宵多少月應明
阮郎已識天台路 那得重來敍盡情

李東昇,『鵝湖集』권1

九月九日 與鄭雲弼圭錫金豐五顯玉 登頭流峯二首

九日登高是韻會 西林猿鶴向人舞
天公借我一日遊 休道重陽易風雨

天時人事政悠悠 卜築玆山動二秋
老少淋漓文字飮 風流幸不負頭流

趙性家,『月皐集』권5

酬鄭致學闇敎七首

松關俏條入雲開　象外淸標慕向臺
椀戰槍旗茶已熟　簷鳴琴筑雨方來
百年世事長安奕　半榻詩愁遠客杯
衰甚逢君忘久敬　瞿然還笑不知裁

頭流不翅十回登　雲是吾師鶴是朋
仲蔚窮居誰所愛　仇池靈境此堪稱
九歌疇昔悲秋士　三乘如今結夏僧
起看溪山春意動　百花第待發層層

窮村有酒賴年登　石逕跫音況遠朋
世外桃源何處在　古來藥草此山稱
籠猶養鶴能超俗　食或無魚未免僧
鼇骨已霜君莫信　干雲方丈聳千層

方丈深山獨太平　好音何日報河淸
月輪尙帶先天色　鳥語猶傳盤古聲
石鼎煎茶賢酒冽　地爐燒榾敵燈明
靜中始覺乾坤大　山水冷冷非世情

顧余棄棄等君平　纓足猶能辨濁淸
好是閒中知酒趣　不敎山外送詩聲
萬年赤縣風塵暗　一片靑丘日月明
吾讀吾書而已矣　世間何事也嬰情

生來何事不虛疎　日日優遊送日居
科業縱窺盲腐史　學源未究洛閩書
惜乎壯歲工夫缺　所以殘年悔恨餘

田父若思秋有穫　盍勤擧趾四之初

養拙林間盥櫛稀　白雲千朶擁柴扉
波紋乍坼魚跳入　石面差溫鹿睡歸
座右銘宜思子玉　臥遊圖未遇探微
平生把酒論文友　近日胡無一幅飛

趙性家, 『月皐集』 권5

頭流紀行

逍遙衆外御長風　況復諸君不約同
奇緣偶作方壺客　信息應符海罄翁
稻香滿野点秋熟　草色連堤喜逕通
此去天王餘幾里　行人遙點靄雲中

河載文, 『東寮遺稿』 권1

謹次崔守愚先生頭流詩韻

翁與頭流仰止均　巍峨萬丈入霜旻
胡爲當日藏山雨　還未藏翁七尺身

河鳳壽, 『栢村集』 권1

同朴沙村·河下臺載奎 遊頭流南麓 甲寅

深洞

水落三淸界　山藏萬古春
巖間聞犬吠　應是避塵人

洞庭

境壯難爲筆　湖深不可橋
我有胸懷大　群靈豈待招

舟行 過岳陽亭下 次一蠹鄭先生韻
細柳輕蒲不耐柔　棹歌聲斷幾多秋
三人一笑同舟去　只見山高與水流

李隱君,『梅堂集』권1

與諸友 作頭流之遊 到文巖 次權士任克亮韻 丁巳四月

長郊盡處水西限　誰破天慳劚作臺
鷗鷺亦知遊客興　傍人莫道使君來

金奉祖,『鶴湖集』권1

遊頭流

聞說仙山秋景晩　忙携藜杖到雲林

層巒樹染成新畵 邃谷禽鳴送異音
靈境自能銷世慮 瓊流況復洗塵心
平生素願今初償 周覽窮搜興不禁

鄭相點,『不憂軒集』권2

頭流聯句

十里溪流曲曲淸_{文郁} 滿山秋景惱詩情_{美甫}
探眞行色斜陽路_{宜卿} 共策羸驂訪化城_{仲與}

鄭相點,『不憂軒集』권2

鄭汝啓堂上 望頭流 有感

誰道頭流擅勝名 礧巖曾不護民生
山中白骨相撐藉 永夜唯聞鬼哭聲

李偁,『黃谷集』권1

次趙復齋孝謹頭流紀行四首

神仙磧

聞說三山勝十洲 應緣仙磧在頭流
奇形箇箇如來坐 幻跡依依道士留

却喜喬松玆可遇　偏憐秦漢竟虛求
壺中絶境君先踏　他日尋眞我且謀

仙遊潭 孝謹云 潭在神仙磧數武許 水淸如玉 石怪如罍 子姪發見 喜錫是名

方丈山中得此珍　神慳靈秘待高人
曾因地僻名隨沒　縱有仙遊跡已陳
罍爵一床疑古廟　珠璣百斛奈荒濱
先生筇後賢過适　搜出眞源以悅親 孝謹詩云 泉石喜歡隨過适 文章慚愧擬坡濱

天王峯

納納乾坤眼界空　回看身影極西東
冥翁有錄敢同日　蠹老傳詩追後風
良夜瑞光星動朗　淸晨壯觀海蘸紅
吾人到此心虛遠　莫若歸求玉漏中

碧溪庵

歸路披榛到碧溪　數間板屋白雲齊
僧房劫火何年事　客袖秋風此壑蹊
縱下中峯平地遠　回思前夜上天樓
文昌去後無消息　謾向空臺試一躋

朴遠鍾, 『直庵集』 권2

秋日 同郭仰汝·成鍾煥·姜元實 遊頭流山紀行

壬戌秋八月　山翁出山谷
北渡鏡湖水　西入嚴陵曲
仙源何處是　松臺好民俗
逶迤上春來　曠感前輩躅
相逢柏川子　暮投寒雲宿
渭陽在虹橋　孺慕悽荄蔘
姜生起余意　聊誦頭流錄
朝發西山巓　相訪碩人軸
珍重郭居士　爲客成家塾
成童何愍懃　佩餷指路熟
窮林楓葉晩　絶峽虎豹伏
天梯與石棧　鉤連似劍蜀
翩然上絶頂　放懷天地角
三山鰲背出　九河鯨濤綠
却憐韓錄事　峯頭冠一玉
云何山海翁　駐馬佛日屋
登泰天下小　仲尼已先覺
愧我蟄蟄者　掩戶常瑟縮
一朝成大觀　自是知止足
明日泛孤舟　吾將下河岳

李道復,『厚山集』권2

登頭流山 呈李華齋維

丹藜一杖白雲間 目下兒孫搾翠鬟
休道頭流高且遠 登登不有未登山

盧士豫, 『弘窩盧公實紀』 권1

與李子時·金善述 同遊頭流 題義師詩軸

頑雲拖雨失遊絲 芒屩難尋絶頂危
晴罷定宜樓上飮 樓邊山色十分奇

芳時探賞入虛無 瀲灩晴光正凸湖
海嶽百年稱地勝 壺觴半日作天徒
紛綸俗態誰知已 爛漫酣歌欲喪吾
早晩菟裘諧夙計 此間棲息送晨晡

姜大遂, 『寒沙集』 권1

姜國卿來訪 同作頭流行 訪鄭雲弼奎錫于尋眞亭不遇 題其壁上

松桂冷冷白日寒 西風客子獨凭欄
人間已識韓康在 謾逐閒雲入遠巒

李迨, 『月淵集』 권2

咏頭流山

瞻彼頭流峻極天　藩屛南國秀金蓮
爲向山靈心有祝　願生豪俊四方宣

韓基錫,『柳塢集』권1

流頭流山　丁卯八月十六日　陪漆谷從叔從弟及河平甫·李滋彦·崔老柱
登頭流 因下觀雙溪蟾江而歸 作五言一百十九句 以記遊賞之蹟云

少無適俗韻　雅有丘山癖
窮居四十載　遂爲塵事迫
截彼方丈峰　雄壓嶺湖域
海東三神山　仙人之所宅
昔我浮查翁　玆山三登矚
至今有詩什　仙賞宛如昨
余抱夙昔願　一往嗣遺躅
適我橫城叔　今秋歸自洛
去年觀金剛　脩然豁胸膈
餘興猶未已　首倡遊山約
老少十餘人　飄拂理芒屐
中秋月旣望　天氣淨如拭
午喫妙洞飯　暮向德院宿
主人供美酒　山柿時方赤
過啜茶澗廬　族兄持孝服
仍投佛藏菴　石路多傾仄
步步憩巖畔　老釋出禮客

夜坐禪樓月　買醉吸太白
早發登山頂　菴僧出路僕
持鎬與鎌斧　齋饌具糧食
午憩順冬村　村後卽峻極
前行三十里　所見如咫尺
遣人中山村　沽酒趁日夕
飽飯催前登　攝衣仍側足
佶曲微有逕　攀躋各努力
藤蘿抱巖屈　杉柏挿天直
前呼後相應　一失難復覓
遇瀑或嗽濯　得石暫休息
峽路多靑藜　披林恣搜擇
斲之以爲笻　登登倚腰脚
忽過世尊峰　屹立千丈壁
天風吹兩袂　向晚始登陟
維南一雄鎭　元氣此鍾毓
峻拔無與齊　凝結皆巖石
四望無邊畔　環海不可測
徘徊倚西極　茫茫日欲落
雲氣紛五彩　炫轉何燿爍
圓淨一大鏡　或沈又或躍
不知阿那邊　無乃是若木
俄頃晦晶光　天地忽寂寞
山氣何凜慄　向夕心危惕
闍梨供夕炊　藉石各頓喫
薄暮中山人　來到是宗族
無酒不得齋　豪興牛瑟縮

山上有草茇　前春過巡伯
結木倚巖壁　爇火籍蒿席
入夜風忽靜　不嫌衣裳薄
曉登日月臺　欲看出紅旭
萬狀俱難象　鴻濛未分析
移時不見日　翳翳皆雲色
團坐喫早飯　裹餘仍裝束
南下七佛路　路出高峰脊
層巖呀作門　危棧愼經歷
虎口與獅項　道里以堠識
斬木開危逕　左右多攘剔
知是巡相行　峽民勞其役
或降還倍陟　未午皆枵腹
道傍得一泉　解渴仍洗滌
歇脚療苦飢　山陰已西昃
右背碧樹嶺　南望下山麓
前得三助巖　山盡如懸索
入憩路上店　買酒仍大酌
仍問七佛菴　十五里猶隔
通計所經道　至寺幾近百
然且不可止　層塔更加策
及至梵王寺　路迷光已黑
村人持火導　寸進逕愈窄
剝啄寺門外　鍾歇時寂寂
菴僧延客坐　飯饌供澹泊
頹然伸脚臥　晨磬喚人覺
僧有以基者　指示古勝跡

山有玉鼇臺　仙人昔吹笛
新羅王七子　尋聲來學釋
母來不得見　影池尙依昔
其時亞字房　至今無改易
題名寺樓上　日晏出洞壑
靑山夾瀑流　榛栗間松柏
十里有神興　水石尤奇特
孤雲有遺蹟　千載更誰續
洗耳巖三字　宛轉苔不蝕
水中雙石甕　上谽無傍隙
僧言沈菁食　味甘無與適
梵宇多新巧　近年經回祿
殿牓極樂號　字體輕韓蜀
又下十里路　雙溪寺揭額
僧房列左右　佛殿何輝爀
樓前眞鑑碑　孤雲書又作
又有孤雲像　仙風爽人目
夜臥禪月下　心淡如有得
到今有遺恨　不得登雙鶴
行到花開市　兩南境始闢
山川俱明麗　湖水淸且綠
飮罷胸襟闊　前路通平陸
仍向岳陽縣　八景俱的的
暮宿河陽府　朝出觀商舶
水陸都會地　貨財來湊輻
湖上有一樓　蕭灑俯澄碧
但嫌城市近　無主又可惜

江娥斫細鱗　小槽眞珠滴
早投南山村　主人欣出逆
酌酒慰久渴　呼童紅柿摘
携網出前溪　截水打銀鯽
小飮隨得肴　相奪以爲謔
夜間發嘔血　老叔與小叔
調理二病客　歸裝在再翌
或訪仁川村　或問旌樹驛
共會桐湖舍　乘暮歸水谷
玆行甚奇絶　不可無記錄
赤免黃花節　日在旁死魄

成師顔, 『琴溪集』 권1

丙辰秋九月　家大人將往頭流山　作仙遊約　與同之者　鄭
玉峰大淳 · 姜鳳臺敏孝 · 朴凌虛敏 · 李洞庭重訓 · 文梅
村弘運 · 伯兄及余　亦陪隨　向山岐之樂天窩　途中逢雨
伯氏作啓仙遊行一絶　與諸賢奉和

搖落秋天塞鴈飛　頭流遙望雪霏霏
芒鞋卽向尋眞路　爲問孤雲歸未歸

成鐔, 『川齋遺稿』 권1

瑊伏見南冥先生遊頭流錄 中有曰 到旌樹驛 館前竪鄭
氏旌門 鄭氏趙承宣某之妻 文忠公夢周之玄孫 承宣義
人也 高風所擊隔寒慄 知燕山不克 負荷退居十餘年 猶
不得免 夫人沒爲城旦 乳抱兩兒 背負神主 不廢朝夕祭
節義雙成 今亦有焉 看來高山大川 非無所得 而比韓鄭
趙三君子於高山大川 更於十層峰頭冠一玉也 千頃水
面生一月也 海山三百里 獲見三君子之跡於一日之間
看水看山 看人看世 山中十日好懷 飜成一日不好懷 後
之秉鈞者 來此一路 不知何以爲心耶 且看山中題名於
石者多 三君子不曾入石 而將必名流萬古 曷若以萬古
爲石乎 噫 我以承宣之親孫 旣覽南冥不好懷之辭 又經
當時答呼韻之處 追思嗚咽 何以爲懷 仍次其韻 以寓悠
久無窮之感 以成四韻 以顯三先生高風道德

提■鼎坐俯澄淵 鏡面無塵上下天
錦繡粧成山色裏 紋綾彩起水光邊
群英此日眞嘉會 勝跡當時孰比肩
經過至樂爭景慕 堂堂節義最高堅

趙瑊, 『鳳岡集』권2

頭流山

智異山云祖白頭 白頭餘脈是南流
蒼蒼遠堪輿遠說 此去先春成百州

安益濟, 『西崗遺稿』권

金善觀利濟·金瑩彦昌玉 遊頭流山歸路 見訪多謝

君看頭流千萬疊　空閒何處可藏修
金華舊隱渾如昨　霧捲雲飛所思悠

田璣鎭, 『飛泉集』 권1

流頭流山紀行

山川經雨却清新　流動胸中灝氣眞
芳草綠陰隨處好　不妨林下度三春　右白巖道中

殘雪梨花兩岸平　是何晴日聽雷鳴
錄事衿期山不老　孤雲消息水餘淸
得失可憐浮世態　是非遺却俗人情
寒棲留結他年約　猿鶴知應識姓名　右白巖

各山宿債了生平　噴玉奔流曲曲鳴
殘年活計探眞是　盡日襟期徹底淸
閒雲老樹渾無語　啼鳥游魚却有情
挾俗猶傳韓錄事　巖稱家禮又佳名　右家禮巖

往事依然餘舊亭　山光濃淡水蒼靑
友朋之誼誠如許　過者千秋幾喚醒　右送客亭

出洞人來入洞先　名區不盡舊因緣
流水聲中山似睡　白雲深處晝如年
交契得於猿鶴結　姓名羞向俗人傳
何憂何樂厖眉子　非是蓬瀛別有仙　右大源庵

夫子奇南服　斯文廓正門
靜時方得力　極處每逢源
綿邈淸風古　澄明灝氣存
衿胸淨如洗　世故不須煩 右洗心亭

居人傳說李陶邱　數曲滄歌百念休
斜日荒臺愁不去　淸山無語水空流 右陶邱臺

南北東西遠　人間別路悠
連筇留後約　紅錦海山秋 右贈別

朴旨瑞, 『訥庵集』 권1

贈北道僧性天 南遊頭流山

衣繡靑年出北關　風旗遙拂海雲寒
僧從何處過精舍　我已無心作好官
七佛庵奇金布地　雙溪花晚錦成湍
扶筇直欲隨君往　門掩空山竹萬竿

柳夢寅, 『於于集』 권2

次朴訥齋祥韻 贈鈍庵

師登頭流巓　頗見衆山小
下笑甕中人　蓬心隨日勦
行行攀桂枝　石徑縈林杪

寒煙繞脚底　獨乘溽眇鳥
天王上翠微　靑鶴下窈窕
暝來臥幽室　宿羽驚先曉
睡起坐方定　佛榻香煙裏
時來塵世上　睨視大人貌

金麟厚,『河西集』권2

送曹上舍遊頭流山

此地孤雲舊學仙　春深靑鶴百花然
眞人已去昇寥廓　萬文空餘石上川

朴淳,『思庵集』권2

送李可謙增遊頭流山 丁巳

頭流楓嶽可尋眞　誰脫區寰沒馬塵
我昔白雲臺上客　君今靑鶴洞中人
吟鞭驛路春千里　蠟屐山蹊月一輪
收拾煙霞知幾許　錦囊從此貯淸新

李珥,『栗谷全書』권1

戲贈頭流山僧

維岳盤根數百里　雲霄高出幾千層
秦威不及靈芝菀　禹迹無痕造化凝
洞壑殷雷龍晩躍　乾坤破黑旭初升
山中勝槩徒憑口　歸興悠悠付野僧

宋之栻, 『松風齋集』 권1

頭流詠古

木落山空鶴子哀　千年玉寶有荒臺
石槽永夜琮琤水　猶譜靈琴卅曲來　玉寶高

記到丹山碧水湄　蠻坡學士鬢成絲
風波兩地歸來晩　桂室松堂坐賦詩　兪雷溪

萬疊靑山一派江　菰蒲春雨暗船窓
浩然天地容吾蠹　麥熟花開酒滿缸　鄭一蠹

冥翁又一阿羅漢　記昔黃牛脅十穿
白首到家河滿腹　免敎趙老哭蒼天　曹南溟

僧伽梨好換朝衣　直爲逃名也自稀
誰識功高靑海伯　眞遊長白學禪機　碧松禪師

姜瑋, 『古歡堂收艸』 권2

登頭流山

稀年方丈約　賴有二三公
願借推移力　期於最上峰

崔益鉉, 『勉菴集』 권2

閱頭流故事　有懷韓錄事玉寶高

蘆花江上子知津　鳳仝來時鶴影淪
北牖題詩南嶽去　巖間紅綠自秋春　韓名惟漢　見麗史卓行傳

朗月方壺響玉靈　至今玄鶴戞三淸
絃韻無傳光氣閟　松風谷水自生聲　玉羅代仙流

李震相, 『寒洲集』 권2

曉起

濃霧纔收北斗闌　煖醪無力複衾寒
金鷄叫處暾將出　大眼何曾礙遠巒

李震相, 『寒洲集』 권2

方丈山

方丈山歌 送帶方高使君用厚

三韓之外方丈山　六鼇不動高巑岏
白頭南流窮海際　秀氣橫蟠天地間
洞天福地往往在　仙曹龍象相盤桓
青鶴高棲在何許　俗客欲尋神鬼慳
孤雲一去已千春　隴西公子曾迷津
送君却向此中去　瀛州風露猶在身
萬壑煙霞生脚底　群仙乞與雙飆輪
祕訣隱文細紬繹　璚臺絳闕爲比隣

永嘉蠟屐豈足道　句漏丹砂苦不早
知君不用賦歸來　靈區物色供幽討
石髓莫遣風吹堅　青精解使顏色好
倘憐故人在塵土　須分一束金光草

張維, 『谿谷集』 권26

遊方丈

跡遍頭流千萬峯　層雲絶壑豁胸中

莫言摹寫毫端盡 依舊蒼崖雪滿松

河弘道, 『謙齋集』 권1

方丈山

几案朝朝方丈山 白雲呼吸自來還
德山洞府深如許 日月吾家寤寐間 南冥先生嘗言敬義吾家日月

崔琡民, 『溪南集』 권4

昆山途上

故人逢故人 我輩摠詩人
方丈三韓外 何處有羽人

朴敏, 『凌虛集』 권1

山遊

春山相伴客來過 晴後吟料萬象羅
方丈峰巒雄海岱 謫仙詞藻少陰何
吾人會合今朝勝 東國烟霞此地多
古驛殘宵聯化蝶 羈魂一牛繞雲蘿

姜大適, 『鷗洲集』 권1

下山

山靈嫌我近歸期 雨滿前川漲淥漪
爲謝此間珍重意 吟鞭將發强留詩

姜大適, 『鷗洲集』 권1

歸家 夢遊方丈山 覺後 有作並呈

萬古天王接上天 文昌臺畔紫霞烟
平舖海割東南面 隱暎山分小大拳
窄窄三韓齊眼下 茫茫歸鳥沒雲邊
蕭條驚起秋山暮 庭樹風寒月正圓

李敎宇, 『果齋集』 권1

方丈山聯句

三神方丈一 從古名吾東 心石齋
漢禪猶難到 秦藥謾求空 聾齋
遠呑滄海碧 幾扚日輪紅 宋鍾萬
煙霞朝夕變 泉石古今同 李萬根
境高物易見 識淺理難窮 卞孝錫
如登雲漢上 宛在畫圖中 朴升來
有緣珍重步 容易高遠通 金秉奎
探得孤雲蹟 復看蠹老風 金會錫

三千緣大地　咫尺是蒼穹　李鉉奎
山勢撑空屹　春心潤物公　劉祥佑
隔世惟千里　去仙只一弓　權命熙
瞻星呈老彩　飮澗滌塵胸　宋機休
登高遂素志　陪從盡丹衷　宋麟休
峰積千巖疊　溪深細雨濛　宋淳中
數霄承盛誨　幸我啓顓蒙　宋洛中

金會錫, 『愚川集』 권1

方丈山

吾聞居列西　群山何屈彊
蜿轉列千山　鬱積萃衆崗
方丈山益峻　截然出其央
盤拏何巖巖　突起磨穹蒼
余生方丈下　未得一翶翔
每思方丈山　懷思何尋常
今秋天氣好　四野轉淸凉
良朋三數人　要余辦一場
君裝爲我束　我馬爲君韁
暮投招提境　鍾磬何鏗鏘
世慮今已遠　靈籟發疎篁
携手至山下　仰視心茫茫
巉巖不可攀　千丈石骨磅
矗矗何奇絶　竦立似釖鋩
相携欲躋攀　天風拂衣裳

藤縈不見天　休脚登天王
山勢何軒豁　騁目一以望
使我心自壯　徘徊以彷徨
高哉幾千仞　雄壯最東方
崑崙是嚴父　五岳是成行
諸山皆下風　戌削同羊腸
桂樹何時發　五月下嚴霜
磊磊石矼上　六月雪雰雰
澗谷決山脊　水聲何洸洸
白日雷聲動　匐匐驚溝潢
砅崖千層落　急湍或蔣蔣
山鳥驚怒濤　于飛相頡頏
仙翁多窟宅　如聞語琅琅
天地小如丸　惟見海風颷
丹霞手可挈　眼前絶雌黃
坐見日月出　歷歷入眼眶
今鳥始拂羽　玉免身已藏
回首天王峯　積石築小墻
云是聖母者　小祠坐嚴莊
獨坐對青山　錦繡以爲粧
紛紛釋子輩　幻語聊相誆
稱言託聖母　撞鐸驚十鄉
非是釋子誤　聖母本是佯
回首望花開　悽然我心傷
恭惟鄭一蠹　韞藏暫或遑
歸來德川院　懍然不能忘
恭惟曺南冥　道德共周章

欽仰先生風　再拜立前牀
敬義爲日月　氣像想鳳凰
斂襟坐悄然　可以發中臧
爲君歌一曲　鳥獸舞蹌蹌
寄語道諸君　此遊亦不妨
吾聞孔夫子　東泰眼界昌
吾輩像此遊　此遊豈不良
秋風撼孤樹　遊子心亦忙
忽感千載事　抱書入山堂

河祐植, 『滄山集』 권1

方丈 次鄭復始

紫電淸霜馳海曲　行驪來住武關牢
白頭抛却詩書業　博得高竿百尺高

李陽元, 『鷺渚遺事』 권1

登方丈山

漠漠無涯望碧空　燕南樹色古今同
放懷萬壑千峯外　回首三韓四海中
近照千林頭上日　遠吹萬壑耳邊風
煙霞濕濕眞緣重　又宿巖間更向東

郭泰鍾, 『毅齋遺稿』 권1

方丈山行

頭流鎭南服　磅礴且雄深
千巖起琳宮　羣峯抽玉簪
姑壇摩斗牛　佛瀑吼雲岑
賢雄與道流　磊落幾登臨
文昌有遺墨　輝映雙硯潯
興武練兵馬　神略■古今
孤舟大江句　千載爽人襟
我家玆山下　秋來履崎嶔
落日不逢人　蕭蕭楓竹林
白猿啼不盡　靑鶴杳難尋
婚嫁尙有累　悵望愧向禽

金奎泰, 『顧堂集』 권1

望方丈 有感

方丈風煙耀大東　卽今非復舊儒宮
儀文自載遺經上　□埴誰憐迷道中
千里江淮惟晉地　三韓人物是冥翁
餘年付興遊觀樂　攜手相期惠好同

權憲貞, 『遯窩遺稿』 권1
남해 금산을 유람하며 방장산을 바라보고 지은 시이다.

方丈歸路 次贈金致受 二絶

自愧疎慵世與離　多君一夜更相思
兹行不是遊觀已　願把崢嶸起我衰

吾輩何須悵別離　只從心上起相思
工能百倍方前進　況復斯文適值衰

許愈, 『后山集』 권1

重尋方丈舊庄 有感

路轉山回野漸平　却疑刳曲鏡中行
幾年此地身爲主　今日重尋眼忽明
綠水欣迎前度客　靑山如有故人情
沉吟指點釣遊處　方丈依然醉夢醒

申命耈, 『南溪集』 권2

僑居方丈

十年耕牧丈山春　無分功名有分貧
遠客莫吾名姓問　詩家稱釣此其人

姜趾斗, 『湖上世稿』 권4

登方丈山二首

峯頭宿霧濕衣班　獨立天邊頫世間
太古淳風何處吹　唐虞舊物但靑山

方丈云有先　今來不見仙
死生惟天理　始信世無仙

姜大延, 『湖上世稿』 권1

方丈山分音得除字

方丈山名天下高　其中綽約多仙居
靑鶴洞裏雲如水　閏月晶晶玉蟾蜍
汨沒窠臼五十年　此行料理十年餘
九月木落征袍冷　奚童背槖携一鑪
歷盡江南好樓臺　滾滾來到中山閭
纔行五里神僊磧　此身已覺飄飄如
半嶺寒雨注如瀑　萬山掀動喧川渠
挺笻慕屩貼身輕　仰脅俯躓登彼岨
碧溪庵上夕煙起　殘僧偈罷鳴木魚
眼底群山塿垤細　滄海茫茫雲煙噓
瓦樽白酒當歸肴　丹楓醺面胸氣紓
竟夜待僊僊不至　世事荒唐夢蘧蘧
三山藥草竟誰採　白髮霜凄空自梳
我不見仙仙豈無　方丈之名應不虛
天上眞仙不須求　天下高人有遺墟

三壯元峰岳陽亭　孕出群賢淑氣儲
十層峰頭冠一玉　冥老文章放瓊琚
巖巖壁立三百載　少微精收處士廬
佛日高臺何處是　漣上長眉花外車
放眼看盡千萬疊　采采芝蘭薰襲裾
我聞神仙長不死　人能不死垂名譽
此山不騫人不朽　萬古無盡范堪輿
泰山頂上天下小　八荒雖遠皆庭除
努力躋攀有奇觀　請君半途莫躊躇
方丈山歌淸且都　天風簌簌秋燈疎
方丈神仙不可見　不如歸去遂服初　三壯洞岳陽亭佛日臺　幷見南遊錄

張錫藎, 『果齋集』권1

方丈山杖歌行

方丈神山鎭火維　一萬五千仍嶙崒
頭無皆骨相伯仲　靈怪參三雄第一
杞樟枏梓無不有　紫芝靑琅與蓼芄
白鹿呦呦玄鶴唳　種種奇産難具述
山中桂持採一杖　綠玉其資蒼藤質
蟠生石罅不知年　上下均適中堅實
其文班駁似彫鏤　浣溪桃竹等未必
數書珍重遠寄我　勝貝百朋綺十匹
杈枒碨砢又挺直　觀者尋常辨莫悉
名山植物儘瓌奇　若非馬家疑粟栗

神蛟老螭善倩人　行過幽險恐見失
我有秋風海山約　提攜可幷蹇衛出
東臨渤海北不咸　危磴攲崖不足恤
漱石主人臥江雲　俗物不曾留蘭室
左圖右書有餘閒　紫霞丹砂恣遊佚
昨我歷訪清凉路　襟期爽朗居蕭瑟
水明沙淨無塵想　烏几坐隱天民逸
尙有一癖覓我杖　要換先生親手筆
山陰換鵝風流足　此事何況尤眞率
歸後山長又水重　折梅未逢秦川駟
炯然靈犀獨不阻　念念何嘗忘一日
吾儕不徒然諾已　切偲且期膠投漆
做去應深喫緊樂　別後莫無臨衰疾
前日臨風付石兄　未奉來緘增惕怵
今朝有使寄扶老　後時還恐遭呵叱
龍門老史彼何人　請君從此壯遊畢
先自君家小金剛　柱上太白高屼崒
上摘星辰爛昭回　俯瞰潢池中盪潏
與我南尋方丈仙　共聽白日飛升術
發爲章章恣吟弄　衡岳紀行相甲乙
愼勿輕示紅塵客　迷途躐級多猜嫉
可愛昏衢擿埴人　來到門墻莫揮出
願同宣尼六尺杖　直受聖門單傳密

文正儒, 『東泉集』 권1

方丈山

飄風一陣盪空起 石走江飜鬼失林
君看方丈千層碧 不便怒號鎭古今

權命熙, 『三畏齋集』 권1

方丈山 智異山

湖南嶺右幾名區 智異神山絶勝幽
十二洞深雲鶴返 三千尺拔海鰲浮
霄星可向天王摘 雷雨時從下界流
何處仙遊閑窟宅 尋常不許始皇求

金鍾性, 『艮菴遺稿』 권1

遊方丈山三將臺

天作高山掩別區 磨雲黛色獨超然
巍巍削立如屛翰 陟彼三臺不學仙

裵義重, 『鏡隱實錄』

方丈山東臺穌敏上人

仙山秋水出芙蓉 紅葉千層更萬重

誰似老僧閑趣甚 一生長對畵圖中

裵義重, 『鏡隱實錄』

遊方丈山

侵門月色垂軒靜 落石溪聲上砌喧
魂淸骨冷獨無寐 深遊方丈自難諼

洪箕範, 『牛峯實記』 권1

遊方丈山 有感

方丈仙人去不回 白雲深鎖玉簫臺
長松日下千峯雪 瀑布氷流萬壑雷
山外不聞靑鶴唳 林中空見老禪來
微茫歸路無尋處 落葉題詩坐碧苔

尹宣擧, 『龍西集』 권1

山水圖歌

我生方丈山之下 恆遊方丈山之中
十載尋眞苦未尋 有時一嘯江山空
千醉德山洞裏月 百遡靑巖溪上風

靑鶴一去無消息　玉寶仙人不可逢
支離雙礙燕谷閒　秋雨蕭疎春花紅
杖我九節將焉適　空歎雲山碧重重
歸來柏洞一大笑　却愧從前瞽且聾
勝地由來還平地　何事枉費深山筇
珍重故人解我意　繪此山水勞良工
十日應盡一水石　五日應模一層峯
筆下能奪造化力　應訴眞宰泣天翁
盡成不曾獨自享　擲我山堂作障幪
再拜歸來瞻昕吻　山水之祖盡家宗
方丈秀氣都湊會　盡走東來此地窮
煙霞漠漠平無外　雲樹鬱鬱遠莫終
屋後千巖削蒼玉　簷前萬壑出芙蓉
南盡潮溪水如藍　北去華章山如鋒
上頭蒼稜高無極　曠世如遇陶丘公
石門崔嵬臨中野　至今如聞景直蹤
千古芳名三孝子　雙烈綽楔朱且彤
吁嗟古人不可見　整我冠佩將誰從
念昔吾生幼且騃　靑雲富貴長心胸
謂致君民三代上　解帶高臥食萬鍾
如今才與世相違　樽酒詩書起余慵
所願置身山水間　田翁溪叟相從容
爲煩故人贈一言　盡此胡不兼畵儂
畵儂還有添足者　一樽酒與一枯桐
撫我枯桐飮我酒　將在此間樂融融
畵山餘筆今在否　莫使吾言子虛同

韓愉, 『愚山集』 권2

寄方丈山人崔聖止有淵

方丈山人不在山　西江之上掩柴關
江山淸致子應識　靑鶴白鷗誰更閑　靑鶴 方丈山洞名 亦樓名

李景奭, 『白軒集』 권11

昆陽 次魚灌圃得江東州道院十六絶　魚先生嘗守興海 作東州

道院十六絶 和者皆名勝 滉見先生於昆陽 先生示以此 令和之 滉不敢辭 然
所謂東州道院 公與諸公之作已悉矣 今先生來莅于昆 昆之開僻 不減於興 則
道院之稱 移之於昆 豈不可也 未審先生以爲何如

已從東海臨南海　不願天仙作地仙
最是公心機事少　海鷗隨處近人前

一縮銅章彌秩郡　偶將遊戲管城毛
如今屬和 憨才盡　始覺陽春白雪高　彌秩卽興海

野人結習在淸閒　不信居官能愛山
誰識昆陽吏非吏　年年拄笏對屏顔

心煩野事爲塵事　機靜官家卽道家
目擊可能無妙處　爲令官閣種梅花　公在興海 亦種梅于官舍

昆山一郡頗開僻　作吏還如林下休
官閣市橋梅樹遍　使君那復憶東州

方丈仙山高壓境　中間玉室與瓊樓
不緣句漏丹砂地　能得詩仙瘴海頭　方丈卽頭流山

至言眞不加雕琢　大藥元非事劑丸
肯授風騷三昧法　難窺天地一壺寬　言詩仙

郡城西望倚山巓　屋舍熙熙官道邊
方丈羣仙知得未　此邦風采倍華鮮

月影臺前螺測淺　法輪寺外管窺難
從公始識滄溟闊　作意高攀海上山　嘗於月影, 法輪等處觀海　皆井觀也　公期明日
登郡南山望海故云

浣紗溪似西溪水　吟望靑天坐小輿
更躡飛雲昇翠巘　天池要看北溟魚　浣紗溪在城東　西溪在興海

風雲不是孤明主　雨露偏承佚老臣
萬事無心南郭子　一生用力漢陰人

智異烟霞吟幾日　曲江風月夢多時
荒年撫字心應悴　莫問催科宜未宜　曲江在興海

里胥不到村厖靜　童子能仁野雉飛
京輦故人多少在　任他書信到來稀

雙溪形勝仙遊地　尺素招尋不我欺
還愧塵緣驅使在　能令心事有遷移　去年冬　公以書招滉　勸遊雙溪寺　今來本爲是
而因事竟不果

露梁三浦賤鱸魴　北客南烹逐日嘗
太守遨牀多樂事　不知身在古蠻鄉　露梁·三浦　皆郡地濱海

瘴海窮邊雖足澤　玉堂金闕要名臣
舊山猿鶴休相怪　廊廟江湖只一身

李滉, 『退溪集』別集 권1

方丈五歌

方丈山高幾萬仞 雄峻盤據嶺湖南
奇奇怪怪深邃杳 冥千態萬像難盡 探浩浩歌曲欣數三

連峯崒崒瀑布急 上倚靑天下絶地
虎踞龍盤屵屵石 風驅雷搏谷谷水
巫山劍閣虛得名 仰不可攀俯可視
浩浩一歌兮歌山勢 令人登之不知至

山雨初晴山月白 秋餙春粧雖盡名
奇花瑤草時時態 怪禽靈鳥處處聲
莫道洛陽城東好 豈如岩竹四時英
浩浩再歌兮歌山景 故敎遊子暢詩情

峯回谷轉路登登 雲鎖雨濕去無邊
深深天地難爲限 疊疊前後百里連
春日春風遊賞客 到此却憶世外仙
浩浩三歌兮歌深谷 謾憑時興坐天然

春以生之秋以實 就中物産有幾何
果草竹木以外數 山女帶雨採蕨多
又有不老千年藥 採蔘何人採芝歌
浩浩四歌兮歌所産 自然天化同是他

高哉邃哉山之勢 採蔘採芝山之奇
山高截然海東土 三神好名天下知
秦皇漢武封禪遠 燕士齊人方術遲
浩浩五歌兮歌曲終 天地萬物自有斯

許寧, 『中溪遺藁』 권1

方丈山

五岳之中獨擅名　至高無外立崢嶸
岩岩氣象雲烟碧　隱隱精神日月明
佳麗林花粧夏景　風流吟鳥報春聲
孰能察此爲山體　仁者觀之覩物成

金春慶, 『隱淸齋實紀』 권1

安秋汀永在 遊方丈蓬萊諸名勝 歸路見訪二首

儵然巾珮訪吾堂　龍伯何曾效季良
豪華矜態心常厭　敦愼高風意竟長
方丈幽芸飛蹕屧　蓬萊朗月醉仙觴
還鄕好作靑春伴　此日山門賴有光

文酒郊筵又可人　一年今日樂淸眞
送窮還作迎窮客　畏老難爲未老身
園綠初肥鶯好語　澗流新漲鷺相親
如何落落東西域　未數追隨共賦春

曺鎭樂, 『愚齋遺稿』 권1

聞敬一戚兄遊方丈還 却呈三絶 恭祈斤正

聞道君從仙窟返　也應眉骨帶烟霞
千岩萬壑巧呈態　幾寫長杠手法誇

落花流水靑蓮句　天遣靈區尙秘慳
知是今行仙分重　尋來莫惜人間傳　李靑蓮靑鶴洞詩　落花流水使人迷

我有眞緣取次聽　黃溪飛瀑玉龍寒
如何相對較長短　留待他時遞住看　時余亦遊黃溪瀑沛而歸

崔道燮,『聽江集』권1

次韓德淵弘潤遊方丈山韻

艶君山水盟　方丈與之成
地僻千年勝　江流九曲聲
泉林仙窟宅　雲樹鶴平生
不有惺惺訣　幾乎病道情

李禹爾,『月浦集』권1

余以方丈選勝之行 轉到最深處曰禮洞 有主人 揖迎笑語 聯床信宿 臨別仍留五言詩

方丈山深處　雲林小洞奇
桃源知在此　松偓更爲誰
盃酒仍談話　烟霞文別離
天王峰上月　留待後來期

李禹爾,『月浦集』권1

方丈山

青海有山何嵬嵬　萬古淑氣積不開
上峰軒豁浮日月　下峰晦暝吼風雷
此去霄漢才尺五　屹然鎭壓作天柱
鉅靈慳秘超黑壤　寶産競興接玄圃
中有紅顔綠髮翁　飛鶴彩鸞沖雲中
我欲往從受丹訣　天畔屈曲一路通
曉行天王峯上雪　暮穿花開洞裏風
峽道百艱山日黑　馬瘏僕痡長歎息
半畝園田已荒穢　早早歸去服力穡
吾家亦在方丈內　起居飲食與相對
業芬暎戶香巾服　暖翠入床淸肝肺
久知壯觀多鰈域　坐看巨物載鰲背
憶昔蠡冥諸先賢　名與此山千秋傳
盥手一讀頭流錄　但見山色蒼蒼然

權正容, 『春坡藁』卷上

方丈途中作

而今欲學武陵人　信宿雲霞夢裏新
宇宙長歌餘白髮　江湖浪跡遠紅塵
山中地僻家家月　天下無私樹樹春
去對弱妻應釀酒　慇懃慰我到津津

李祥奎, 『惠山集』권3

遊方丈夜歸

出脚方壺與月歸 雲霞夕氣浥深衣
山禽不慣行人影 率忽驚啼穿樹飛

李祥奎, 『惠山集』 권3

金景柔·沈聖源·姜泰圭 遊方丈歸路 訪我於汶上

方丈群仙降赤城 餐霞肌骨逼人淸
草痕若漲連天碧 花氣如燃遍地明
善道聞來鷄一唱 窮愁排送鴈三聲
持心信似幽閒竹 閱盡風霜獨守貞

李祥奎, 『惠山集』 권3

翌日 留訪權君厚仲寓所 龜坪尹碩士 自方丈歸路 逢綠林之厄 滯此同宿

短藜歸去更回頭 依舊溪山窈復幽
到處淸風能發句 前程行色故增愁
穉叢經歲新梢展 晚稻逢霖溢氣浮
明日衣冠河上路 與君同濟郭仙舟

李道汶, 『月湖集』 권1

方丈山中 題族姪泰容壁上

汲井採薪處煖堗　不知風雪繞千崗
芋羹爛熟尤加味　黍釀深濃亦有香
嚥栗平朝蘇脚力　煎茶遙夜洗心腸
素來榮辱關時異　過盡窮陰見太陽

鄭珪錫, 『誠齋集』 권1

權敬建疇錫聞余有方丈行 作詩二絶爲贐 余步其韻
和之二首

山天齋畔早秋時　羅列松篁景色遲
十里銀河流不息　漁翁謾自帶笭歸

洗亭休憩午陰時　杏樹參天歲月遲
夫子宮墻依舊在　有誰心悅自依歸

鄭珪錫, 『誠齋集』 권1

方丈山下店洞滯雪

天翁鮮惜別離情　送雪山家未得行
舊菜登盤兼異味　陳編在案屬誰評
亂林的皪如花發　清澗琮琤似玉鳴
傳來春雪非休兆　或恐農民害稼耕

鄭珪錫, 『誠齋集』 권1

方丈山中滯雨故族叔源敎家

甘雨霢霂盡日降　稍欣野色麥初靑
始聞泉脈今穿活　素信天心竟有靈
人去舊懷旋易發　谷寒春氣早難成
無因告語看書坐　漫漫流雲蘸晩汀

鄭珪錫, 『誠齋集』 권1

四月 遊方丈山　金德弼·文芝菴信汝·李野窩光汝 同行

靑驢策出草芳時　方丈高山望裡遲
晩蕨應生風後葉　殘花猶有雨餘枝
塗道忘勞長進酒　雲霞助景各題詩
轉向絲綸高士洞　林間返照遠山移

愼炳朝, 『士笑遺稿』 권1

入方丈山

尺來千石徑　林壑月通明
如玉溪聲切　囂然滋味淸

姜貞秀, 『隻菴遺稿』 권1

三神山

飛仙玉枕晩來尋 萬崗岩嶢一洞深
澗水千年流不盡 幾人到此洗塵心

文晉鎬, 『石田遺稿』 권1

奉和崔溪南龍山雜詠四十三首

\- 이 가운데 지리산 관련 3수만 발췌하여 실었음.

春來臺

羣賢陟此臺 臺上春風來
世無工畫者 替以拙詩裁

嚴川

風月霽而光 蠹纓遺躅芳
林公思曷飮 設饌佐聯翔

方丈山

君憶方丈山 宜自會稽還
日月冥翁訓 不忘敬義間

趙性家, 『月皐集』 권5

李丈汝霖雲相 遊方丈歸路 見訪

萬仞方壺翠滴門　爲憐行李過臨存
談淸不覺茨居陋　韻勝還忘枕式昏
風葉轉階驚散屐　霜花映座侑傾樽
玆遊一夕誠珍重　留取他詩永有言

李鎬根, 『某堂集』 권1

自南原 踰北嶺 是方丈初入頭也 當東匪猖獗 朴注書文達據險守之 此其處也

巉巖萬仞是天關　自此始爲方丈山
二十年前朴文達　石雷隊瞻萬夫頑 _{楺木爲空中梯 梯上載石撑亘絶壑 有附崖而}

上者 便斷機木 於是 梯傾石落萬壑 如雷震盪 無敢踰嶺者 雲峰一境賴安云

河鳳壽, 『栢村集』 권2

方丈山中 謁趙月皐先生性家

先生何事棲雲山　笑笑無言心自閒
大陸全沈洪猛急　方壺高出世人間
秋風桂樹千巖靜　陽脈窮泉一線還
只恐喧塵侵我耳　故敎流水吼重巒

李定洙, 『浩齋集』 권1

二月 與族君嘉湖性欽 入方丈山流頭谷 飮骨利水 乙酉

天王咫尺喜開顏　爲是東君戀舊還
玉樹自生甘露水　琳房知在此雲山
壑深氷色春猶冷　林複禽聲座不閒
戚戚平生塵裏客　迢然今日別寰間

李定洙,『浩齋集』권3

次雙洲族兄泰元方丈山韻

天王秀色冷浮秋　聞道高人絶頂遊
亂木成粧紅欲透　群嵐積氣翠如流
中峯寥廓雲噓寶　下界蒼茫霧列州
若使此生追後躅　仙家遺訣坐全收

鄭闇敎,『竹醒集』권1

題方丈山頭流洞張德奎基相幽居

方丈神山是別區　洞門深鎖碧雲幽
且宜木食巖中老　莫泛桃花世外流
枕下溪聲雷動地　林間雨色暗生愁
天王咫尺嚴臨下　海內英雄這裏收

李道復,『厚山集』권1

渡鑑湖 偕吳都事斗寅 將遊方丈 已下係頭流錄○壬辰

山行醉如昏 行行不記處
忽聞渡鏡湖 訝向天台去

鄭必達, 『八松集』 권1

方丈

客自山方丈 雄觀話一場
天光逼寒凜 海色極蒼茫
鶴去難尋洞 龍歸尙有塘
何時余亦到 見日窮扶桑

河晉賢, 『容窩遺集』 권1

方丈山中 呈宋心石秉珣

蜀山名已勝 信息竟非虛
濯濯紉芳芷 蕭蕭策逸驪
山立三韓國 淵深四府書
夙心今始償 前道見膏車

柳思春, 『西岡集』 권1

方丈歸路 宿弦齋曺彝卿庸相書室

煙霞方丈未全搜 歸訪故人一笑酬
筇屐遲遲天欲暮 聊知山水使吾留

朴亨東, 『西岡集』 권1

出方丈洞口

方丈山窮處 徊徨過酒樓
連天雲影活 滿地水光浮
剩說仇池夢 復拕赤壁舟
莫愁歸路晚 此日好風流

文鎭龜, 『訥菴集』 권1

方丈山餞春

萬丈峰頭爲送春 長風吹上折塵巾
年年此別看常理 只恨昏迷舊樣人

權平鉉, 『華隱集』 권1

登方丈山

方丈危乎萬仞屹 登臨怳惚不能名

擧頭或恐三辰逼　發語多疑上帝驚
澗底曾經高士屐　峯前幾挿使君旌
天王氣像雄如許　應與冥翁難弟兄

鄭衡圭, 『蒼樹集』 권1

季秋 訪李汝剛 汝剛以方丈遊錄示余

忘憂言志酒兼詩　適値山家菊老時
二朔重逢如有約　六旬虛度愧無知
盤登紅果團團玉　楣對靑山點點碁
方丈金剛誰最勝　前遊只恨未同期

李壽民, 『農窩集』 권2

辛丑早秋 張承宣舜明錫蓋 將作方丈遊 與諸名勝 訪余 漁村寓舍 夜坐共吟

洞僻雲深自有村　短驢蕭散抵黃昏
寒花宅畔驚秋夢　落木聲中動客魂
學士行裝猶少日　頭流山水卽儒門
記否三山風雨夜　明時齊會對深罇

金麟洛, 『前川集』 권1

餞張承宣還 與李子雲源龍·安善弼慶濟 共賦

星斗初同燭漏流　三人鼎坐一書樓
淳民厚俗千年洞　軟菊新楓九月秋
巴陵遠客今宵在　方丈行人何處留
離合終知無定算　那堪移棹下平洲

金麟洛,『前川集』권1

題善甫遊方丈錄後幷序

唐杜工部詩曰 方丈三韓外 崑崙萬國西 建標天地闊 詣絶古今迷 二山一在西
極之西 一在東海之東 盤據物外 隔斷塵間 自宇宙開闢以來 經滄桑幾千百載
而攀登無一人矣 工部之幷稱二山 豈不偶然 然世之論仙山者 不稱崑崙 惟談
方丈 以爲安期生羨門子之所往來 上自燕齊之士 下至秦漢之帝 莫不疲想烟
濤結夢扶桑 每遣方士而求之 常臨渤海而望之 冀或一見而終不可得 然則方
丈之靈異絶特 烏可與崑崙等而論之也 昨年秋 余駐東湖再從家 東湖去吾第
咫尺也 聞余來駐 卽就告余曰 從弟明日作方丈之行矣 願兄作一詩以道行 余
笑而應之曰 君已衰矣 其能有濟勝之具耶 雖不甚信 而謾作一絶 以贈之曰 君
須好作遊山錄 歸向迂溪示此翁 迂溪 余所僑居處也 自東湖轉往西溪 西溪乃
從弟家也 聞君之行壯而羨之 余則猶慮其中道而掇行也 駐西溪月餘 君携奚
囊策籐杖 自方丈而歸 眉間已帶三島烟霞氣矣 余問曰 能盡觀方丈乎 曰然 有
遊山錄否 曰姑未脫草 脫草 當袖之而奉覽矣 未幾 君袖其錄示余 余披而讀之
方丈之景宛在眼前 神浮意逸忽出世表 怳然與雲輪羽蓋之客相追逐也 乃喟
然而歎曰 奇矣哉 此非燕齊秦漢之所嘗願見者乎 燕齊勿說 試論秦漢之君 秦
之疆幷六國呑八荒 漢之威逐匈奴空漠南 其雄豪意氣足以轉目而回天 移山
而倒海 而至於方丈 則生不得容其力 死不得瞑其目 驪山茂陵 同一飲恨 余嘗

以是而疑之 以爲三神山之說 必出於燕齊迂怪之士矣 今君特一足士矣 論其
勢力 何足比數而乃超然輕擧 倏爾獨往 手一笻足雙屐 攀風雲躡虛空 能觀秦
漢二君之所不能觀 豈不奇矣哉 然君之遊猶費脚力 做此奇觀 而吾則以君之
目爲吾之目 不出庭戶 不煩杖屨 而能將坐觀燕齊秦漢夢想之境在 在遊覽歷
歷探討 則吾之遊 雖謂之奇於君 可矣 惜乎 杜工部先我而生不見 君今日之行
遽以天地闊古今迷下語於其詩也 然方丈非烟火食者所能到 吁 吾弟聞安期
生羡門子之風者歟

知君筆力利幷刀　割取頭流萬丈高
如此奇觀那易得　使余披翫不辭勞
囊中宛轉盤三島　案上分明峙六鰲
堪笑雄豪秦漢帝　一生翹首望烟濤

鄭相說, 『萍軒遺稿』

方丈山

一山稱號有三山　方丈頭流智異山
海上三山何必慕　此山看後更無山

安益濟, 『西崗遺稿』

遊方丈錦山而歸

物外探眞遠是非　秋風蕭颯動征衣
吸來方丈山元氣　看取滄溟水範圍

白首幸遵先輩跡　青春多負化翁機
欲窮厥極還無極　自是天君好指揮

文尙海, 『滄海集』

題黃仲擧方丈山遊錄

方丈仙山非世間　秦皇徒慕漢空憐
不緣變化因丹藥　那得飛昇出紫烟
感慨躊躇青鶴洞　逍遙游戲大鵬天
半生未試囊中法　猶幸神遊託巨編

李滉, 『退溪集』 권1

贈義敏上人

三韓方丈昔留題　杖節尋山還杖藜
今日送僧情萬緖　夢隨青鶴訪雙溪

尹根壽, 『月汀集』 권2

天王峰·日月臺

題頭流天王峯下石窟

一屐尋山意　飄然第一層
穿岩微有徑　隔竹忽逢僧
古木生苔臥　懸崖任石崩
近天多怪事　八月有堅氷

李陸,『青坡集』권1

擬登天王峯

脫出塵埃外　天王頂上來
千山低視塊　四瀆眇看杯
始覺身居最　方令眼界恢
泠風如可馭　直欲到蓬萊

趙任道,『澗松集』권1

知異山天王峯

獨立何身世　乾坤積水中
可憐一片土　鬪死幾英雄

趙顯命, 『歸鹿集』 권1

天王峯 二首又得感字

飛鳥頭流頂　晴林露自零
滄溟天外盡　銀漢眼前明
日月升沈見　溪山遠近平
臨風欲大嘯　還怕玉皇驚

又

凌天高冢倚孤節　忽有冷然滿袖風
一望雲山何所極　四方融結此爲雄
東隅日出光蒸海　南極星臨彩映空
幾向彌高勞仰止　今來登岸盪心胸　世傳極星臨此山

又

頭流獨天王　挺拔靑苔菡
天地割鴻濛　陰陽變舒慘
湖山爭拱揖　雲霞積藹晻
數日仰翠微　飛猱步爭敢
今來懸屐底　氷雪生肝膽

元氣自古今 秀色盡迎攬
高觀入靑霄 幽矚窮玄坎
神廟揷危巓 橫飆欲掀撼
敗壁畫靑紅 毁板墨溷淡
東南際巨海 昏霧籠暗黮
鵾鵬自盪擊 日月此明暗
坤靈偏積厚 造物應有憾
破裂分股肢 小大迷觀覽
迂儒實孤僻 半生守鈆槧
絶頂一飛揚 佳味嘗橄欖
難窮萬里眼 興盡還生感

黃俊良,『錦溪集』권1

上天王峯

晴霄竦嶽攉千尋 接上岧嶢俯洞陰
白日雲霞埋樹頂 靑春氷雪禁花心
英雄割據猶朝暮 山海崇深自古今
俯仰百年人獨立 天風稍稍動披襟

李敏求,『東州集』권3

天王峯

危岑晴晝愜幽尋 脚下南溟地勢深

納納乾坤供遠眺　茫茫雲物入長吟
煙霞沆瀣多朝暮　塵土悲懽自古今
待得他年婚嫁畢　更扶藜杖此登臨

姜大遂, 『寒沙集』 권1

宿天王峯

白頭流脈海之東　雄據南溟聳一峯
眼力莫窮雲霧外　地形應盡水天中
乾坤向曙先看日　冰雪凝寒自作風
山袂飄然如羽化　步虛歌罷仰晴空

李東汲, 『晩覺齋集』 권1

走次輝叔甫韻

不怪平生隔世喧　天王峯下閉柴門
高懷本自都無累　幽討惟應向此論
秋色滿前雲映戶　寒香繞座菊侵尊
逢迎盡是比隣客　始信朱陳別有村

高臥無聞俗語喧　竹林深處晝關門
共談水石閑評品　更把詩書細討論
石逕任敎松作蓋　瓦盆無謝玉爲尊
老夫於世全無用　便擬移家寄此村

李景奭, 『白軒集』 권1

贈金太守宗直

僕奉閱頭流錄 思欲繼蹤 頃仍空師口述 盆加歆羨 錄其語 爲詩一篇
呈似求敎云

初見頭流錄　勝遊思更續
復遇海空師　行意日彌篤
師言天壤間　造化乃亭毒
黃媼聚精神　贔屭南海曲
崑崙在西極　方丈隔暘谷
載海輿圖內　玆山實駭矚
始從馬川入　石渦深可浴
捨馬宿先迫　迥若脫塵俗
晨晡行且望　天王峯似玉
攀緣躡雲磴　蘚滑多側足
酹酒古祠下　攄誠伸虔告
感應掃氛翳　萬里呈新綠
俯瞰八九州　壤地相連屬
海底漸微明　閃爍昇朝旭
蒼茫眼所窮　冥冥俯鴻鵠
露髻各州鎭　一一煙中矗
鯨海侵南方　翻疑日車沃
儵然乘羽化　快若辭桎梏
香積歃靈泉　味甘忘嗜慾
洞府多仙草　黃精隨處斸
高人愛幽寂　往往留遺躅
浹旬遊未周　欲語當更僕
我聞此語奇　翻恐筋力促

憑危奈眩何　涉遠應踚蹋
師言有妙訣　行山當約束
朝行勿犯露　夕止休秉燭
徐徐窮日力　畢竟充所欲
履險妄促足　反招顚隮辱
期以旬朔遊　愼勿煩督責
再拜辭苦言　久速當勉勖

姜希孟, 『私淑齋集』 권3

贈兪好仁

天嶺地幽僻　茂林帶脩竹
何人美如玉　抽簪臥空谷
瀹灕奉高堂　陸離披彩服
雲腴子還白　銀魚頸猶縮
奉養想有餘　可以當俸祿
風淳邑俗厚　菁莪蒙樂育
菱角變鷄頭　六籍知滿腹
儼然坐皐比　鑄顔功必速
昨夜動秋風　天宇更淸肅
遙知天王峯　定露眞面目
安得生羽翰　與君時相逐　何一本作伊

姜希孟, 『私淑齋集』 권3

登天王峯

蒼然山海一望奇 瑞石峯頭倚杖時
堪歎東區不盈視 滄溟遠嶼翠如眉

宋明欽, 『櫟泉集』 권2

天王峯

不辭登眺遠 西北是王州
數息寬筋力 徐行到上頭
三天臨几席 萬里屬眉睟
極目孤臣念 江湖未散憂

金克成, 『憂亭集』 권2

天王峯

億丈崔嵬入九天 上頭應集玉京仙
凌摩斗極精神溢 吐納雲雷造化玄
湖嶺萬山皆眼底 海門千里似身邊
憐君向北頭微俯 長爲神都拱揖然

鄭宗魯, 『立齋集』 권3

寄梁僉正子漸

頭流絶頂天王峯　廣寒樓上遙相對
靑鶴孤飛返三山　白雲一片留千載
當今學唐詩絶無　爲覓姓梁人何在
霽湖泉石憶曾尋　回首名莊似夢寐 俗傳 遊人往靑鶴洞 戲將石礫打鶴巢 鶴乃翩
然遐擧 不復來云 以此起興 必有知者爾

趙希逸,『竹陰集』권10

宿天王峯 曉起 候日出

瓊臺縹緲大羅天　不踏丹梯不是仙
坐睨鴻濛判淸濁　俯臨融結作山川
金輪夜轉鵬搏外　玉笛秋橫鳥度邊
高處直須晞我髮　山靈莫惜斂雲烟

梁大樸,『靑溪集』권1

遊天王峯

子美入靑城　不唾靑城地
身爲方丈客　敢作怠惰意
斷酒不茹葷　達曙坐不寐
凌晨上上峯　天王神宇邃
傍人疑不拜　媚神寧無愧

泰山過林放　神肯要酒食
令風收雲霧　使雷驅魑魅
龍伯淸南海　馮夷呈祥瑞
山海歷歷數　可以展淸視
人間世界廣　頭上白日駛
未收方寸功　百年如一醉
儒言明明德　儸言治鼎器
老言守玄牝　佛言修不二
紛紛萬說者　孰爲第一義
登臨益慘悽　永痛朱公思

南孝溫,『秋江集』권1

阻雨不得上天王峯　出山有感　書示成則生啓善

雲開遠見天王峯　蒼翠突兀撑靑穹
東南諸鎭此爲雄　靈異備載傳記中
理屐一擲尋山節　絶境再宿招提宮
準擬登臨挾天風　一盪磊落之襟胸
山靈似嫌俗士蹤　故敎銀索垂長空
小澗潏汨漲水洪　大川驚濤奔洶洶
仙山咫尺路不通　欲飛無羽騎無龍
使我悵望心忡忡　後遊雖欲與君同
世故如毛那可從　今朝榮馬歸恩恩
回首雲山重復重

沈光世,『休翁集』권2

天王峰

乾坤闢鴻濛　山嶽氣所凝
玆峰一卷撮　萬里乃相仍
我來値秋半　風高天宇澄
穹林拂蒙鬱　絶壑經凌兢
側身萬石角　累足千崖稜
及此一開目　浩然失依憑
扶桑東隱約　玄圃西峻嶒
南溟與北渤　絡繹同絲繩
吾生慣所見　尋陟惟丘陵
自非到斯地　未覺寰宇弘
半夜宿巖底　遙空枕一肱
交蘿蔭重帳　寒月懸空燈
飄颻夢還往　儵忽身飛騰
偓促偲伀輩　蹴我天畔興
極宿杳將滅　朝旭燦方昇
明明萬方豁　景色何足徵
昔聖小天下　予懷猶不勝
奇觀亦已盡　過此非所能
長雲捲地起　咫尺愁友朋
喟然發孤嘯　歸去從孫登 自中峰望天王 不數里拔出千仞 偃蹇奇崛 乘喜快登 腹猶果然 其最高者 爲日月臺 又有靈神臺 擧目四顧 茫茫宇宙 浩無涯際 不覺爽然自失也 下上峰百餘步止宿 厚衣衾以禦寒 昧爽望老人星 又觀日出 喫早飯 將還復登最高處 以盡昨日之欲窮而未能者

曺兢燮, 『深齋集』 권2

夕陽漫成

秋聲瑟索小山陲　竹戶蒼凉早已知
鴈際歸雲寒似楚　蟬邊斜日短如隋
不因白酒三盃熱　那得靑霞十丈奇
爲我天王峰與近　玉人留約賁來斯　時與南黎諸公 有方丈之約

郭鍾錫, 『俛宇集』 권2

登天王峰二首

方丈雖高在天下　諸君休道我不能
努力躋攀峰上坐　試看頂上尙餘層

名山云在海之外　方丈其中最有靈
衆壑深藏下無際　千巖削立直磨靑
彈丸地小三韓國　寶帶波環萬里溟
坐我去天知不遠　一宵仙榻夢魂醒

河益範, 『士農窩集』 권1

天王峯

坐瞰扶桑國　乾坤杳無端
下界雲煙合　長空日月寬
高齊北極立　氣薄太淸寒

願借一石室　終年煉大還

金鎭祜,『勿川集』권1

余以方丈選勝之行　轉到最深處曰禮洞　有主人　揖迎笑
語　聯床信宿　臨別　仍留五言詩

方丈山深處　雲林小洞奇
桃源知在此　松偃更爲誰
盃酒仍談話　烟霞又別離
天王峰上月　留待後來期

李佑贇,『月浦集』권1

同行諸人　皆向天王峯　余與克齋憲鎭兄　留趙士欽鏞肅
家　是夜　月色朗然　追念往時　滯雨上峯　下宿於大源菴
分路相別　忽忽如隔世事矣　翌日　德峯公下山　示碧溪寺
諸作　輒和一韻以道余懷

笙鸞――去飛天　方丈仙遊何處邊
脚底千峯懸有月　人間萬里積爲烟
高風又見孫明復　佳句爭稱謝惠連
一別山庵舊朋友　靈巓秋草謾年年

河謙鎭,『晦峯集』권2

登天王峰

努力工夫極　薄曛始到巓
自來高占地　此去上通天
雄壓三韓外　迷茫萬里邊
秋晴心氣爽　出世已超然

金麟燮, 『端磎集』 권1

登天王峰

自從開闢隔人烟　特立雄盤碧海前
矗峀入雲曦馭側　老巖排壑斗墟懸
身超宇宙山河上　目極扶桑日月邊
四海無窮看不盡　一團天勢接茫然

鄭栻, 『明庵集』 권1

登天王峰

雄壓東溟淑氣融　架岳築石極神工
屹然頭戴靑天立　雨雪千年不變容

鄭栻, 『明庵集』 권1

再上天王峰

高撑星漢立雲中　天地精神到此窮
玉兔金烏飛不遠　坐看西落又生東

鄭栻, 『明庵集』 권1

上峰

峥嶸石勢半空橫　秋後仙區頓覺淸
萬里琉球雲出國　千年混沌岳凝精
鵬濤滿地南無際　鰲背撑天北不傾
最喜上峯通北極　靑峯夜夜報昇平

河達弘, 『月村集』 권3

入頭流洞門

亂峽窮林一路回　靑山如繡水如苔
遍看三洞烟霞窟　欲上天王日月臺
携酒仙應花下待　騎驢吾亦雨中來
龍遊積石多奇壯　暫把詩樽盡意開

李東汲, 『晩覺齋集』 권1

叩馬亭 望天王峰 聯句

天王臨咫尺　毋敢貳我心 亨櫓
人生有代謝　此利無古今 孔維

鄭濟容, 『溪齋集』 권6

天王峰

方丈三韓億萬年　蒼然磅礴拄東天
層雲遠躡長風駕　白首頓醒塵世眠
四海連環雙屐下　蓁霄淨玉一樽前
箇中眞理誰能識　晝夜滔滔逝百川

崔琡民, 『溪南集』 권4

宿天王峰

玉宇迢迢夜色闌　冷然兩腋御風寒
巖間穩做三淸夢　明日題詩下碧巒

朴致馥, 『晩醒集』 권1

觀老人星

日月臺邊宿　南天曉候星

一柄紅蓮燭　煌煌耀紫冥

宋秉璿,『淵齋集』권1

登天王峰二首

方丈雖高在天下　諸君休道我不能
努力躋攀峰上坐　試看頂上尙餘層

名山云在海之外　方丈其中最有靈
衆壑深藏下無際　千巖削立直磨靑
彈丸地小三韓國　寶帶波環萬里溟
坐我去天知不遠　一宵仙榻夢魂醒

河益範,『士農窩集』권1

登頭流上峰

觀於海者水爲難　始信前人語不謾
日月雙明臺上近　山河萬里眼前寬
半天雲臥衣裳冷　一枕泉鳴石榻寒
萬丈高峰雄壓坐　兒孫無數列重巒

安致權,『乃翁遺稿』권1

日月臺

頭流峰上最高臺　天地恢恢眼忽開
四海環紅晨日出　衆山縣白暮雲迴
搆巢便作空中閣　轉石飜成下界雷
呼吸分明通帝座　群仙應笑俗人來

裵瓚, 『錦溪集』 권1

送人遊天王峰

溪上故人氣欲秋　烟霞方丈去應收
片言起我欹牕睡　萬疊蒼嵐一杖頭

柳汶龍, 『槐泉集』 권1

上天王峰

雄蟠滄海鎭吾東　駕鶴登臨倚碧空
浩蕩乾坤浮積氣　升沈日月掛虛中
興亡杳杳三韓世　寵辱悠悠一笛風
雲袂飄然天路近　數聲長嘯帝城通

李東沆, 『遲庵集』 권1

天王峰

磅礴柱天幹我東　一望無際萬方通
海端鮮日如臨近　脚下群山不敢同
回首人間皆漆界　今宵臺上獨淸風
欲尋靑鶴仙翁窟　葉落雲深路幾重

李敎宇, 『果齋集』 권1

山中値雨

未及上天王　秋霖謾滴翠
雲谷濕通身　千秋巧待對

李敎宇, 『果齋集』 권3

上天王峰 頭流紀行 正此

外此登臨摠下風　螺房那做大心胸
到來高處全韓小　認是天王第一峯

李敎宇, 『果齋集』 권3

登上峯

登臨峋崛最高臺　小魯胸襟次第開

萬疊蒼屛山北積 千章灝氣水東來
巖形鬼刻撑天立 鳥背風騰帶日回
自愛十年塵土客 淸明峯上醉仙盃

李敎宇,『果齋集』권5

登天王峰 謹次尤菴先生智異山韻

三十年前方丈聞 山靈倘不誚塵紛
頭邊出沒昭昭日 脚下飛過片片雲
雄呑外國歐洲列 模入中州畵繪紋
天時巧借今行便 窟宅群仙近九分

金會錫,『愚川集』권1

復用前韻 徧示同遊諸公

頭流高接上淸臺 千載惟看星斗回
箇中眞面須何似 不必尋常轉身來

金鎭祜,『勿川集』권1

與趙士欽鏞肅韓希甯諸友 踏雪登天王峰

天王峰上會乘春 興國風流續古人
滄海當中高一撮 乾坤何處不腥塵

也知九仞終非極　直到中程更自新
堪笑褰裳秦漢帝　漫從世外却尋眞

河祐植,『滄山集』권1

登天王峯

嵬然高出近瑤都　蜿蟺扶輿鎭嶺湖
天下名山於此見　人間勝賞更他無
諸峰萬疊羅餘子　淑氣千年鍾幾儒
暮年始得容人地　朗詠三盃亦丈夫

河應魯,『尼谷集』권1

露宿天王峰

目極端倪意豁然　森羅雲物更無邊
臺高日月三千丈　樹老風霜一萬年
俯首堪呑杯樣海　仰見疑接尺餘天
夜來毛骨渾如化　不覺從前食火烟

金奎泰,『顧堂集』권1

上天王峯

方丈爲南嶽　不辭一努攀

天涵只有海　地盡更無山
塵世初開眼　雲巒倏改顏
雖無尼父量　不是暫偸閒

權憲貞, 『遜窩遺稿』 권1

丙申四月 同仲文陳樸致容朴祥鉉 登頭流上峯

振衣千仞上　爲拓胸懷雄
於此雲山盡　奈何烟霧中
願借天風力　簸揚廓舊容

鄭載圭, 『老栢軒集』 권2

庚午四月望日 決策向天王峯 與之偕者 周景宅·李晦 而弘榮·鄭聖文·裵文五彩奎·崔李源錫洙·金聖玉·金 景魯也 鄭鍵和順明 自慶州適到 亦偕焉

塵牀推起理山行　劇喜天晴江日明
十年始解遊仙夢　又是同聲好友生

鄭琦, 『栗溪集』 권2

登天王峯

四畔滄溟獨聳然　飄飄人立渺茫邊

白雲橫頂無開日　老木堪肩不記年
錯錯羣巒皆狎地　盤盤細路直梯天
登斯忽憶奚爲戒　慚愧胸中滅沒烟 _{先師頭流峰有日　非孔子登泰山　奚爲}

鄭琦,『栗溪集』권2

天王峯

快陟頭流千萬仞　吾儕壯觀信雄奇
雲歸洞壑氛埃淨　眼盡東南指點疑
湖嶺襟交天設險　滄溟氣接地窮維
平生謾有乘桴興　誰信蓬萊已在斯

權燾,『東溪集』권2

天王峯

天王峯屹接蒼天　一望人間水陸平
怳惚憑臨玄圃外　飄搖危入帝宮前
扶桑日出眩紅紫　咫尺雲飛失往旋
蠹老高吟先子錄　千秋磊落口相傳

曺相夏,『石菴遺稿』권1

登天王峯

龍盤雄勢直干天　己自原初鎭四邊
聞道神靈曾有驗　吾人一躡豈徒然

河鍾洛,『小溪遺稿』권1

從權聲隱翼鵬 與朴德元諸名碩 登天王峯

方丈三峯鎭海東　東南無際眼前通
登臨宛在雲宵上　吸盡長空半日風

金永祚,『竹潭集』권1

天王峯二首

頭流千萬疊　雄鎭嶺湖間
登臨多小客　孰不喜開顔

我居三十年　歲歲又年年
登登猶不足　留待更來年

姜趾周,『湖上世稿』권4

登天王峯

兩腋如鵬自起風　扶搖直上太淸宮

三韓全幅胸懷大 百越群灣眼界空
萬狀煙雲來者下 一身天地立於中
冥翁已去高峯遠 恨未當年陪數公 _{高峰先生之上頂也 南冥先生亦作南麓之遊}

周時範, 『守齋集』 권1

丁丑秋分 宿天王峯

生平欲識天王顔 日月高臺卽上攀
咫尺臨頭銀漢水 兒孫繞脚嶺湖山
前賢遊賞今何邈 吾輩登臨又作閒
南極老人能見否 一星出沒丙丁間

金永奎, 『存谷遺稿』 권1

天王峯 觀日出

天鷄欲唱月斜空 起上巖臺向海東
金柱忽生三島外 火輪俄出五雲中
回看世界千山黑 却望滄波萬頃紅
曦馭漸騰陰曖散 廓然天地破羣蒙

鄭楫, 『四無齋詩稿』 권2

天王峰歌

高高莫如天之高　尊尊莫如王之尊
此山雖高猶在地　高高那得及天門
此山雖尊猶國土　尊尊那得名相渾
山之天也山之王　統天皇王調三元
但願天王峰上靈　輔我天王萬萬世子孫
德如天王峰之尊　福如天王峰之高　一掃煙塵廓乾坤

張錫藎, 『果齋集』 권2

天王峰

方丈名山擅八荒　透迤磅礴嶺湖疆
仰首尺餘星耿耿　回眸四趁海洋洋
一夜文昌留鶴笛　千秋聖母廢房堂
滄桑浩劫曾無管　萬古依然轉盃蒼

權鵬容, 『近庵遺稿』 권1

天王峯

聞道攀登俯大荒　令人到此興無疆
擧頭惟怕傾閶闔　拔地還疑泛海洋
仙客遺坮餘古字　巫娥何事又空堂
森羅萬象長如此　擅勝勝名齊彼蒼　小溪　河鍾洛

權鵬容, 『近庵遺稿』 권1

望日月

方丈高山日月臺 浮雲萬里眼前開
遙看赤日扶桑出 始信吾生不偶來

金麟燮, 『端磎集』 권2

日出 用程伯子韻

滄海東頭放曙容 移時徐出火輪紅
初焉形怪千般異 未幾光輝萬國同
只有乾坤升降下 幾多人世往來中
名山一宿遊觀壯 誇道平生志氣雄

金麟燮, 『端磎集』 권2

酬許退而愈遊天王峯 五律二首

乘槎來八月 采藥訪三山
天際浮雲合 地窮滄海環
君言御灝氣 我欲謝塵寰
詩卷留相示 計程旬日還

木鐸千年遠 何人叩兩端
窮廬一以臥 幽抱無從寬
節序中秋近 巖阿上界寒

天王立南極 日暮悵徒還

金麟燮, 『端磎集』 권2

登天王峰二首

白頭餘麓起天東 磅礴千層又萬重
落日雲封全世界 秋風人在半空中
峰巒撲地三韓窄 波浪飜空四海通
玉宇虛明將欲暮 高歌三唱意無窮

緩步遙登最上巓 秋風客袂正飄然
根盤八域控千里 頭戴三光八九天
下視東溟紅日出 平臨西極白雲連
人寰隔絶淸都近 日月臺邊訪羽仙

文尙海, 『滄海集』

贈法行上人 隨我指行于天王峯

共聽金臺半夜鍾 數聲靑鶴叫疏松
吟窮風月三千界 踏盡煙霞一萬重
物外有緣聯杖屨 人間無音較窮通
秋深楓岳紅如錦 更躡蓬萊最上峯 秋來 約訪金剛 故及之

黃俊良, 『錦溪集』 권1

四月望日 將向天王峯 留宿崔學平錫洙石洞精舍

石柱鎭邊落照明 松花滿地草連城
洞中猿鶴渾相負 明日雙溪路又橫

金奎泰, 『顧堂集』 권1

日月臺

頭流峯上最高臺 天地恢恢眼忽開
四海環紅晨日出 衆山縣白暮雲廻
搆巢便作空中閣 轉石飜成下界雷
呼吸分明通帝座 群仙應笑俗人來

裵瓚, 『錦溪集』 권1

望天王峯

天王端拱立 奉承上帝命
雲行又雨施 仁功敷萬姓
豈敢以躋攀 越瞻當仰景

李承現, 『栗軒遺稿』 권1

上天王峯

一旬白雲洞 半日天王峯
高士千秋感 親朋百里逢
攀來危側石 穿去密圍松
未遍諸仙境 更期與子從

趙瀚奎, 『惕菴集』 권1

次諸族人遊天王峰韻

評花携酒倚春天 應想風流似昔年
勝會未參梁苑後 新詩讓與鶴樓先
地靈蓄氣千尋岳 雲屐偸閒半日仙
莫謂芳菲今已晚 願隨諸子更留連

河啓龍, 『丹坡遺稿』 권1

登頭流山上峯

頭流磅礡鎭南州 遊客登臨八月秋
多少諸峯低似垤 東南群島泛如舟
千岩稠疊陰晴異 萬里空明日月周
回首三韓還覺小 罡風吹面亦難留

河龍煥, 『雲石遺稿』 권1

登天王 遇雨

欲上天王最上頭　卅秋重到又霖愁
顧慙五內留塵土　未得仙靈許一遊 _{曾年登此遇雨}

權鳳鉉, 『梧岡集』 권2

上天王峯

我上天王九月天　臨風快豁借仙緣
扶餘古國三千里　方丈名山萬八年
馬島南通迷海陸　金鰲西拱暗雲烟
登高曠感宣尼志　俯仰乾坤意浩然

權泰斑, 『惺齋遺稿』 권1

天王峯下 遇雨旋歸二絶

方丈眞源步步尋　流雲散漫際天陰
自謂平生仙分足　山靈猶汚我薦心

聞道神仙不可尋　長歌一曲向山陰
溪柳江梅還笑我　斷橋斜日若爲心

金克永, 『信古堂遺輯』 권7

道中 望天王峯 秀色如接

塵情漸盡道心明　竟日川聲入耳淸
方丈仙靈應許我　峯峯收霧眼前生

金克永, 『信古堂遺輯』 권7

登天王峯三首

屹立天王四界通　蓬瀛雲物入望中
丹崖苔洗千年雨　碧洞松含萬里風
淸濁乾坤分上下　升沈日月現西東
登臨眼力如斯大　堪笑從前井底蒙

來倚頭流萬里天　飄然身世若登仙
乾端敞露三花外　地勢雄臨兩曜邊
高陟祇緣誇志氣　大觀非爲償風煙
携朋盡日淸遊興　肯向人間俗子傳

滿山明月倚中宵　俯視塵寰萬里遙
松檜依微香細細　星河澄澈影迢迢
螺頭千點迷鰲峀　鶴背三更下鳳簫
此去廣漢知不遠　欲將藜杖作銀橋

朴垕大, 『安敬窩遺稿』 권1

日月臺 觀日出

萬里東溟曉色蒼 金輪初上彩雲揚
願將螢爝依餘景 仰助無私照四方

朴垕大, 『安敬窩遺稿』 권1

登天王峯

瀛海三方衣帶繞 靑丘全幅帆船浮
世人不解登登力 謾說飛仙物外遊

李準九, 『信菴集』 권1

觀日出

天海無分極目東 奇奇萬狀暈先紅
此間已得光明界 人世猶爲黑暗中

李準九, 『信菴集』 권1

登天王峰

仰友在西又在東 共登綠樹白雲中
天王錫號何時日 俯伏群山是政風

田●●, 『認齋私稿』 권1

望天王峯

慳秘千年日月臺　白雲深邃翠巒廻
秋風忽使歸程促　此夜應從夢裏來

權基德, 『三山遺稿』 권1

登天王峯

天王峯出半空天　建極東方億萬年
足躡玄都奇絶處　眼窮滄海渺茫邊
輕淸身脫塵寰累　隱約語通上界仙
永日酣遊仍俯瞰　蹲蹲群麓若珠連

鄭濟國, 『柳溪遺稿』 권2

同朴士範 抵朴平叔家 朴士仲君自天王峯來 與之占韻

幸逢勝友坐高秋　其奈醒塵苦未收
愧我巾衣添俗累　憐君泉石獨淸幽
剩說方壺風生席　回看夜泊月盈舟
寒雨蕭蕭征馬縶　滿堂英妙續餘遊

李圭南, 『南湖集』 권2

天王峰

瞻忽大吾東　卓然獨立中
天容方過雨　夕氣復生風
渾忘塵世沒　庶遇列仙叢
努力幾人上　半空有半空

姜龍夏, 『武山集』 권1

詠頭流上峰 想南冥壁立氣像

方丈崇高第一峰　雄盤獨立聳天東
危巖直矗烟雲裏　稜角增大雨雪中
萬里風聲吹不盡　千年淑氣貯無窮
仰之雖若攀無路　九仞元從一簣功

趙璥, 『鳳岡集』 권2

登天王峯

選日登臨雨際晴　少年衿珮總豪情
露痕着襪班生點　石角鉤衣裂有聲
山野縱橫碁局列　江湖隱見畫圖明
忘形佇立烟霞裏　極目風光澈肚淸

曺鎭樂, 『愚齋遺稿』 권1

與李泰明秉澤·趙景輝鏞瑚·孫明夫永錫·李璨文鉉
墩·李孔善寶榮·鄭永振運弼·河晉明萬璣·河鳴國
鍾洛·李昌汝泰德·鄭士彥昌錫·李子剛基仁·呂玉
汝相韓·都子文在哲·李進明承晉·河龍道諸友 作頭
流行 登天王峯

截彼天峯峻極天 登臨眼界遠無邊
胸衿洒落無塵慮 也是吾身羽化然

河貞根, 『默齋集』 권1

登上峯

卓立峯頭倚晚風 諸天縹渺有無中
高回四海盃看眼 點檢三秋錦繡容
白水界分平野綠 靑山分占夕陽紅
早知此地多仙趣 虛做屠龍十載功

林芸, 『瞻慕堂集』 권1

次放翁秋雨初霽韻 促諸君 登上峯

淙濛嵐翠淡還濃 秋巘無緣見舊容
一縷天風吹斷雨 千重山岳競開峰
宜催蠟屐乘朝日 且遣還笻趁暮鍾
此去倘能逢羽客 應容我輩許相從

林芸, 『瞻慕堂集』 권1

天王峯

曾霜鰲骨到今秋　爲待仙遊尙不流
三千界窄難憑眼　四萬丈高可擧頭
遐筭知添瞻極老　扁舟更欲訪瀛洲
新詩又喜加長格　磅礴眞容一句收

河仁壽, 『梨谷集』 권1

日出

赫奕彤輪轉上東　海含雲氣一翻紅
爲戟爲旗皆帶火　便銷長夜片時中

河仁壽, 『梨谷集』 권1

老人星

南望天邊極宿明　吾行適値海雲晴
照我寧知偏愛我　常情願壽各輸情

河仁壽, 『梨谷集』 권1

自天王峰 至巨林

曾聞方丈山　名在三神一

我來在春暮　去夏無幾日
前宵雨初霽　陰風動瑟瑟
誰知一寰內　寒暖此相軼
殘雪尙留壑　懸氷如比櫛
凍泥聾玉簪　步步深沒膝
飛路僅如線　左通還右窒
或攀木仰登　或負岩斜出
俯視深萬丈　膽掉股戰栗
有木不盈尺　姸姸芽始茁
有鳥時一鳴　聲如木遭挟
側身俯前峰　布濩如羅罩
自此勢漸卑　亦非凡山匹
檜栢被一邊　厥材等梓漆
俯竪且仰起　枯查何比密
細石稍平衍　何人曾置室
猶於亂石裡　斑斑露柱礩
巨猪夜飜壤　淺深同一律
使彼還住此　其誰當闕失
巨林餘幾里　蒼茫不可詰
路過採藥女　然否聞詳悉
此去百許武　呀然有石窟
願公須記取　一墮未易出
聽訖意初下　直從山脊逸
徑急葉隨滑　欲徐還墮疾
薄晩投村舍　寢啖俱安吉
詩以記粗略　愧乏如椽筆

李鍾浩,『拓齋集』권1

追次天王峯用朱子韻 奉呈許退而

南維鎭巨岳　直上聳雲端
培塿難爲大　乾坤到此寬
千年巖木老　萬里天風寒
方丈輸方寸　煙霞滿袖還

金基周,『梅下集』권1

癸卯八月 與李新溪浚相·李竹雲炳碩·族叔守堂載甲·曹洪瑞啓燮·致敬碩煥·朴珠汝相彦·曹朝卿 將上天王峯 始發口號

六四伊今始此行　堪歎塵臼老吾生
飄然心已峰頭坐　其奈衰頹脚未輕

權昌鉉,『心齋集』권1

登天王峯

雄據慶全聳半天　艱登快眺四山川
誰能齊我朋儔若　皆是俯躬子姓然
拂拂霧雲飛下界　蒼蒼星日若當顚
勁風吹脚留難久　未盡賞心促下鞭

權昌鉉,『心齋集』권1

老人星

丙生丁沒我曾聞　凝立注看幾十分
爰有晶光來射眼　倘期它日赤松羣

權昌鉉, 『心齋集』 권1

日出

海天容易瘴雲橫　絶喜今晨倍覺淸
五彩幻形靡定處　一輪浮上皓光明

權昌鉉, 『心齋集』 권1

登天王峰

天王峰自白頭來　矗矗尖巒疊疊臺
黛色揷雲千仞削　春光滿壑百花堆
群山點點看如垤　滄海涓涓望似杯
眼底乾坤縹緲小　超然忘卻坐層嵬

權佶, 『敬慕齋集』 권1

同薇坡·薇岡·刜齋·頤齋及李淸隱愚贊·安和集斗中登頭流山天王峰

捫參歷井直攀天　嘆息玆遊落暮年
萬里歸雲生屐齒　千峰懸月上裾邊
且尋法界寺中釋　庶遇文昌臺上仙
願子莫辭詳記事　吾人此事亦堪傳

李鉉郁, 『東菴集』 권3

登天王峰　丁卯八月　與諸友同行

萬丈頭流華我東　登高一嘯白雲中
陶然心醉天王境　剩得烟霞太古風

又

頭流佳景擅吾東　屹立亭亭縹渺中
滄海茫茫無極際　千峰萬壑鎖烟風

李五相, 『溪堂遺稿』 권1

登天王峰　庚辰四月　○同朴熙邦鎭五·朴熙道聖章·鄭濟國國明·權奎煥君五·權載毅順文·李敎文明善·鄭周錫道亨·李仁壽誦五·鄭南敎致陽·鄭顯成太和·權珪容英集·朴熙廷子揚·權宜鉉益三·柳寅炘亨見·權載浩養彦·權載弘正淑·李鳳來順九

載浮鰲背接靑天　淑氣融成萬八年

禹貢山川窮域外　扶案日月大洋邊
長風遠駕誇超俗　下界群生想望仙
多感巨靈長鎭護　耽遊筇屐更留連

鄭珪錫, 『誠齋集』 권1

上天王峰

一上天王第一峰　豁然眼界浩浪胸
千年老柏雲田耒　百尺高巖雪陣鋒
陽雨有時分上下　寒溫無日不秋冬
我看魯叟登山錄　小小二句善作容

姜貞秀, 『隻菴遺稿』 권1

登天王峰

方壺之上難於天　四度緣何又此年
雄勢眼通蝶域裏　壯心胸闊蜃樓邊
東國三韓鰲重背　南風四月客登仙
茫茫滄海知何處　千載有懷魯仲連

李敎文, 『止齋遺稿』 권1

踰天王峰

去去穿林逕　箇頭日影殘
禪門知不遠　樹裏鍾聲寒

文晉鎬,『石田遺稿』권1

李君禮伯敎文遠訪老朽於方丈石穴　因登天王峰壯觀而還　次其韻爲贐

危乎方丈噫吁高　壯觀何論陟彼勞
上界雲煙飛莽鳥　先天日月立霜鰲
吾知物外遊山樂　可謂寰中拔俗豪
濟勝東南天借具　振衣須及未晞毛

趙性家,『月皐集』권5

次湖南諸友登天王峯韻

方壺左轉晉之東　嶽勢亭亭聳碧空
晶鼂鰲頭撑老石　翩翾獹鶴駕御長風
蓬萊瀛島環其外　赤斧山圖在此中
衰脚未隨羣言後　一頭讓與壯遊同

趙性家,『月皐集』권5

宋心石秉珣諸人見訪 因登天王峰 歸示其所賦詩 遂次其韻二首壬寅

千仞頭流駕晚風　世間無物介吾胸
儻學晦翁豪氣發　朗吟飛下天王峰

方壺彦會刱余聞　萬仞危巓客影紛
千載相傳閩洛派　三宵同宿偓佺雲
地窮鰲足曾撑力　天近媧斤昔補紋
樊鬲諸賢酬唱句　尙挑蟞蟞興三分

趙性家,『月皐集』권5

次勉菴方壺諸作韻八首

入洞口

孤雲千載後　又有勉庵公
此山遞爲主　天作祖孫峯

洗塵巖

方壺自是絶塵埃　開闢由來面目新
此中來客何如者　赤斧山圖一隊人

芙蓉巖

芙蓉長劍一奇巖　藏在丹崖碧蘚緘
目今西海黥鯢梗　直待何時試此鐔

休呵臺

山靈知我洗靈臺 便許登臨靑眼開
回笑前人貞黷異 此間寧有北移來

文昌臺

文昌臺百尺 窗條石爲門
邈矣先賢迹 斑斑可考痕

碧溪寺

伽藍突兀俯十方 四矚雲煙極渺茫
靈境早開塵境絶 驟年經始馬年荒
履穿到半依林惱 喉渴登巓得水狂
借榻僧房成彦會 唱酬終日頰牙香

開雲巖

巖角雲初羃 豁然開太虛
那意昌黎事 復看千載餘

天王峰

勉翁已及耆稀年 步屧猶輕半上天
曝近鶴尋深樾唳 風高鹿避絶巓眠
座應仙侶俱虛左 路必菴僧競導前
魯叟若成桴海意 先臨方丈好山川

趙性家, 『月皐集』 권5

天王峯

謄說今來壯我遊　方壺奇景適淸秋
何須五岳圖中見　始覺三山海外流
勢屹雲壇齊北斗　根盤坤軸鎭南州
憑眸眩纈詩情澁　秖恨風光未盡收

戌削層崖萬丈靑　奇奇矗矗畵難形
寒谷長生盤古木　南天流照老人星
海外漁舟遙可點　雲端仙語隱相聽
巖扉穩宿無風雨　聖母祠神儻有靈

河載文, 『東寮遺稿』 권1

天王峯

方丈之山起杰然　六鰲背上萬千年
南方萬嶂推爲祖　下界群生仰若天
欲續風流來後學　所過精彩想前賢
回看岑崔崎嶇裡　旋沒旋生絶可憐

河鳳壽, 『栢村集』 권1

別天皇峰

從容海內天皇峰　奔汨人間姜聖中

一別眞顔歸去後　何時重得此相通

姜聖中, 『梨堂遺稿』 권1

天王峯

披雲擧手可捫天　此地營來閱幾年
眼前峰影千重落　頭上銀河尺咫懸
穹崖遠望群仙跡　下界層生九點煙
却恨今行緣未重　中宵風雨坐茫然

河憲鎭, 『克齋集』 권1

登天王峰 謹次勉菴崔先生韻 癸亥

萬丈方壺萬疊秋　登臨聊寫我懷幽
浮雲流水遙聘目　白日晴空獨擧頭
大地三千非舊域　幾人今古泣神州
豁然眼界通無塞　百化領收半晌遊

鄭道鉉, 『厲菴集』 권1

與嶺湖諸友 再登天王峰 凡三十餘人

頭流曾有僻今日伴仙踪
步步同源水　登登異面峰

布明千里海　尺老百年松
大地還多感　高歌孰與從

鄭道鉉,『厲菴集』권1

陪勉菴翁益鉉及溪南艾山兩丈　將登天王峰　過洗塵巖

白石淸溪淨不塵　峰頭夜雨一番新
脩然滌盡全身累　便作天王絶頂人

李宅煥,『晦山集』권1

夜登絶頂

洞夜深深隔幾重　登臨惟覺勢無窮
高秋君子知各寺　半夜天王最上峰
海月頭邊飛一鏡　雲山眼底戲羣龍
試看身世今安在　疑入鴻濛未判中

鄭必達,『八松集』권1

獨坐天王峯

獨坐天王峯　遊心混沌氏
金鷄忽一聲　驚破人間睡

鄭必達,『八松集』권1

天王峰觀日出 次吳都事韻

三韓方丈最高峰 千載孤雲迹已空
長嘯一聲天字碧 金波萬里酒盃中

鄭必達, 『八松集』 권1

登天王峯

方丈煙霞入夢寒 登臨此日意全閒
胸呑四海乾坤大 目極三韓世界寬
至今民國難容足 太古天王不改顏
桂樹秋風山日暮 王孫何處九援攀

李道復, 『厚山集』 권2

天皇峯

昨宿中山雨 今上天皇嶺
仰觀全體圓 髣髴月高懸
俯瞰支流擧 隱若鳥飛翩
蒼然太古色 盤鬱與嬋娟
浩浩乾坤際 茫茫日月邊
明晦亦多姿 雲霞卷後宣
萬像紛不測 渾是造物然
急雨時一洗 眞面更堪憐

盤空億萬載　鎭我域三千
嗟我蠕蠕身　久矣坏壞跧
何幸附驥尾　好遂此日緣
徘徊一發嘯　浩氣勃若煙
縱然向碧空　於此有何賢
策端皆險絶　頭上但空玄
戰戰一步難　天塹咫尺前
曠感將焉如　欲去更周旋
回首望京華　杳杳隔山川
玉輿何年駐　奠禱致吉蠲
一賴巨靈佑　熙哉五百年
爲德何不卒　忍令地維顚
沈吟坐天末　强懷述此篇

姜聖中, 『梨堂遺稿』 권1

路中口呼

方壺洞裏是仙鄕　紫檉蒼藤織綿章
峰上頑雲開有手　天王應許振余裳

河憲鎭, 『克齋集』 권1

雙洲從袖出一軸詩語余　此是今秋與趙月皐直敎·權醉
蓮景　由諸名勝　共上方丈天王峰韻　余本好山水者　而一
未登此山爲恨　竹醒從亦一余懷　共次其韻　三首

心上天王六十秋　白頭今作采眞遊
螺腸屈曲行相問　鰲角平安戴不流
歷歷星摩天北極　茫茫碁置地南州
直將眼力扶桑去　曉旭初昇彩霧收

上峰只見尺天靑　脚底群巒點點形
玉女盆頭僊拄杖　丈人河畔客隨星
筧巖引瀑龍吟動　細石成碁鶴語聽
所處愈高其見大　櫂歌奇絶訪僊靈

萬八年來淑氣鍾　穿林攀石劈重重
崑崙巨嶽難爲祖　嵩岱群山不敢宗
極目南通應楚澤　回頭西望是秦峰
誰令坐我天王上　然後方知許盪胸

鄭奎元,『芝窩集』권1

登天王峯　遇雨

靑歲曾登又白頭　天王不許一風流
從知對越眞難事　歸下工夫更辦遊 卅年前嘗登此　以雨未能恣遊　今亦遇雨故云

權載奎,『而堂集』권3

上天王峰

茲山艱陟擬諸天　自笑猶能八袞年
上帝周旋咫尺地　三韓指點蒼茫邊
悠悠往蹟多先哲　落落奇緣幾老仙
登泰聖歎良有以　濚洄千載故留連

權載奎, 『而堂集』 권4

登天王峯　用朱夫子衡嶽韻

超空坐怳惚　太始杳無端
頃刻風雲變　蒼茫宇宙寬
平生身負熱　今日氣凌寒
直欲乘淸去　天遊永不還

李迨, 『月淵集』 권1

日月臺　次許南黎韻　謙和郭鳴遠

顒仰彌高日月臺　貞明雙曜此中廻
下界茫茫長夜黑　誰敎天眼撥雲來

李迨, 『月淵集』 권1

天王峰分韻得來字

我本生長窮湫隈　眼孔窄窄羞童孩
猶有胸中萬丈氣　時從呼吸鳴如雷
遙望頭流極天際　誓將揮手超浮埃
同遊況復諸名勝　爛然寶珮携瓊瑰
出門一笑前路遠　行度溪巒千轉回
幽花異草俱靈藥　老樹顚木皆奇材
百年窮谷無人問　自生自師何榮哀
一足之差千里謬　林間線路難爲媒
霧爛天低晝日黑　陰雨濛濛峽中來
欲攀枯枝魂却懍　纔過絶巘心如摧
不辭巖底寄夜宿　朝來稍喜林霏開
望裏天王露眞面　行行且止靑眸擡
巨靈忽送長風駕　飄飄羽衣騰空廻
此是方壺第一峯　嗚呼噫嘻何壯哉
上距一天不盈尺　下視四海纔傾杯
極處自然明撥盡　眼開高高日月臺
日月臺高高無比　萬八千年也不頹
我欲晞髮窮遐紀　要與羣仙酌金罍
有時乘彼霱雲去　朝涉瀛洲暮蓬萊
回首下界一長歎　渺渺狂塵迷九垓

李迨,『月淵集』권1

登天王峰

二十年前此壯遊 重來華髮不勝秋
臨深履薄知何極 悵望窮賓意更悠

李迣, 『月淵集』 권2

下山 用晦菴祝融峯韻 和國卿二首

千秋衡嶽有餘風 更得夫君一盪胸
不用三杯豪興足 眼前無數祝融峯

憑空一嘯大荒風 宇宙殘秋悵撫胸
如今盒信春秋意 萬古天王此一峯

李迣, 『月淵集』 권2

上天王峰

無數東南疊疊山 天王峰是絶塵寰
登臨頓覺乾坤大 俯瞰方憐海岳班
神遊半日三韓外 眼掛冥雲萬里間
似今羽化忘歸念 世債多端詠以還

李尙輔, 『晩隱遺稿』 권1

日月臺 謹次后山韻

端坐天王日月臺　萬奇爭露一眸回
世間曲直從斯卜　施令胡無快洗來

李尙輔, 『晚隱遺稿』 권1

登天王峯

攀藤穿石上雲梯　筇屐飄然日月西
回顧三韓如許小　方知萬物可能齊
玉樓仙樂還聽邇　地角滄溟入望低
百怪千奇吟莫像　向平遊興却難題

權平鉉, 『華隱集』 권1

登天王峯

登登高獄揷靑天　王以稱名問幾年
居室如碁多樹下　大江橫帶隔烟邊
遊筇八月初來客　靈境千秋自在仙
怪物奇形誰寫得　驪珠先獲子應傳

李鉉燮, 『仞齋集』 권1

望天王峯

天王一萬四千丈　倒景三光入杳冥
猶以有形其上盡　上無形處曷能程

李正模, 『紫東集』 권1

下山 次南黎丈韻

神仙非拒我　我退却何緣
堪愧秦徐福　得無笑此邊

李正模, 『紫東集』 권1

登天王峰

步步登登抵極巓　天王峰上坐如仙
縱眸可盡三千域　展手如捫尺五天

許模, 『觀川遺稿』 권1

上天王峰

四顧茫茫眼界空　海東名岳此爲雄
鎭嶺湖來張大勢　非仁智愛愧丹衷
超物外神遊太古　出人間世躡仙風

縱無謝朓驚人句　雲漢天章可決通

權載丸,『一軒集』권1

日觀臺

默推銅渾日行途　冬短夏永此應無
下界人生方夜夢　上天仙侶已朝餔
赤雲噴薄金螭蚪　碧海牽登玉轆轤
咫尺瑤臺親未見　聽來傳說影中圖

安益濟,『西崗遺稿』

天王峰歌

方丈上峰是天王　天王之號尊且皇
世人不識天王重　足踏天王如睡場
寧可仰止那可踏　山非重也名是惶
今行未敢凌高意　春秋大義在腔腸
六鷄風雨山東晦　一士個儻能扶綱
久矣天王無英氣　至使蠻夷姿搶攘
雙明日月敀燕地　萬國衣冠動漢陽
足反居上頭居下　太傅之言今切當
袁安空自懷王室　中夜撫挀涕淚滂
微臣偏切華封祝　但願天王發靈光
神劒鬼斧驅魍魎　廓淸區宇回霽暘

奠我家邦如天王之强　壽我皇帝如天王之長
於千萬年　永享無疆

安益濟, 『西崗遺稿』

登智異山天王峰

欲上天王各自東　攀登穿樾入雲中
群峰羅列如朝會　閱盡頭流萬古風

文相日, 『竹軒遺稿』 권1

天王峰

勞勞前進到天王　石礴林磴斷續長
灑落心神如有得　滄茫眼力定無方
韶華多少看初夏　光怪升沈望太陽
却被仙靈嫌俗客　忽然雲霧失玄黃

田璣鎭, 『飛泉集』 권2

登天王峰

鰲背三山屹不流　九烟蒼翠渺齊州
晴空霧作塵寰雨　暑月風來玉宇秋

四塞山河咸入眼　百年人物幾回頭
坐思舊日生涯小　笑殺寒蛙井底遊

鄭鳳基, 『守齋集』 권1

登天王峰

仙靈憐我老　一宿許巖顚
伸股縮平地　側身睡半天
呼吸通霞外　精神噉日邊
三更輾一覺　雲海正蒼然

李震相, 『寒洲集』 권2

天王峰

乾坤初闢在何年　準備頭流擎後天
層崖陰織春無盡　下界雲蒸晝欲眠
瞻依日月頻回首　管轄山河惣俯前
莫謂尋眞多別路　發源自有逝斯川

崔益鉉, 『勉菴集』 권2

宿天王峰鷹幕

欲登雲頂不能攀　一步纔移二步難

只爲前程奇觀在 不嫌霜露宿巖間

文尙海, 『滄海集』

觀日出

下界沈沈夜已央 一端紅暈自扶桑
直從海底當天起 萬國何人不被光

文尙海, 『滄海集』

憶天王峰

憶昨登臨日月臺 此身容易脫塵埃
只緣削壁躋攀力 快覩乾坤萬像來

文尙海, 『滄海集』

通天門

宿巖間

怪底三秋節向闌　夜來風氣覺微寒
俯視塵鬟何許世　雲間縹緲渺群巒

金麟燮,『端磎集』권2

石門 細石坪入口

金剛多石門　未見此奇特
却笑尙奇人　憑斯爲誑惑 以此認細石坪爲靑鶴洞　妄也

鄭琦,『栗溪集』권2

入石門

橫空石壁與雲齊　中穿爲門出草萋
仙女曾開九九畚　盤陀岩隔狀似泥

田●●,『認齋私稿』권1

通天門

巨品疊矗路難遵　一竅中開可入人
躡下無攀幾十尺　艱難到盡汗沾身

權昌鉉,『心齋集』권1

門巖

連上體爲艮　虛中象取离
媧時留不闢　應有後天期

河夾運,『未惺遺稿』권1

石窟

一竇分明石室通　神仙安在此山中
搜搜窮處昏如漆　發應聲時聽似聾

李東昇,『鵝湖集』권1

般若峯

端午日 般若峯 三首

步上三淸愛夏陽　山無謝客客心長
金甌寰域臨維軸　玉冊候王奉豆觴
萬壑烟霞鰲背濕　千年風雨鶴巢凉
羅韓故蹟姑休說　太古精神日月光

南嶽雲開衡嶽陽　仙靈招我駕風長
瑤琪環黛靑凝杖　沆瀣呑胸紫釀觴
花謝三春重午發　木經千歲四時凉
入山首訪先儒蹟　蠹老冥俟世光

半道登空重午陽　臨風拂袖路何長
中州五嶽能班列　渤海三山未濫觴
宇宙無窮經理亂　朝晡易變驗溫凉
形骸渾忘憑虛坐　遙向天皇送眼光

梁會甲，『正齋集』권2

明元 偕登般若 臨別口號 以贈

窮居却喜一旬同　眽眽相看意不窮
歸日高堂如問我　讀書人作採樵翁
讀書人作採樵翁　誰復尋常憐我窮
願子祗存持敬訣　楊岐墨染古今同

鄭琦, 『栗溪集』 권2

登般若峯 望天王峯

方丈靈區擅海東　令人遺恨引殷風
他年更理遊山屐　看盡夸娥造化功

李準九, 『信菴集』 권1

般若峯

屹然天作一高峰　不金堅確不冰寒
大海遙臨明鏡似　群巒羅立戴如冠
百里登來塵境外　半空還在碧雲間
更推餘意君知否　萬疊頭流一梯攀

李圭南, 『南湖集』 권2

香爐峯

香爐峯

高峯竪卓一爐擎　日照香烟上玉京
我有心香奉一瓣　祝天中國聖人生

崔琡民, 『溪南集』 권1

河重吾弘毅草堂 和別熙叔

明月淸風邀鶴樓　蘭槳桂棹洞庭遊
憐君病負同尋約　獨上香爐第一秋

朴敏, 『凌虛集』 권1

香爐峰 次國益韻

凌空逸氣若長虹　飛逐向爐頂上風
眼底茫茫烟九點　世間乾沒幾英雄　第二句 用朱子詩朗吟飛下祝融峰之意

金之白, 『澹虛齋集』 권1

登香爐峰 述懷示國益

秋風搔盡半霜頭 壯志徒然隘九州
未踏龍門捿禹穴 寧騎鸞駕訪仙洲
三韓方丈窮吾跡 小魯東山慕聖遊
身世端宜常快豁 男兒休作域中愁

金之白, 『澹虛齋集』 권1

香爐峯

萬壑精神峭小峯 層巖聳出白雲中
飛身直上三千尺 笑駕靑鸞跨碧空

權燾, 『東溪集』 권2

到香爐峰古靈臺 僧信暹持棗椒茶一罐 各進一椀 渴喉
自解 飄然若御閬風而近帝居 上崆峒而遇廣成矣 還下
雙磎寺 題八仙於邀鶴樓畵壁上曰 浮査少仙·玉峰醉仙
·鳳臺飛仙·凌虛步仙·洞庭謫仙·竹林酒仙·梅村浪仙
·赤壁詩仙 仍會鶴洞奉和

不見神仙窟 今來方丈山
紫霞迷洞壑 丹桂擁峰巒
物外乾坤別 壺中日月閒
孤雲何處在 靑鶴杳難攀

成鐔, 『川齋遺稿』 권1

中峰 外

登三神峯

東國三山四海知　而今身到亦云奇
半天雲擁神仙界　萬疊禽啼太古時
秦皇漢武空相望　白日青春每不遲
下土茫茫問何世　長風倚杖一歎之

崔琡民, 『溪南集』 권1

鷹峰道中

方壺秋色轉蒼蒼　萬樹雲濃雨意長
安得能開衡岳手　廓淸區宇眺茫茫

李敎宇, 『果齋集』 권3

穀雨日 與孫敬菴在燮 登方丈老姑壇

雲際人來水盡頭　恰與鴻鵠馭風浮
三更星月懸岩壑　萬里烟塵暗海洲

泉響琮琤神忽爽 壇靈莊肅汗初流
但令長飽名山液 不復人間喫火愁

金奎泰, 『顧堂集』 권1

問諸友 登熊石 用朱夫子祝融峯韻

乘春三月節 直上節巖端
仰察天空闊 俯看地大寬
亭亭西日下 習習東風寒
雲山於此盡 吟罷好相還

李圭南, 『南湖集』 권1

李震元祺鎔·孫香振·鄭景執允煥 訪我於架西齋 因與 遊甑峰之壁立臺

江上輕風灑入頭 碧巘如化羽仙舟
陰陰翠蓋山長暗 漸漸黃雲野欲秋
萬壑久勞吾夢寐 三盃仍愧客風流
傍人不作雩壇趣 指顧要爲短律遊

河鳳壽, 『栢村集』 권1

冷泉聯句 泉在文岩 大如池塘 水涌如麻 可灌千畝

群山盤屈孕寒泉　萬脉澄鮮動活天　宗宇
滿貯方塘雲蘸碧　透來深穴氣幽玄　道容
武陵源與霞邊照　雲谷聲從枕下連　宗斗
灌笕洽爲千畝雨　汲轤分作萬家烟　鳳壽
胸中已濯塵三斗　案上徒勞讀十年　愉
過盡名區無此右　坐商佳致屬誰邊　宗宇
請君採出汾州誌　此井人間不偶然　道容

河鳳壽, 『栢村集』 권1

幽頭流谷

一步移時境轉幽　群巒如玉出頭頭
十里山家見一二　頭流山下流頭流

河憲鎭, 『克齋集』 권1

到中峰

終日登登瘦脚跚　白雲多處是中巒
自媿精誠猶未格　天王咫尺阻威顏

朴致馥, 『晚醒集』 권1

抵中峯 望其上雲霧 忽鎖誠心黙禱 口號

此行不敢辭蹣跚 喜近天王第一巒
願祝華山誠意切 雲收霧捲見眞顔

金麟燮, 『端磎集』 권2

中峯石臺

漸喜羣山入肺腸 仰攀蘿蔦意先凉
鵬邊落照收湖右 鶴背浮雲卷岳陽
日盪四圍天位正 坐窮千劫道心長
瀛洲對面無多隔 我欲因之蕩一檣

鄭必達, 『八松集』 권1

細石坪

宿細石坪草幕

重裘亦覺氣蕭凉　剩喜天高眼界長
欹屋終宵淸不寐　却疑身在閬風鄉

金奎泰,『顧堂集』권1

石山幕 用唐人韻

蕭蕭風雨一菴寒　倚枕聽泉便覺閒
倦客耽幽忘去路　故人多病在中山　梧岡自石山幕得病下中山
雲林自是經心上　名字謾憎落世間
笑哉康樂緣何事　送盡同人獨後還

李敎宇,『果齋集』권3

滯雨 留艾嶺木器幕

高處蕭蕭雨下林　催裝來臥萬山深
開雲愧乏昌黎手　破脇徒勞冥老心

徹夜溪聲窓外亂　早時秋氣席間侵
終知對越誠難事　三復曾年自警吟 乙丑 遊玆山 至石山幕 遇雨未上 余作詩自警
日 對越誠難事 歸當更著上

李敎宇, 『果齋集』 권3

宿細石坪草幕

簷欹壁缺草爲筵　十四人同接膝眠
幸賴天公無戲事　無風無雨月孤懸

鄭琦, 『栗溪集』 권2

細石平地 或以是爲靑鶴洞故云

聞說山頭平地開　白雲靑鶴共徘徊
今看荒林非別界　倚杖臨風一哂來

姜貞秀, 『隻菴遺稿』 권1

細石歸路 望花開 作二首

細石花開數里間　巖飛人立暮雲關
斷空殘照蒼凉外　多意香風拂面還

悠悠回首日之西　側嶺橫峰亂不齊

剛恨塵生無遠慮 升高未得愼於低 是時 計窮觀花開之勝 而得足疾 未能涉險 遂
休罷而歸故云

姜聖中,『梨堂遺稿』권1

細石坪 時人目細石爲靑鶴洞而欺人誤世者多矣 道人訣云 地關何穩黃鷄
唱天 故末暇及之 玉爐峯下石面 大書高麗樂云居士李靑蓮書

擧世皆知細石田　道人風客至今傳
北望頭流山鎭後　南通日本海當前
靑鶴上天無覓處　黃鷄關地定何年
玉爐峰下靑蓮筆　謾使漁舟訪桃源

安益濟,『西崗遺稿』

延壽井 細石坪下有石井 道人傳之云 飮此者 可延年 石面刻延壽井云云

冷泉甘冽滴巖空　盆壽延岭一飮功
瓊千年液應地秘　玉梵一■已苔封
險看南極老精照　疑與西王池水通
若使靈源當有效　居民不住白頭翁

安益濟,『西崗遺稿』

宿細石坪

崖斷山回一境平　石門深邃我初行
鄭曺夫子曾遊賞　後學那無繼厥聲

李鉉燮, 『卯齋集』 권1

細石平田

山無細石又無田　此地空間已久年
理靜氣忙多變化　未來飜覆或其然

許模, 『觀川遺稿』 권1

神仙臺

同鄭監察 登神仙臺

探眞餘癖試登臺　裸體纔容石罅開
幽竇傳饌雲掠鉢　懸甕送酒日齊盃
江村遠樹鴬邊在　官道行人馬上來
却恨仙緣終未厚　夕陽山影暗催回

河夾運, 『未惺遺稿』 권1

登神仙臺作

三年三到不嫌頻　一罅岩間恰受人
崩塔風磨看劫活　虛臺雲護覺緣眞
山寒春氣先歸野　沙淨晴暉盡在濱
峭壁移樽仍取醉　却疑雲際竦吾身

河夾運, 『未惺遺稿』 권1

神仙磧

鑿鑿成圍一古湫 苔封碁累閱千秋
神仙有跡求無處 多少遊人枉費愁

許模, 『觀川遺稿』 권1

過神仙磧

龍湫玩盡過仙磧 石磊重重立野平
風雨萬年無一境 方知神巧勝人成

河龍煥, 『雲石遺稿』 권1

神仙臺 同鄭致學閔敎 飮酒

欲躡仙蹤到石臺 仇池古穴爲誰開
痕留寺刹三韓過 眼豁江山九郡來
邃窟平中堪置局 窄門通外僅傳杯
窮搜萬狀沈吟久 忘却斜陽一抹過

河載文, 『東寮遺稿』 권1

下神仙磧

白塔危如卵 重重大小石

崔仙一去後　千載空留跡

鄭道鉉, 『厲菴集』 권1

石山幕 憶亡姪二首 乙丑八月　與亡姪及諸友　謀登天王峯　至此幕遇雨　因留宿厥　明雨不止　遂下山

昔携吾姪傍巖眠　忽忽光陰十六年
是日我來爾何處　山靈欲訴暗泫然

吾姪生平淸分多　域中山海盡吟哦
如何方丈偏無遇　再到再爲雲雨魔 戊戌八月　吾叔姪及諸友　登天王峯　遇雨不能壯觀

權載奎, 『而堂集』 권4

聖母 · 白巫堂

明日 祭聖母廟 有雨

神母廟前嵐氣熏　瑤漿三奠雨紛紛
回頭更向山椒望　猿鶴松杉盡白雲
前峰已失後峯靑　屏翳撩人不解晴
誰畫遨頭一簑笠　滿村風雨看苗生

金宗直，『佔畢齋集』권7

禱雨聖母廟 歸途遇雨 四月初七日

甘霖淋漓已濕衣　却疑神母擅陰機
村村笑語還羞殺　太守今朝得雨歸

金宗直，『佔畢齋集』권10

喜雨 水調歌頭

春早 牟麥盡槁 水種愆期 四月初三日 予遣郡人朴由信 往禱于聖
母廟 又令童子呼蜥蜴 數日得雨 以誌喜

蒼虯久幽蟄　赤羽欲燒春
東陂西堘俱涸　畦壟但黃塵
五月十日不雨　無麥無禾可懼
念此損精神　二簋雖云薄
王母眷明禋　却喜今朝雲
勢好澹平勻　回頭方丈山下
雨脚正紛綸　滿眼桑麻葱蒨
四野鋤耰如織　生意一般新
我有芳樽酒　自酌慶丘民

金宗直,『佔畢齋集』권7

聖母祠 二首

阿姑生子三韓統　廟食雄山報不差
魯季從來多僭瀆　陳邱誰復刺婆娑
咸氛聘幻妖何甚　楚越崇神詔則那
毀鼻象魂猶莫崇　沉巫河伯豈曾呵

作鎭南維祭秩尊　星羅九邑衛藩垣
羣山奉向同臣妾　環海風烟入吐呑
王母祠新留鐵馬　村民禮朴淨陶樽
退之亦禱衡山廟　報事無他故所敦

柳夢寅,『於于集』後集 권2

贈天然上人 上人 士族 不得於庶母 托於緇徒 然不爲外說所移 膂力過
人 時頭流山天王峯有石佛 號爲靈異 遠近奔波 事之如金爲, 碧雞 犬然奮而
擊之 糜爛無餘 其事遂絶

張拳一碎峯頭石　魍魎無憑白晝啼
骨氣至今誰得似　坐令衰魄壯虹霓

少日曾彎八札弓　跏趺幽窟尙豪雄
菖蒲來獻宣城閣　袖裏猶生萬壑風

梁應鼎, 『松川集』 권1

**贈天然上人 余到安峽巖泉寺 天然來謁 是曾破智異山
天王峯淫祠者也**

然師舊聞名　壯氣擎不周
一拳破山石　妖氛霽頭流
歸參趙州無　一悟塵機休
禪蹤無定所　瓶錫隨雲遊
我到巖泉寺　迥倚寒巖頭
師從千里來　一笑回靑眸
永夜對孤燈　淸談消客憂
明朝擧別袖　路指金剛脩
重逢渺何許　天末脩眉浮

李珥, 『栗谷全書』 권1

次山人天然軸中韻

好武攻文少崛奇　晩途終是一沙彌
學無已斷世間念　嫉怪徑焚峯上祠
好事高翁欣作記　多情石叟更題詩
憐渠變幻還神駿　定是前身愛馬支

尹斗壽, 『梧陰遺稿』 권1

携天然 到義神 作詩贈之

我行向頭流　中路聞異說
高巖有神廟　妖鬼憑屋闋
禍福隨手翻　敝俗爭媚悅
紛紛巫覡徒　狙儈作災孼
逶迤幾百年　懍慄無敢撤
壞柄昧何自　一擧迅掃滅
石骸蕩相分　陰魅已永絶
聞來起欽想　見面意所切
鳴筇七佛庵　憩堂日欲昳
久顔遇凜然　聞知急提挈
開懷叩其端　本末許陳列
衣纓荷世系　弓馬事閥閱
陷身讒構間　剝膚罪難雪
毀體託山林　憂心空惙惙
浮遊靡自安　歲月寄一瞥
玆山竦南垠　靈境慕眞潔

聖母加汚衊
生民浚膏血
依坐肆饕餮
尊奉更相將
競來香果設
男女多瀆媟
欲談汙口舌
肝膽洶激烈
老拳石可裂
深憤余薄劣
往往食亦噎
健步走嶄嶸
雙眼電交掣
變幻騁驚桀
忽若隨煙蔑
頑像竇幽穴
日月仰昭晰
勃勃怒稍渫
大義固不屑
不覺屢擊節
物表養俊傑
一理上下徹
窈冥不可絜
聖智垂軌轍
幽顯途又別
先王澤寢渴
流患遍倪嵲

云何俑淫辭
盜賊奔走之
如聆吟嘯歌
復立迦葉軀
癃癩與瘖聾
幽明紛雜亂
醜詭枉成風
前年煩一窺
搥糜擬絶姦
骩骸被象遏
抑塞久不伸
頃者又感心
巖崖趌可倒
怪魅皷微威
直視奮猛勢
捽迫在須臾
氛昏廓糞除
還歸倚枯几
喋喋噪黃口
伊我聽是說
磊落信可尙
玄黃初未剖
陰陽有鬼神
因心起夜賽
民神豈相慢
悠悠降叔季
妖怪乍蠱生

狐狸恣睗睒　木石强離烈
盼蠻積邪惑　煽動共塡咽
禮樂置不用　世道極扤捏
斯誠仁者憂　鬪之須勇決
吾師負奇器　志槪堅若鐵
斷倒千古謬　英略振詐譎
苟能充是道　流恩溥魚鼈
鄙夫誠怯弱　嘆息腸內熱
推衍先聖訓　授師以秘訣
鏌鎁淬奇鋒　揮霍光已澈
深藏戒待時　愼莫攖蛇蝎
知雄且守雌　太剛亦易折
斂餙庶自反　用力學軒頡
劬勞勿憚煩　歲暮勤不輟
一朝有所得　終身詎虧缺
師今屬淸狂　譬如鷹不紲
飄颻任往來　寧可急蟻垤
云矣念吾言　誠心幸如結
狂詩寫餘懷　高名安敢竊
不忍使無傳　聊用示來哲

奇大升, 『高峯集』 권1

書無爲軸　無爲天然字也　當擊破智異山淫祠　南溟有記

昔聞無爲名　無爲而有爲

今見無爲面　有爲而無爲

楊士彦, 『蓬萊集』 권2

贈天然上人

看渠毛骨老巖居　一片形骸萬刦餘
試問空花散何處　未如還學舊詩書 師嘗學儒書故云

朴淳, 『思菴集』 권1

帝釋堂

遊袂翩翩遞暎林　天晴仙洞落峰陰
幽花未放靑春意　殘雪猶存歲暮心
篁徑入雲迷蠟屐　松濤散壑聽瑤琴
上頭到處應昏黑　爲憩層臺滌晚襟

姜大適, 『鷗洲集』 권1

上石佛菴

碧嶂懸菴五月寒　斜陽來坐白雲端
登登上上如無盡　寂寂孤孤却自寬
般若天王咫尺在　雙磎七佛小兒看

始知坐井觀天客 局局平生見識難

崔琡民, 『溪南集』 권1

白茅堂次韻

僧居牢落作神堂 滓穢天慳與地藏
壁裏彩圖看恍惚 竹間山鬼語迷茫
雲連古棧查橫壑 樹拂輕風桂送香
方丈一宵塵夢罷 徒前乾沒定堪傷

姜大遂, 『寒沙集』 권1

法界寺

上法界寺

超然身世出人寰　隨處仙區景物閒
松碧巖邊烈士氣　楓丹壁裏醉人顏
杯看衆海蒼茫外　塊視諸山杳靄間
嗅取仙童來駕鶴　明朝上謁紫皇還

成汝信,『浮查集』권2

題法界寺　壬子

方丈風高桂樹秋　暮天流碧海雲收
回頭已小三韓界　欲上天王望九州

朴絪,『無悶堂集』권1

宿頭流法界寺

萬丈頭流挿半天　諸峯俯瞰億千連
寺傳法界空餘佛　臺久文昌已去仙

浴日蒸紅浮海上 穹林如畫出雲邊
一宿名山知非易 應是淸遊說此年

趙瀚奎, 『惕菴集』 권1

宿法界庵

小庵中劈起 雙牖向空開
地勝仙緣重 夜深客夢回
曉鍾雲外落 秋菊石間栽
擾擾路傍子 無勞來往媒

權泰斑, 『惺齋遺稿』 권1

宿法界寺

滑石攀枝上法宮 璇風浩蕩四方通
月明夜靜泉流滴 鼓鐸小僧妙理窮

田●●, 『認齋私稿』 권1

碧溪庵聯句

吾儕今日樂 超出世人間 國明
巖僻才容寺 樹塡不見山 鎭五
烟消洞府淨 雲過苔蘚斑 聖章

趁夕鳥猶咛　經春花未殘　君五
哦詩心欲苦　酌酒意增瀾　聖七
幽趣忘塵累　歡情瀾廋顔　益三
窈寥僧語細　鍾盡客眠閒　明善
年去知朋好　時危不我干　道亨
琴藏成氏調　頭戴杜公冠　養彦
坐久衣裳冷　望窮景物還　子揚
爛爛珠唾錯　浩浩枯胸寬　正淑
荏苒風塵裏　玆遊政再難　舜九

鄭濟國, 『柳溪遺稿』 권2

上碧溪菴

春雨初晴送煖風　登空望望快吾胸
欲看天地無窮界　更上天王第一峰

金會錫, 『愚川集』 권1

碧溪菴

百折千攀到上方　人間回首却茫茫
殘骸白日飜生翰　慧眼何年此闢荒
衡嶽開雲知不偶　融峰濁酒政非狂
孤僧磬罷靑山寂　一室天花境界香

崔琡民, 『溪南集』 권4

碧溪菴 滯雨

風流佳處感仙靈　乍雨旋晴氣更清
微物亦嫌歸駕促　杜鵑寂寂不如聲

金會錫, 『愚川集』 권1

宿碧溪菴

碧溪迢遞俯群山　仙夢分明夜夜還
萬里眼窮蒼海外　半天人坐白雲間
堪憐六十塵埃跡　始對三千法界顔
禪窓盡日愁風雨　咫尺天王恐未攀

河應魯, 『尼谷集』 권1

碧磎菴 夜坐

此日那驅八字風　掃除陰翳快心胸
只喜名藍天畔在　坐臨方丈萬千峯

宋秉珣, 『心石齋集』 권1

過碧溪寺舊墟

故墟傳碧溪　林樾自成蹊

捫蘿登塔遠 山畔宿雲低

河範運, 『竹集塢』 권1

法溪寺 用杜工部韻

雨霽沙門聳疊峰 我來喜聽昔年鍾
懸崖飛瀑千尋落 匝地蒼松萬疊重
逈出樓臺無改色 舊知尙和對歡容
去留靈境淸緣足 高躅何嫌世事慵

鄭珪錫, 『誠齋集』 권1

宿法界庵 在智異山上峰

法界高菴是別天 閒人無事作爲先
巍巍丈岳三層後 落落昌巖咫尺前
地近中空塵隔遠 堂臨東海月先傳
雲來雲去無消息 白鶴蒼苔萬八年

姜貞秀, 『隻菴遺稿』 권1

碧溪庵聯句

吾儕今日樂 超出世人間 溪隱
巖闢纔容寺 樹塡不見山 錦湖

雲捲洞府淨　雨過苔蘚班　晩樵
趁夕鳥有哢　經春花未殘　松山
哦詩心欲苦　酌酒意增瀾　誠齋
幽趣忘塵累　歡情潤瘦顔　能齋
窓寥僧語細　鍾盡客眼閒　止齋
年去知朋好　時危不我干　佳隱
琴藏成氏調　頭戴杜公冠　畏軒
坐久衣裳冷　望窮景物還　訥軒
爛爛珠唾錯　浩浩枯胸寬　愚隱
荏苒風塵裡　玆遊政再難　舜九

李敎文,『止齋遺稿』권1

次諸友遊碧溪寺韻

方丈吾將築一菴　開山今日屬瞿曇
鹿眠晝穩林間石　龍氣朝腥谷口潭
魏闕夢繚依斗北　窮溟眼闊起鵬南
諸君文酒同遊處　矕矕衰翁獨未參

趙性家,『月皐集』권5

宿法界菴

菴在頭流顚　白雲咫尺天
迷溟衣帶遠　矗壁畫屛連

法界尙留佛　昌臺已去仙
神淸終不寐　殘燭曉鍾邊

鄭道鉉, 『厲菴集』 권1

同流石 向碧溪庵 巖斜泉馼 儘幽境也 因賦所見

纔經線路復巖巉　我杖相扶子袂摻
谷口鷰遷盤古樾　雲端鶴咳半天杉
塵寰落後仙安在　怪石當前鬼所劖
漏泄靈源人不絶　山翁恨未學金緘

趙性宙, 『月山遺稿』 권2

碧溪庵 同流石唫三十一首

白頭流脈鎭吾東　孕出賢人與鉅公
崔老錦還全晚節　冥翁壁立凜遺風
乍回側逕繁陰綠　一嘯高巓返照紅
老衲歡迎雙合掌　諸天縹渺靄雲中

玆山留約幾春冬　皓首重來眼霧濃
虎踞龍蟠混沌石　猿唫鶴咳參差松
丹花黃葉千年勝　積雪歸雲萬丈容
此地又聞仙侶在　霜鰲背上最高峰

看盡千峰又下江　朗然吟罷倚竹牎

枯禪白衲棲山色　遠客靑鞋聽谷蹬
天末鶉回流火七　雲端鶴去秀峰雙
靑邱禮樂三千里　今日方知小我邦

高山爽氣坐頤支　天近何須測管窺
瓶鉢生涯雲聚散　琴書事業月盈虧
堪憐白髮先秋柳　謾負丹忱向日葵
醉睡醒吟無事老　伽藍淸處喜相隨

一蹴空門萬念微　今吾還覺昔吾非
睡餘得句題花露　茶罷携僧采澗薇
韻士胸襟罵戴老　仙家日月鶴丁威
此行知有前緣在　喫盡煙霞願莫違

佛鳥齊飛響木魚　中天積翠一庵居
塵心都付藏蕉鹿　世事堪呭賦茅狙
南極祥星光隱映　西風古樹影扶疎
聯襟賴有知心在　月夕花朝興有餘

文明氣數邈唐虞　天地恢恢影獨孤
倜儻奇標高蹈士　艱貞亂世故狂奴
詩中傲態彌明鼎　酒後淸談阮籍壺
從此名區難再力　臥遊合著少文圖

五嶽中州遠莫齊　乾坤軒豁露東西
手捫星宿三淸近　胸蕩煙霞萬壑低
塵表翶翔隨白鶴　林間鼓吹聽黃鸝
浪仙已去詩聲絶　得句敲椎手自題

老來滋味有何佳　除是山椒及水涯

野服難瘳田老癖　行窩可打邵翁乖
工夫誰悟觀庭柏　富貴都歸夢國槐
一日偸閒仙一日　胸中消盡十年懷

山人石室晝爐灰　霧捲煙消眼始開
峰上有天盈僅尺　樹間望海小如杯
宿緣若在仙翁遇　何事能成化媼猜
人意差强秋氣早　泠然旬五御風回

出門閒策藜　孰與我同隊
啼鳥皆良朋　鳴泉亦勝槃
季仁三願存　匡衡四愁耐
從此滌塵心　嚼然潔蕙佩

谷口相携鄭子眞　桑門爲訪善男淪
積工須進竿頭步　定力能行頂上輪
南畔蒼嵐兼北畔　上旬苦雨又中旬
無寧暫借參禪契　不使囂塵動齒脣

來時手把晦翁文　講貫相滋賴有君
克復眞工初志豎　煥明大道後生聞
天將氣數種麟鳳　歲暮光華掃蚋蚊
只恨平生才智下　十分明訓未三分

腐儒謾說勇喪元　轉輾中宵涕淚飜
杞國天傾憂思遠　桃源地閟夢魂煩
名途可笑彈冠禹　拙計何妨學稼樊
淸磬一聲驚午睡　蒲團徙倚白雲軒

山樓迢遞易生寒　下界庚炎入遠看

錯落齊煙襟可暢　噫嚱蜀道夢猶難
光陰髮鶴同垂白　消息鉛龍已暮丹
此地從君如結社　一談一笑坐雲端

淑氣蜿蟺翠不刪　三韓以外此名山
寶高琴韻凝松壑　錄事書聲鎖桂關
滿拾煙霞都載槖　低看邱垤共連環
臨風寄語芝歌士　長往胡爲竟不還

瞿曇此地著鞭先　短塔棲雲厪過肩
鬼護神扶終不廢　風磨雨洗老猶堅
重新寶界由今日　落在空山謾有年
刹刹塵塵龍漢劫　誰看碧海變桑田

梧桐一葉落蕭蕭　臥看牽牛織女橋
初度桑弧空自負　同輝棣蕚盡云凋
歲難暫住驚衰鬢　書未周觀副大腰
摠爲浮雲能蔽月　幽軒欹枕失良宵

山家有酒且山肴　眞率相遊是善交
物外何妨成佚蕩　詩中亦可寓譽嘲
借棲暫煨殘禪芋　卜築宜誅隱士茅
候鳥時蟲鳴以假　孰爲瘦島孰寒郊

湖海入誰一世豪　此山猶恨不深高
千年可續春秋筆　兩段當分王霸刀
好景盡從霖裏過　壯心還自酒中挑
滿眸氛祲吁今世　何處能容晚迹逃

隱士高居發浩歌　洞天幽趣箇中多

仙壇有露滋瑤草　樵徑經春長薜蘿
百樣機關焉用彼　一生蒯軸庶無佗
淸晨摸得雲雷體　書罷黃庭手自摩

農談日夕長禾麻　三兩爲隣食力家
理耟恒隨晨噴鴨　荷鉏每趁暮歸鴉
社錢恐費秋花晚　杼柚憂空夜月斜
始信苦餘元有樂　宵樽傾酒曉煎茶

天王峯上倚斜陽　羅立諸峰莫敢當
眼底風塵皆楚漢　頭邊日月自虞唐
郤欣仙侶如將遇　回笑浮生謾自忙
咫尺依然通帝座　衣冠猶襲玉蕤香

一年容易過三庚　遠樹秋聲耳畔驚
夢借鶴棲仙分重　詩要蟬蛻俗緣輕
惜紅花喜遊人償　刬翠山嚬峽老耕
候鳥時蟲緣底事　世間都是不平鳴

腥塵天下一丘靑　寥落柴門獨自扃
丁仙鶴影遙華柱　白帝猿聲過敬亭
共會東韓方丈岳　竚瞻南極老人星
金剛眞面知何處　縱得龍眠畫莫形

秋天如海水雲蒸　白首飄然羽化登
明月睹詩同擊鉢　空山聽偈獨懸燈
衰年不害耽佳景　勝界難禁憶遠朋
惜爾未聞儒道大　此生虛度出家僧

咄咄書空自訟尤　眞工恨未反吾求

秋聲乍動黃生葉　世路艱關白盡頭
天地知心明月在　江山無迹點雲浮
靑丘禮樂今云壞　爲倚幽軒一遣愁

苦哉塵債日相侵　來坐山巔快滌襟
乘興遠隨靈運屐　知音旣遇伯牙琴
透簾霽色邀明月　滴案華嵐挹衆岑
老釋誰如禪島手　敲椎夜夜與同吟

畜雨藏雲澤遠覃　名山第一嶺之南
野心謾結煙霞痼　峽務惟知稼穡甘
勾漏金丹遲道侶　瀛洲藥草誤童男
一區泉石如將得　收拾琴書學晦菴

昔人賦海漏言鹽　今我吟山景莫兼
多蓄圖書方謂富　酷饕泉石豈傷廉
良朋旣遇杯心凸　勝界重來屐齒尖
夢澤依然呑八九　胸襟軒豁納洪纖

自東嚆矢卒章咸　詩思如秋泠撲衫
胸裏閒雲兼淡靄　眼前幽瀑又奇巖
唱酬要使追元白　大小何論異楚凡
撥憫只爲消日計　沈吟不是老猶饞

趙性宙, 『月山遺稿』 권2

宿法界寺

崱屴巖開別有天　林端古刹特飄然
文昌何事忘塵世　就此多年不食烟

權平鉉,『華隱集』권1

宿法界寺

萬仞山中一路斜　披林踏石訪仙家
居僧對我誇時景　八月頭流楓似花

李鉉燮,『仞齋集』권1

上法界寺

洞門深鎖隔塵寰　幽興陶陶處處閑
通引巖邊臨鏡面　落鍾臺上對屏顔
吟鞭揮割靑雲抹　行袂飄穿白石間
寸寸來尋法界寺　淡然胸海却忘還

趙璭,『鳳岡集』권2

宿法界菴

靈護尼婆古此山　時時迎客好開顔

窈冥朝暮雲烟裏　怳惚東西日月間
古塔岩邊苔已老　細香筵上佛長閒
如非法界求淸勝　何事塵踪忍萬艱

許模,『觀川遺稿』권1

碧溪庵

昔聞方丈高　今上方丈山
混沌一元初　神斧巧劈刪
石擎文章臺　峯秀玉女鬟
若無乾坤大　不能載兩間
上可摘星辰　下可俯蒼灣
磅礴復轇轕　靈異久秘慳
鍾人爲魁傑　産物爲芝蘭
職方漏不記　名列三神班

安益濟,『西崗遺稿』

文昌臺

文昌臺

千年磅礴文昌臺　一嘯登臨眼忽開
不堪詩思秋同健　萬里風煙錦片裁

李敎宇,『果齋集』권3

文昌臺

文昌臺欲上　箭括通天門
難憑齊東語　其上盖有痕

崔琡民,『溪南集』권4

登文昌臺

側身穿入絶巖間　上有平臺自作山
想得孤雲遺世蹟　石盆甘露降天關

金會錫,『愚川集』권1

文昌臺

名以文昌有一臺　前人已去後人來
至今但見歸雲宿　爲問仙蹤欲擧盃

河應魯, 『尼谷集』 권1

文昌臺

一逕層穿斷壁閒　還疑禹斧到玆山
酌來甘露凭巖坐　縹緲何如劍閣關　臺上有甘露泉

宋秉珣, 『心石齋集』 권1

文昌臺

文昌百世有高臺　攀去登臨眼盡開
瓢忽宛如天半坐　滿前風物浩難栽

權鳳鉉, 『梧岡集』 권2

到文章臺　崔文昌遊處

努力躋攀萬丈高　崎嶇石逕頓忘勞
崔仙高躅無人繼　萬壑烟霞屬我曺

朴垕大, 『安敬窩遺稿』 권1

登文藏臺

攀木梯巖百丈臺　仰看飛鶴上淸來
也應靈境猶塵跡　一雨霏微便促回

李準九,『信菴集』권1

文章臺

古老相傳學士臺　上頭承露自成盃
誰知銅掌腥塵避　此入山腰別界開
苔間籒篆難推去　月下緱簫倘復來
飄然歸袂猶餘興　風急天寒暮景催

河仁壽,『梨谷集』권1

登方丈山文章臺

高峰聳出挿天際　云是文昌射鵠侯
人去千年名不沬　山花林鳥挽淸遊

權佶,『敬慕齋集』권1

次鄭菊圃祈永·權顧菴相淵遊文章臺韻

入山病骨久棲遲　未暇登臨擧一巵

文章臺古君先陟　甘露泉深我後期
咫尺天王勞仰止　渺茫仙跡豈無疑
勝界元來多別景　觀屋秋夜約相隨

文晉鎬, 『石田遺稿』 권1

文昌臺

先生一去一千載　尙有蒼松與石臺
最喜別天臺上月　至今留照古心來

姜聖中, 『梨堂遺稿』 권1

文昌臺

夜夜文昌降　通天有一門
瑤皇頒紫誥　尙濕墨池痕

李宅煥, 『晦山集』 권1

文昌臺

我邦精彩肇文昌　何處江山不被光
最是方壺深絶處　古臺名號至今長

許模, 『觀川遺稿』 권1

文章臺

金芙削出玉臺成 此是文章去後名
上有千年甘露水 令人一哂可延生

安益濟, 『西崗遺稿』

劍巖

劒巖

化龍化石誰能諳　鋒鍔天然帶翠嵐
自同秦瘞塡山北　疑有楓釱射斗南
霜雪偏憐侵鬢苦　風塵堪愧息機甘
何人好帶淮陰後　悵望千秋憶耿弇

河仁壽,『梨谷集』권1

劍巖

化工鍊石碧鋒銛　抛擲空山氣尙嚴
文奪寒星封蘚匣　影偸隙月淬泉簾
休論戰士歧爲戟　肯數樵兒曲作鎌
我欲長歌彈不得　蝸涎生綠政堪嫌

趙性宙,『月山遺稿』권2

中山村

中山尋眞亭 奉別同門友日峰斯文李禮伯 二首

頭流萬壑千峰裏　白首忽驚逢不期
携酒登亭春欲暮　臨風三歎隱侯詩

可隱堂中書萬卷　牙籤一一貼謨深
矧君擔負從初重　案上師箴儼若臨

崔琡民,『溪南集』권4

中山龍湫 與月皐南川 同賦二首

水窮山盡浩余歌　契闊相逢感自多
阮籍眼靑酒更進　紫芝髭白秋頻過
松枝鶴老澹無俗　石竇龍藏靜不波
握手躊躇還默默　人間近日問如何

一日不宜不與同　同門先進月皐翁
從少至衰難可忘　一知半解皆其功
狂風怪雨斜日外　知異黃梅各山中

但使歲寒勉相保　從今餓死亦云豊

崔琡民, 『溪南集』 권4

題中山草堂 主人卽趙都事孟明

草堂蕭灑寄巖間　日共起居方丈山
況復詩書爲活計　世人誰侶此淸閒

宋秉珣, 『心石齋集』 권1

自中山 踰鼎峯 泛舟宗川廣叔 次東坡中秋見月詩 寄來 戱答其韻

莊生齊物語太高　却將泰山較秋毫
供奉詩句何誕哉　三神鰲骨流波濤
我從頭流尋薊子　壯觀已許饒山水
憑陵百谷豁心目　接應千峰共臥起
歸來鼎山若彈丸　衆流圍繞龍蛇蟠
扁舟靜夜依江渚　蕭蕭但覺風袂寒
忽念蘇仙浮古汴　月下千燈助奇變
後來何人續餘韻　一夢應難到脚板
是時情人棲故山　閉舌長作磨兜堅
中宵見月發豪興　新詩一落留人看
願君與我結心好　孚海共飱金光草
白免搗藥調三光　韶顔不逐年華老

不問人間富與貧　處處明月長隨人
書生大語衝口出　聞者應笑爲狂客

河謙鎭, 『晦峯集』 권1

遊頭流山 至中山作

小小山村二水間　西風紅樹掩柴關
仙童引客雲中入　記取屛巖第一灣

李壽安, 『梅堂集』 권1
※ 李隱君의 『梅堂集』 권1에도 같은 시가 실려 있다.

乙丑孟秋 作方丈遊 過中山 有感

月翁十載作山翁　小子年年拜此中
白首今來多舊感　但看流水與雲空

權鳳鉉, 『梧岡集』 권2

宿中山村

步出庭除夜色齊　蒼茫遠岫影高低
(二句缺)
泉石尙留前輩采　烟霞又入後人題

今來拾得風光好 何羨詩囊李賀奚

朴垕大,『安敬窩遺稿』권1

中山回路 宿公田

百曲清溪路轉危 行人鬚髮半成衰
高林月色秋山靜 暗壁蟲聲客夜遲
江氣吹寒衣正薄 世情經苦夢猶奇
今來欲踐名區約 着處風光奈晩時

黃鍾淵,『伊山集』권1

留中山書塾

怪見雲霞狎榻移 山樓無事坐多時
宵長不覺吟詩苦 林黑䊀嫌貰酒遲
方丈高峰臨咫尺 仇池遊客灑衿期
居人莫說艱登路 靈境元非俗所知

河載文,『東寮遺稿』권1

中山遇雨

百谷碒砑一逕微 雙穿草屐躡雲飛

依山得野參差畝　沿澗成村次第扉
良宵夢鶴淸緣重　深峽逢人慣面稀
萬千方丈峰頭狀　奚橐那能盡載歸

河載文, 『東寮遺稿』 권1

中山 次前韻

久慕枯蟬欲蛻塵　中山吟到覺淸新
天王未到猶如此　明日丁寧羽化人

河鳳壽, 『栢村集』 권1

中山路上 此在法界之上 而誤在此

一條蹊路轉茫微　藉趁菁蕪好振衣
雨後淸峰臨水照　溪間翠鳥破煙飛
遲遲花點行人杖　冪冪雲陰隱者扉
瞥覽猶巡塵莽裏　天皇何日盡情歸

姜聖中, 『梨堂遺稿』 권1

丙申春 伯先生避地于方丈山下中山村 撥憫寫懷 日有
所拈韻 五七律 自東至咸者再 五七絶 自咸至東者再 名
以貞元什貞而復元之義也　余欲效之而祇賦其半部焉
七律 中山卽事

白頭流脈落吾東　十二玉壺律兀中
伐木治田須用火　傍巖結屋怕多風
鳥痕留石歸崔老　琴韻凝雲想玉翁
安得茅廬如斗大　園偁溪叟共長終

山間無曆記春冬　浦杏家家候作農
瓊佩淸音雲裏潤　螺鬟秀色月中峯
奇禽語巧微風暖　藥草香聞細雨濃
轉上一層云絶頂　幾年方丈著吾胸

幾度重巒幾度江　榴花時節宿山牕
白雲古洞丁歸鶴　綠槿疎籬午睡厖
方丈山川元第一　冥翁道德孰爲雙
來人莫說狂秦事　桃峽衣冠自作邦

看山不覺坐頤支　政是風恬日永時
垂釣漁翁淸入骨　承筐採女翠齊眉
庭前流水心同活　屋角歸雲意共遲
淡泊生涯杞菊長　休將此樂與人知

濁酒山家取醉微　兄酬弟勸好相依
吟邊泉石都收案　分外煙霞滿上衣
忙日愒時何事做　求田問舍拙謀違
文章臺畔雲千朵　惹得吾心夜夜飛

友鹿歸來捨侶魚　數椽茅屋卜幽居
武陵花竹村成古　少有煙霞洞闢虛
舉白欲浮談世事　鍊丹將化讀仙書
從今物外淸閒趣　澗羽林芬儻共歟

峽中熙俗自唐虞　耕鑿生涯摠白徒
天地誰爭盤谷宅　溪山可續輞川圖
矮簷打帽雲常嶂　凉榭披襟暑郤無
報道桑麻春已長　前村餘燭借徐吾

達觀觀來萬物齊　何能隨俗作高低
閒中妄想遙翔鶴　醉後詩情巧囀鸝
靑眼親朋皆楚越　白頭兄弟柰東西
紇干凍雀知何樂　依舊茅廬獨自棲

塵寰事事一無佳　避地何妨廣漠涯
宇宙堪憐吾輩老　江湖近阻故人懷
誰同竹樹元卿逕　獨坐蓬蒿仲蔚階
布穀難停啼技癢　山山水水入詩皆

回首人間萬念灰　宂塵不許迭來催
年光鶴髮千莖亂　世路羊腸九曲回
仙子遊耶餘舊蹟　文章去矣但孤臺
無寧把酒聽黃鳥　黃鳥一聲酒一杯

中山方丈山之腰　可望居人不可隥
晦翁獨上蘆峯巓　杜子緬思桃源內
煙霞有癖老更狂　猿鶴留盟庶無背
精舍如謀置此間　尋行數墨來童輩

居岷安土樂天眞　生老于于混沌春
樹杪乍過留客雨　巖顔肯受汗人塵
巒前鐵獺來梅老　袖裏靑蛇過洞賓
屋後芙蓉金色秀　千回不瞬意維新

竹間小逕轉回文　目到方知勝耳聞
未理琴書堪愧我　能兼樵稼已多君
傍籬林密鶴同借　繞榻雲流鶴與分
石面靑蓮居士字　千秋往蹟至今云

洞府恢恢闢渾元　天王千古儼無言
魚將佐饌淵淵伏　藥可延齡谷谷存
百折山重水複路　數家犬吠鷄鳴村
晚天乍歇澆花雨　日夕農談載野樽

五月山深草閣寒　迢塵別界此中看
土肥自足田疇樂　俗朴那知世路難
鬢畔有霜空戴白　囊中無藥可調丹
堪憐風雨聯床夢　新寓鰲岑幾夜安

我有新詩我自刪　閒來亦足破愁顔
十尋白拕牕前瀑　萬疊靑生展底山
漆叟何妨遊物外　淵明還惜落人間
雖吾濟勝衰難具　肯讓來人管領還

避地饒君一著先　閒中無事日長年
鳩材借構三間屋　鶴料謀耕數畝田
采蕨婦穿春峽雨　煨芋翁臥午爐煙
開門便是雲霞窟　屐齒何勞去後前

長霖過夏浸包蕭　坐使山田稂莠驕
老去詩篇窺李杜　閒來顔髮夢松喬
壺中天地猶餘闊　海外風塵未盡消
徵角宮商咬菜口　寧思縮項及長腰

釀霞爲酒薦蘭肴　峽俗依然際燧巢
友話連宵尋徑竹　棋聲消夏有亭茅
壯心不覺樽前發　陳語難從句裏抛
乘興翛然三四老　東皐舒嘯或西郊

君是詩豪我酒豪　嵁巖棲息姓名逃
山居有味差强意　世事何言可竦毛
閒醉茅柴頹石榻　或隨襪襪步林皐
方壺竗畵三千幅　願作吾屛剪快刀

塵愁都付打壺歌　自是巖棲冀效多
竹裏篩金搖皓月　秧前跳玉揷靑波
泓崢宿約云誰待　書劍雄懷柰老何
松葉於人知有分　朧顔不覺借春和

連旬峽雨亂如麻　未半前村擧火家
天地誰憐蝸守殼　江湖自任鴈橫沙
仙遊物外終難近　友在書中不與遐
云是山間無限樂　我非子也豈知耶

案上遺文讀紫陽　千年往世倏然忙
奎精載降崇安宅　道脈相承濂洛堂
衛闢洪功心獨苦　尊攘大策意彌長
目今儒敎都喪歎　老筆無緣道得詳

債負名山未盡庚　洞天新月待誰明
林間酒熟憑花勸　石角田蕪倩象耕
澗鹿有盟同晦迹　樹蟬還笑自言名
白雲一塢千竿竹　有志佗時倘見成

尋眞線路問樵靑　萬樹繁陰一草亭
兄弟相逢明月好　故人遙憶片雲停
山要養藥春留壑　石爲題詩雨洗汀
留竢淸秋重結約　南天自有老人星

苦海炎雲萬疊蒸　十分消得九分能
蘧廬天地誰非客　棲遁溪山半是僧
刻石儻爲生面免　開雲敢望絶顚登
搬柴運水逃深計　數畝田園置未曾

方丈靑山此拔尤　兩年三作采眞遊
淸緣仙舞簫吹鶴　儉俗童騎劍買牛
詩興漸同花落去　酒情還與月來留
莫嫌泉響鳴掀睡　微爾誰能破闃幽

靑年恰受軟塵侵　場屋歸來少歇今
雲似圍屛常作畵　山無買宅詎論金
淸溪白石誰同趣　啼鳥鳴泉摠賞音
個裏名區如有分　考槃從此賦初心

峽裏桑麻雨露覃　居人生理淡而甘
淸風晩榻疑陶北　多石殘村似楚南
賣藥價非韓伯二　抱琴樂有啓期三
莫將世事煩揮塵　談水談山亦可談

斜陽臥聽唱烏鹽　認是田家苦樂兼
謝豹聲中蓬掩戶　辛夷影畔竹垂簾
懷忘醉月杯心凸　興付吟風筆舌尖
憂國還同嫠婦恤　謾將鷄骨有年占

搬移恨未弟兄咸　況又存亡異楚凡
嗜石家家同米芾　癖霞處處盡游巖
詩尋聲病三回咏　書恐浮沈百複緘
離索居然違誨久　心田茅塞未能芟

趙性宙, 『月山遺稿』 권1

約遠近諸友 以秋分日 登頭流上峰 而會中山村 凡八十
餘人 其翌上山 攀崖緣木 而抵碧溪寺舊址 只有一小塔
寄在巖石上 其傍有山幕 蓋山下人采藥斲瓢屐之所 幕
甚狹 不能盡容 燃松地爐 太半露處 其翌登上峰 天甚
近而雲斯不衆 流如綫 群山若礪 儘大觀也 日昏後 依
巖下小平處 伐木積火 藉草圍坐 夜深後有大星出丙方
熹微不放光 是老人星云 八月

天王峯

方壺秀色入淸秋　翠柏丹楓爛欲流
俯視雲霞高放眼　仰捫牛斗竦翹頭
崔仙雙舃曾危嶝　蠡老孤舟又遠洲
今日始知天下小　風煙括盡一心收

老人星

衆星漸沒一星明　雲捲南天海氣淸
未識祥光能益壽　望中忽見也多情

趙性宙, 『月山遺稿』 권2

中山元朝 己亥

聊將人事驗天時　兩緖三頭摠妄思
鷄骨翁占鼓腹歲　兇觥兒誦介眉詩
敲氷煎茗香三椀　踏雪尋梅格一枝
禮野情眞深淺酌　峽中淳俗到今知

趙性宙, 『月山遺稿』 권2

中山端午

艾人萬戶報端陽　此地欣逢此日良
氣候稍遲櫻自綠　民憂方切麥靡黃
落花影裏來雙屐　啼鳥聲中擧一觴
峽俗何知歌競渡　忠魂不死楚天長

趙性宙, 『月山遺稿』 권2

六月初 入中山 曾與鄭流石圭錫 約消夏於碧溪庵 庵在
方丈山腰 而年前有二三緇徒 因舊址重建者也 流石有
事于晉邑而未回 無聊甚 用村齋冠童所拈韻二首 乙巳

近夜山牕月正高　怪來詩思此中挑
榴花時節紛紅雨　松葉誰家釀綠醪
幽興轉深環邃壑　囂塵難到濺淸濤
琴書秖可留閒漢　湖海何人一世豪

石榴墻畔綠垂楊　方壺萬疊一草堂
家有林棚寧畏暑　山多藥圃自生香
白雲深處穿雙屐　明月來時命一觴
無怪當年韓錄事　棄官閒臥洞天長

趙性宙,『月山遺稿』권2

過中山 有感

南州大老月皐翁　十載棲遲此峽中
無乃賢孫情太澹　任敎遺躅水雲空

權載奎,『而堂集』권3

中山洞天臺

淸川白石洞天臺　胸抱冷冷眼忽開

千歲老驪其下在 藏珠爲待文章來

安益濟, 『西崗遺稿』 권

宿內大店

絶殊高境一何幽 好是吾人及此遊
白瀑駕山雲裡出 綠烟和雨樹間流
已將孤棹隨春水 安事玄棲訪別樓　是日　欲上法界庵　而滯雨不能也
竟日棋書非不足 南雲一路奈鄕悲

姜聖中, 『梨堂遺稿』 권1

到中山

雪裏尋仙到石門 藤蘿覆屋自成村
臨行或恐迷山路 分付兒童掃白雲

文尙海, 『滄海集』

發中山

嵐氣連天黑 風威動地寒
自笑迷塵客 無計覓仙山

文尙海, 『滄海集』

到墨溪

溪上家家竹 林中面面巖
居人各古俗 塵世未曾諳

文尙海, 『滄海集』

기타

朝開洞

洞府深且雄　眼界忽開廣
懸崖通一路　仙人互來往
到此地位高　擧首一府仰
中腰雲半捲　上頂月初朗
更進百尺頭　丹崖掛高掌

河憲鎭, 『克齋集』 권1

眞珠庵

兜率天連彌勒岡　仙庵何古客愁長
遙看一壑流雲白　及到三家傍石蒼
繞谷禽聲聞撥穀　隔林人語采迷陽
桃源不是荒唐說　偶逐淸溪到濫觴

趙性宙, 『月山遺稿』 권1

出山 暫憩少年臺

少年臺上老人坐　人老那能更少年
要挹淸流羞白髮　愛聽叫鶴對層巓
塵寰未了前生債　寶界纔爲半日仙
不可遲遲安一處　前程多有好山川

朴來吾,『尼溪集』권3

永郎臺

須彌谷裏無人過　立立奇巖千丈屹
淸夜永郎來洞天　碧桃影落瑤坮月

鄭枏,『明庵集』권3

智異山　遊山詩

智異山 遊山詩

○ 游頭流紀行

先涅庵

門掩藤蘿雲半扃　雲根矗矗水泠泠
高僧結夏還飛錫　只有林間猿鶴驚

議論臺

兩箇胡僧衲半肩　岩間指點小林禪
斜陽獨立三盤石　滿袖天風我欲仙

宿古涅庵

病骨欲支撐　暫借蒲團宿
松濤沸明月　惝擬遊句曲
浮雲復何意　半夜閉岩谷
唯將正直心　倘得山靈錄

中秋 天王峯不見月

抽身簿領陟崔嵬　剛被良辰造物猜
霧漲寰區入紘海　風掀岩嶽萬搥雷

勝遊天柱知難繼　淸夢瓊臺未擬回
時有頑雲暫成䨥　誰能取月滿懷來

香積庵無僧　已二載

携手扣雲關　塵蹤汚蕙蘭
澗泉猶在筧　香爐尙堆盤
倚杖秋光冷　捫岩海宇寬
殷勤報猿鶴　容我再登攀

宿香積　夜半開霽

飄然笙鶴瞥雲聲　千仞岡頭秋月明
應有道人轟鐵笛　更邀回老訪蓬瀛

再登天王峯

五嶽鎭中原　東岱衆所宗
豈知渤澥外　乃有頭流雄
崑崙萬萬古　地軸東西通
幹維挈首尾　想像造化功
緊我乏仙骨　塵埃久飄蓬
牽絲古含速　玆山在雷封
省斂馬川曲　時序秋正中
試携二三子　翫月天王峯
捫蘿恣登頓　足力寄短節
山靈似戲劇　霧雨兼顚風
齊心且默禱　庶盪芥滯胸

今朝忽淸霽　神其諒吾衷
遂忘再陟勞　絶頂窺鴻濛
浩浩俯積蘇　如脫天地籠
群山萬里朝　眼底失窮崇
北望白玉京　滅沒南飛鴻
溟海卽咫尺　際天磨靑銅
乖蠻與隔夷　雲水和朦朧
遠瞻若迷方　近把忻奇逢
蒼虯舞素壁　赤羽低晴空
萬壑水奔流　逶迤拖玉虹
十洲隱積皴　指顧面面同
諸峯悉醞藉　有似兒孫從
般若欲爭長　紫蓋於祝融
懷哉靑鶴洞　千載祕仙蹤
長嘯下危磴　如將値靑童
飈梯起輕霧　返照明丹楓
雖負端正月　眞源今已窮
倏陰而倏晴　厚意賤天公
累繭不足恤　信宿靑蓮宮
明朝謝煙霞　繩墨還悤悤

中峯　望海中諸島

前島庚庚後立立　蒼茫天水相接連
似有雲帆疾於鳥　古來說得乘槎仙
岱輿員嶠更何處　巨鼇不動應酣眠
寄書紫鳳問舊侶　我今亦在方丈巓

靈神菴

箭筈車箱散策回　老禪方丈石門開
明朝更踏紅塵路　頃喚山都沽酒來

靑鶴仙人何處棲　獨騎靑鶴恣東西
白雲滿洞松杉合　多少遊人到自迷

千載一人韓錄事　丹崖碧嶺幾遨遊
滿朝卿相甘奴虜　妻子相携共白頭

雙溪寺裏憶孤雲　時事紛紛不可聞
東海歸來還浪跡　秪緣野鶴在鷄群

下山吟

杖藜纔下山　澄潭忽蘸客
彎碕濯我纓　瀏瀏風生腋
平生饕山水　今日了緉屐
顧語會心人　胡爲赴形役

金宗直, 『佔畢齋集』 권8

○ 頭流錄

次在澗堂韻　頭流錄○辛亥

朱墨抽身恣討幽　客懷惝慄當三秋
黃庭誤讀不須悔　謫下猶來方丈遊

狂折村梅傍水開　莫嗔雙屐破靑苔
他日羸驂驚欲倒　桃花流水鏡中來

三疊體倒前韻

桃花流水鏡中來　春雨濛濛潤碧苔
別有高歌山石裂　燭花須對硐花開

水舂巖

刺桐開盡野棠殘　巖樹初敷翠影寒
隔葉錦毛藏好鳥　殷床琴韻瀉哀湍
兒隨郎罷敦詩禮　婦事尊章淨盞盤
何事龍城佩竹老　一生屑屑寄征鞍

下車 憩溪上

溪邊繫馬踞胡床　一搭春光滿眼芳
葛葉漸於陽處展　蕨芽徧向燒痕長
看花到底堪携杖　傍水何因穩結庄
未許神戈西日轉　新詩才就客行忙

入百丈寺

蛇路縈山百八窮　千重蒼檜翳琳宮
諸僧迓客雲衣潔　巨塑蹲床寶彩濃
魚着袈裟知佛幻　峰尖峷堵訝禪工
敦然露頂蒲團臥　頓向人間萬慮空

黃溪途中

昨夜東風九十終　山靈多事餞春慵
粧林新葉初舒綠　繡石殘花尙貯紅
且綴幽蘭供佩纕　行尋巨竹辦詩筒
一村蕭琵窮源處　千載秦餘問牧童

黑潭 二首

千峰齊聳鬱嵯峨　億丈高枏碍日華
碧澗誰令漫白石　蒼苔仍復藉紅花
如拳肥蕨猶堪豆　通印文魚且莫叉
鐵笛一聲山竹裂　諸天仙侶舞偨傞

吾股酸哀吾腥勞　眼和心地共蕭騷
高江霆鬪群巒殷　珍木陰繁萬吹嘷
此日恣探眞佛界　一生虛惱軟塵囂
雲衣霞餐從此足　誓解銀章劵外抛

內院

仙家三十洞天寬　翠柏陰深白日寒
幾道飛流拖匹練　萬重危石繞雕欄
樵僧穿靄衲衣濕　遊子踏花芒屩殷
一鳥不鳴春晝永　木魚聲裏靜蒲團

宿頂龍菴

蓮社重楹拔蔚藍　玉岑千穎入浮嵐
世尊如在應來住　帝釋雖高亦下參

洞瀑鬨雷龍睡警　壇松篩月鶴眠酣
清宵斗柄聞伊軋　起整霞衣拜手三

臺巖口占

尋眞方丈遠何勞　雲路登登逐步高
躑躅背巖多白藥　羆貅食柏或靑毛
蘸仙一嘯千林震　莊老長風萬竅號
聞道嘉魚潛丙穴　且看飛雪落銀刀

臥谷

寒巢同鶴玉龕眠　飛脚追猱鐵壁緣
嶺峻凄淸朝日瘦　樾深颭颸晚風顚
裝綿衣薄重樓束　嚼氣腸空兩腋騫
忽悟洞名佳意在　不妨雲臥度天年

向靈源庵

何人勤種竹　不爨自生烟
朽骨松顚堅　尖頭石刺天
苦行僧屬漣　藤坐客衣穿
采蕨溪邊飯　催登茅一巓

投靈源寺　二首

繚繞尋芳路　沿溪復越陵
巖開自成广　松直孰施繩
詩卷同吾友　藍輿仗爾僧

天王峰不遠　猶隔白雲層

迢遞靈源寺　平臨萬壑宗
階檀捿木客　佛飯施潭龍
山吹翻高葉　溪雲接遠峯
不妨眠丈室　嫌却賞春慵

圓正洞

三日藍輿上　吾遊正及時
巖花行處礙　篁箏踏來披
碧嶺登登嘯　淸溪曲曲詩
武陵何所在　山鳥爾應知

頭流菴

虛壁脩縑皽　淸光碎石縫
傳聲通翠算　飛注作寒春
雙柏西僧老　層壇北斗封
長風生萬籟　深省寄前峰

夜吟

松漏蟾光細　當窓謝豹啼
風泉掀夜枕　僧磬落雲谿
跡遠紅塵路　眠分白鶴棲
明朝參紫府　靑壁豈無梯

向天王峰

瓊糜淸曉乍饎飢　催進重裘出罄霏
老石朝天雲作冠　脩杉凌雪蘇成衣
穿林恟怵魂將魑　陟巘翩翻體欲飛
聞道人間梅雨後　峰頭白草始芳菲

登少年臺

萬古昂藏樹　懸梢冐老藤
三春慳嫩葉　六月逗堅氷
陘絶魂頻斷　臺危地欲騰
曾颸來萬里　從此傲陽陵

絶句

山下花殘山上雪　下山絺綌上山裘
一山氣候不齊處　一日吾兼兩節遊

登天王峰

崇楠枯死牛無枝　太始氷霜貯石巇
黃鶴奮翎望不及　靑藜遺火去如飛
華嵩坐撫諸孫頂　河漢遙橫一尺絲
尼父謾談天下小　我看無地但烟霏

香積菴

魁傑王峰上　靈祠蠔甲黏
毛人欹羽蓋　瑤草擷筠籃

柏老心俱空 巖奇髮盡鬖
有時龍出洞 雲雨滿江南

義神菴

回回曲曲杖堪植 水水山山詩可題
有鳥迎人王母邇 無花逐水武陵迷
鬱儀收彩昏蒼木 師曠留音寄碧溪
吾若不來方丈隱 一生甕裏卽醯鷄

紅流洞 次性上人韻

白雲送客留在山 遊子辭雲出洞還
流水自隨遊子去 白雲空付道人閒

花開洞

窈窕花開洞 頭流萬壑傾
有村皆種竹 無地不生蘅
白鹿兒能御 丹砂婦可營
腰間丈二組 於我一毫輕

雙溪寺

崔仙已乘紫烟去 溪上空餘四字留
四字分明仙已遠 碧溪之水空悠悠
蒼崖鶴吊蟾光淡 古寺鸎啼樹影稠
何處笙簫遊不返 客窓淸夜子規愁

靑鶴洞

邀與崔仙抱琴至　靑驢偕渡棧橋烟
欹巖故遣松根絡　陳葉渾敎竹笋穿
千歲歸同雲鶴吊　一龕閑對洞龍眠
石門來去無人見　手解天紳彈九淵

出洞

人道佳人新別離　男兒懷抱倍悽其
今朝出洞頭流望　眞似明皇別貴妃

感懷

客子南遊餐飯加　春風篁筍自家家
鹿尋莎草眠方熟　魚食楊花味正嘉
歸去芭蕉心展在　老來松柏腹空何
滿前方丈須臾事　爭似西山採蕨芽

山木行

頭流之山鎭南紀　蔓延九郡周千里
群峯挺拔衆壑連　綺錯脉散何邐迤
畏佳樹木不可記　羃歷高下相攢萃
或大能蔽垂雲牛　或竅能刳橫海舟
或竪能作阿房柱　或衡能造明堂栟
或剖能合歲漆椑　或直能截飛翬桷
或長能中禪房材　或細能辦猿狙杙
或能扶踈芘百畝　或能布濩聯千字

或能上聳干雲霄　或能下屈成門戶
或纖莖擢依衆林　或老中空歷千古
或垂苔蘚如毛髮　或蟠藤蘿如織組
或中折如老矮蹲　或四披如斧析分
或霹靂摧百片裂　或擺磨消全體焚
或無枝騈立高嶽　或無根僵臥絶壑
或無皮堅骨如鏤　或無葉枯枝如戟
或拔萬丈齊高峰　或經千年不盈尺
或托沃腴終天榮　或依瘠确一生瘦
或有屈盤如鐵鉤　或有癰腫如癭瘤
或有夭矯如龍驤　或有騫翥如鳳翔
或有尖尖刺人面　或有曲曲牽人裳
或有孑孑無倚傍　或有森森爲朋黨
或有離離美實垂　或有灼灼佳葩放
或療痾恙氣香馨　或流液滿臭狂醒
或被薪樵中札天　或侵蟲蟻半凋零
或爲龍蛇之窟窌　或爲鸞鶴之巢窠
或爲魑魅之棲托　或爲魍魎之室家
或爲風雨之折拔　或爲雲烟之膠臘
或百工取而爲器　或中溝斷而爲棄
或自生自死誰知　或爲灰爲土誰識
或長養爲伯爲叔　或孽芽爲孫爲子
伯益焉得逐其生　隸首安能數其名
地四天九互摧戕　天一地六相生成
陰陰翠影日色翳　肅肅爽氣山吹清
唱喁靈籟萬竅號　蕭瑟寒聲八音調
秋風幾多黃葉萎　霜雪之時嘉後凋

蒼蒼澗底雖得地　焉比天王峰頂高
頂高冥冥易衰朽　然後方知君子苦
安得取作高明麗　萬世大廈終不仆

柳夢寅, 『於于集』 권2

○ 頭流記行二十五篇

陶丘臺

蒼然峭壁結重陰　下有寒潭無底深
西來方丈最初曲　已識冥翁强半心
神異不羈三作一　人臺與地古傳今
自從氣數壞漓後　石破松摧誰復禁 _{自德院不幸之後　茲臺亦漸就荒凉　豈亦氣數}
之所感耶

帶雨入山

八月頭流雨　關情海印蓑
行人不畏濕　期入洗心家

過寒泉村

寒泉村畔路　山童賣猴桃
遙憶手種客　杏若頭流高 _{朱子詩曰　手種猴桃垂架綠}

送客亭 _{德溪之歸　南冥先生必相送至此}

流水滔滔欲何之　童然一樹口傳碑

要君猛作當年想 去者其誰送者誰

過面傷村 世傳南冥之送德溪也 必引杯大酌而別 德溪至此 沈醉墮馬而傷其面 故因名其地

送客亭前路 壚人尙勸盃
未知傷面趣 只惜一錢來

大源菴洞口

一山門又一山門 老木蒼藤太古痕
石路已占方丈脊 陰溪猶秘德川根
躋攀而往終奇境 轉眄之間忽遠村
仙侶飄飄先入洞 臨流何惜共開樽

雲影樓有感 昔以山天修契事 南黎諸賢會議于此 余以有故未赴座 聖養後至 以林宗之善 觀像謬讚于諸賢 今四年之間 人事忽忽已千古矣 海鶴存亡之悵 安得不使余潸然也

憶昔靑狵春暮日 林林德星聚玆峰
中有堂堂李元禮 謬將觀像說林宗
如今獨上伽樓月 潸然無路御登龍

上山吟

行過柳坪曲 雲巒已百尋
遲遲挨石磴 隱隱度風林
自有一天妙 誰知千古心
登將大吐納 漱此瓊瑤潯

謹次南黎開雲巖命名韻 　巖在方丈中峯之下

昌黎奇氣本巖巖　苦不能人大嶺南
登高一撫頭流石　鼓發天風掃碧嵐

宿開雲巖 　有數椽 依巖結幕

夜宿頭流巖穴中　營居猶藉往人功
飛雨連山淘浩劫　靈風吹火燭寒空
下界焉知吾輩在　後來無忘此時同
聯肱試做遊仙夢　一切蓬瀛東復東

天王峰上作

莫說頭流高　去天猶在田
莫說頭流大　較地不容拳
萬里非云賖　四海終有邊
區區高大廣　未必係眼前
一笑仍回首　此意寥寥然

更用朱夫子南嶽韻 　同諸公吟

仰看疑無上　環瞻那有端
以玆臨履險　得我起居寬
天日今朝好　山風太古寒
同來珍重意　秪冀不空還

獅子巖 　在天王峯南五里下獅子項之右 俗名石山幕 南黎丈因地名以錫之

當路穹窿巖　傳稱石山幕

背負天王重　鎭此東南塹
行人寢處安　不省風雨虐
賴有開雲翁　戀戀桑陰托
已知物狀奇　無嫌地名惡
錫汝獅子字　虎豹愁林薄
那當一奮迅　咆嘷更不作

下山吟

一狂仍還隨倦鳥　靑天纔下小寬平
林梢宿霧離離濕　石竇寒淙冉冉生
洞鶴不知何處隱　溟鰲多事古人驚
斐斐列鳬從空墮　且試東南地勢傾

仰彌臺 在天王峯南十五里　立見天王眞面　有欲從末由之意　故余爲之錫名

一萬四千丈　九分九釐來
到顔子地位　方信仰彌臺

銀餘灘 在仰彌臺側　臨流汲炊　取冥翁詩銀波十里喫猶餘之意　因以錫名　且用其韻

南下天王十許里　銀波倒走小微居
今日後生來白手　臨流一喫意猶餘

和南黎見贈 黎丈詩云　待君識得春秋義　始信天王峯上來

我欲常居日月臺　雙明舊域眼中廻
多公說出春秋字　扶得天王一脈來

和金致受鎭祜　見贈

方丈高高最上臺　共君無恙一登廻
却恨多年平地裏　拳拳培塿錯料來

用南黎韻　呈文囂囂丈鎭英　○文丈不吟詩　故作此撞發　蓋文丈是定齋門人　而定齋一
生不吟詩

頭流上上近天臺　登者誠難不語廻
先生到此猶緘口　牢握師門的訣來

更用臺字韻

生平恨不在瑤臺　日月風霆與逗廻
賴有天王前夜喚　一番奇氣吐吞來

次擎維　示同遊諸公

誰把頭流作釣臺　虹絲牲餌一投廻
天風不引靈山去　騎得滄溟贔屭來

次南黎韻　贈河殷巨龍濟

曾說天王近玉臺　夢中疑信有人廻
風雨如今渾不管　一心精進竟登來

山天齋　敢用柱上韻

頭流千萬歲　孰聞遠大聲
小子琴心古　此日不平鳴

濯纓臺上 用臺字韻

陶丘臺上濯纓臺　日月高臺指點廻
靈臺一片無邪氣　且向神仙臺上來 _{神仙臺在南泗案山}

以我來萬里 駕長風 絶壑層雲許盪胸 分韻得駕字

我生平地常懷高　所見囘耐非嵩華
西聞白頭徒咨嗟　東指金剛忽儻佇
智異一萬四千丈　屋頭庚兌去三舍
每歲一至南冥宅　仰觀瑤臺不容鏵
早擬騰鶱薄鴻濛　却愁塵羈未遽卸
忍到今秋天氣晴　怱呼道侶乘清暇
囂翁颯颯飛雲舃　黎丈凜凜長風駕
滾滾英姿咸影從　前提後推相遜迓
一宿山庵度柳坪　便與人間若長謝
蔽天雜樹紛青紅　挾岸懸湍玉雪瀉
白日陰陰線路危　滿林風雨令人怕
一心同來期上達　直前催趲不肯罷
澗飲石宿何從容　夢仙魘鬼疑眞假
凌晨促炊競讙呼　已喜靈顏隱現乍
明知豪氣漸生層　古來癡絶讚啖蔗
地武增巍心益小　卽恐脚下生阰攫
捫崖抱檜力通艱　逼近峯頂更不跁
須臾霧去山猶存　竟有天王許笑迓
日月高臺高動搖　兩襟軒擧人如化
漢挐莽渺落水中　鷄龍大白瞠相訝
撲地磈磊千萬拳　一切兒孫拱老爸

洸潒環瀛天共圓
中有千流自港汊
天吳海若杳犇騰
蜑市駭譎眛梯架
東盡蝦夷北峨斯
紅毛錫蘭西啾啞
南至爪蛙與佛齊
文萊呂宋連臺廈〔臺灣廈門〕
練馬難明雲戍迷
願得長弓四方射
陸沈中原腥穢彰
抱得天王欲俯罵
天王無語骨稜稜
不與一方爭雄霸
虛空日月自竭徠
頃刻風霆忽上下
寒門沆瀣結淋漓
百尺銅槃不待借
帝座呼吸還無間
區區落鴈寧容詫
眼看端倪纔一瞥
壯遊不須煩橫跨
始信竪亥在楹間
禦寇旬五徒衒詐
孔泰朱衡入瞻忽
曠感百古當親炙
顧我稊米那到玆
以手摩挲北斗欛
南黎大笑頻顧余
四座茫然不驚呆
爰有荒祠依斷阿
石人憔悴枉索價
天然已去巫覡滋
禍福相驚向人嚇
繆轕層溟八萬餘
摩耶妖姥竟何藉
聖朝合置南嶽祠
祝融宅近司炎夏
秪堪一嘯下太清
五步一憩廻征靶
且爲山靈留一名
他年雪草記鴻麝
平地歸來誓勿忘
眼前突兀無日夜
管取吾家高大物
第看方丈亦其亞
願言同來各努力
莫敎山靈怒相謑

○ 後頭流記行三十篇 洲上及晚醒諸公 因作上山之遊 故余不免再作此行

登陶丘臺

天光水色兩陶陶　點也當年太着高
須知戰戰臨深處　眞箇鳶魚上下昭

入德門

入德門中條路直　濯纓臺下玉流澄
行可登天臨可鑑　此間何必待文興

山天齋

屹柱分明鎭幹東　武夷高處萬瞻同 天柱峯爲武夷之最高者 晦庵詩云 屹然天一
柱雄鎭 幹維東今天王峯 爲智異之最高者 而其下有武夷九曲
蒼松瑟瑟歲寒色 山下四近舊多冥翁手種之松 今已强 半見伐存者無幾 鞠草寥寥
絃誦風 今德院已邱墟
初學端宜入門內 入德門 先天猶自在山中 山天齋
要知四像傳神處 先生嘗手摹大聖及濂溪明道晦菴遺像 朝夕瞻敬 今奉安于齋之東夾
是日 與諸公祇謁 只看吾心一串通

病疽臥桃川

我生不嗜怒　奈此无妄疽
恐於幽隱地　潛藏未磨除

追到大源菴 謹次洲上韻

一月何心再到時　天王峰及丈人知

襟期南嶽非緣事　杖屨西林可有詩
對塔翻憇懸想苦　拈花須會破顏奇
仙區養病猶淸福　取次遊淮亦不遲 余以背疽轉劇 獨留禪房 爲將息計 時諸公且
欲南遊海上 故末聯云

龍湫在大源東北澗

靈山毓異氣　神物動而天
遂見雙崖裂　翻驚百瀑連
人間期得雨　林下想耕烟
水躍靑峰遠　遊筇怕未前 杜詩桃竹杖引曰 愼勿見水踴躍化爲龍 使我滅迹於湖上之
靑峯 余以病未得從上山之行 故末聯云

聞醒丈言南黎艾山 有徑赴山菴之約 而過期不到 諸公俱向山頂 而余獨
滯病 有懷二公

黃梅南下積扶輿　突兀能足天開像
大訓赤刀淵洞翁　和風景星銀山丈
紺嵒少年玉如溫　端重襟期亦灑朗
我昔同鄕均執鞭　自從離索紆懷想
況復天淸木葉落　頭流佳處集巾簪
已有淵翁許蠅附　指日凌高陟雲岑
似聞昌黎追理屐　共喚康成約仙菴
爲抱瑤琴勞候蘿　竟敎秋水悵賦蒹
一一鸞鶴飛上去　獨宿寒龕月盈衾
病背傴僂滋益恭　鼎䬯堪屬郭橐駝
徹夜孤衷祗耿耿　回首黃梅一長歌

有懷上峯

靈風昨夜大列仙　颺屟屓一鼠丹力
薄墮地不能飛秪　有疇昔眼掀胸入
浩瀰白日公往來　浮雲自起止從茲
恐流漫收拾蚤近　裏仙人明日下贈
我珠十琲持此可　怡悅勿恨平地在

戲贈慧庵上人三絶

我來拾瑤草　逢着款冬花
一篇文暢序　須問今韓家

赤手殺佛祖　爲言頗壯哉
吾門舜何志　駭君撥得來

聞爾說惺惺　妙處得無異
未發元非空　適用貴方義

諸公自上峯來　盛言日出光景　漫成一絶　以寓聳慕之意

人間何處不見日　只道循環箇赤圓
須到天王峰上望　朝鮮眞是大明天

留贈三寶僧璟珍　彼爲我病滯　勤款甚至　臨發且乞詩　故有此

愛汝眉目朗　娟娟琢瑤英
不逐調達去　守此猿鶴盟
運搬皆有理　三寶豈賤名
俗跡日相惱　叉膜費將迎

顧余異堂甍　再作天台行
魔緣忽相猜　毒瘡攻艮背
寂寥西曲房　呻吟谷進退
感汝若舊知　拔例頗相愛
伊蒲極整鮮　佛粥何柔滑
驗燠頻捫簟　憂離更投轄
却嘆慈悲種　不似世情闊
爲詩替遺衣　誌爾桑陰刹

同諸公出洞　用河謙齋先生韻

兹行何事費紛紛　昨日溯風今日雲
慚愧古人追逐地　飜從氷炭識乾坤

馱病　到川上　敬次曺先生頭流作韻

早謂登高不是難　行將百尺到頭竿
一時病障雖相失　莫把登高分外看

將別　次金端磎所用鵝湖韻

憶昔橋南對晦欽　此間常耿後來心
天淸木落仲秋節　澗飮巖棲方丈岑
空外白雲愁落落　望中紅日撥沈沈
此歸另脫些兒氣　相對他時好說今

謹次洲上所用鄭文獻先生韻

天王剛德絶牽柔　一倍霜風勵素秋

劃嘯晴空飛下地 洗心亭畔又澄流

又次有懷韓錄事韻 麗季人 棄官入此山 隱於鈒巖等地

崧陽時事若無津 七十人前蚤隱淪
爲愛天王朝暮仰 秦衣非逐武陵春

又次有懷玉寶高韻 羅時人 隱居此山 學琴三十年 有仙鶴來舞云

積抱枯梧癢嶽靈 翩然仙佾裊輕淸
曲後靑峯人不見 洞天長秘九皐聲 山下云有靑鶴洞 而前後來尋者 皆不能得其的地 無乃人琴俱亡 而鶴亦一去 而不復返耶

有懷崔文昌

回首鷄林黃葉迷 悠悠鰲背白雲兮
千載凾阿光怪閃 猶疑笙鶴下雙磎

有懷奇高峯 先生嘗登此山上頂

自家胸界本無邊 何況方壺上上顚
萬嶺千峯橫直看 端情由此契師詮

更賦一絶 高峰之在上頂也 南冥先生亦作南麓之遊

天王峯上留明彥 佛日臺前楗仲來
當年可想玆山重 撑受東南間氣堆

有懷李竹閣 嘗侍南冥先生 登此山 有詩曰 賴有先生升自下 還從脚底見屛顏

丹邱儒雅昔何壯 出入清凉智異間
自下升高知有訣 古來愚魯莫輕看

有懷許文正 先生亦嘗遊此山 作靑鶴洞記

三韓區域鬱相涵 滅沒胎禽度翠嵐
大觀衡南探禹迹 古文奇變此間諳

有懷李密菴 先生嘗侍家庭 在光陽配所 送蒼雪權天章序有曰 岳陽東畔僕有誅茅之意 早
晚足跡當遍頭流萬疊 旣又坐我於天王峯上 書吾子姓名於巖石上 亦足以成千里神交云云

頭流南望是晞陽 一縷丹忱戀上方
日暮山空人不問 如今知已少天章

有懷鄭明庵 公嘗痛大明之不幸 署其室曰明庵 牕前種大明花 案上置魯連傳 遍遊名山水
今此山東麓有冥鴻臺 爲公棲息之地

冥鴻臺上地無塵 司馬書中士有人
行盡名山終老此 天王峰下大明民

有懷七王子 新羅革命 敬順王七子偕入此山 爲坐禪 今南麓有七佛菴

東都王氣忽斜陽 作者七人大果忘
無地置身寧得已 群咻錯比雪山狂 釋迦佛亦以天竺王子 逃父出家 入雪山七年
遂成坐佛

有懷丹霞上人 卽妙香僧天然者也 見前頭流記行 分韻小注

西妖何事海東原 盤據名山枉自尊
麤拳一到眞伶俐 不是尋常罵祖人

窮廬臨別 用朱先生山北記行卒章韻 遍呈行軒 余駄病先出 諸公逶迤 慕寒齋
數日 因再訪窮廬 洲上及醒丈轉向錦山 光遠孝一竝歸家 余則病臥而已

病枕貽自阻 團席喜重設
粗和祝融吟 遽値江磯別
須以昭曠眼 更於平易節
從今南浦夜 不禁多秋月

郭鍾錫,『俛宇集』권3

○ 山北紀行二十首

余性簡傲靜嘿 與世寡仇 遠寄遙想 彷徨乎山林湖海之間而已 歲
丙午初夏發 詩囊使小奚携之 一笻一瓢 緩步入方丈北麓 所履歷
輒寫景散懷耳

大棗亭

軟履隨笻踏草靑 入山前路始溪亭
仁智試從行處樂 躍魚飛鳥摠吾形

涵虛臺

法華東麓抱江迴 峭壁撑空上有臺

漁戶酒家環兩岸 年年春日送人來

嚴川村

江上殘村麥隴連 行人指點古嚴川
世間榮悴渾無定 佛塔重重臥草烟

漢南村 漢南君塚在咸陽故云

渭南云是漢南邨 冒古君居尙號存
底事當時來僻陋 杜鵑猶哭未歸魂

法華菴

步步穿林又抱巖 懸空一路御晴嵐
何必求仙蓬海去 浪吟飛上法華菴

杜鵑

蜀道誰云艱 一飛爾可還
故冤無處訴 寂寂但空山

九松亭 姜介菴所遊

林林傳鳥語 谷谷和樵歌
九松亭下坐 老鶴已經過

金臺菴

金臺縹緲插層空 案對天王揖讓同

老釋爲言羅代事 宛遭仙仗過崆峒

安國菴 贈九峰上人

興逐名山宛躡虛 檀林無處不仙居
一切衆生都寂滅 妙門談却九峰廬

望君子寺

草蓋連簷竹繞藩 舊時梵宇已成村
若使如來能有現 萬千年惻道場存

雲鶴亭 鄭梅村所遊

古松流水上 雲鶴共徘徊
千載亭猶在 何人去復回

雲鶴洞 贈神寓姜友瑞鳳二首

幾許黃金買碧山 坐牧風物入松關
多事夫君都領取 莫嫌流水送人間

春明廣闢士聯衿 何事琴書獨自吟
遯俗不須尋僻陋 靜居城市亦山林

靈源菴

方丈群巒鎭洞門 最高深處是靈源
老禪禮客雲中出 添進丹霞白面痕

無住菴

一筇容易化坡龍　閒與浮雲上上峰
船若天王成羽翼　人間無住住虛空

藥水菴

誰道學仙難　十日在山間
吸盡三淸露　前路與雲還

實相寺

頭流北脉盡精逈　形似蓮花倒水開
開落分明推物理　千年留待九層臺

碧松菴

軟葛登松石戴芝　山中何物不曾奇
更看老檜頭無葉　鶯囀嬌音坐下枝

龍遊潭

嘶風天馬御龍游　古來神現此潭留
方今至治年無旱　閒臥中流又上流

望文殊寺

負杖峰腰向　山童强止之
草深堂宇寂　金佛但支頤

閔在南, 『晦亭集』 권1

○ 三洞紀行二十五首 朴聖範·沈極瑞同遊

鶻舞山

老年詩思動江山　花事方春勝日還
鶻舞山前初發軔　洞仙邀我入雲間

登光風樓　次板上韻

行到花林洞闢天　丹樓浮在水聲邊
官娥暮汲娟娟月　野老朝耕淡淡烟
鏡裏村容圍竹石　盡中春色點山川
登臨尙有前賢跡　噓動光風幾百年

四樂亭

臨水孤亭草樹中　居人尙說退陶翁
農桑不廢漁樵樂　認取前賢記土風

鎭洞巖

疊石洞門鎖　地理會精神
老松其上立　孤高不敢塵

滌愁臺

行到臺前掬水淸　飄然一上便身輕
喚起塵人來次第　世間從此樂平生

搜勝臺 次退陶先生韻

長嘯入山裏　人間有此佳
客心潭欲定　仙骨石難埋
千古無窮物　一生未忘懷
留詩都領略　爲我孰題崖

題樂水亭

觀水於樓樂水亭　靑山似是怨無情
水下有山山更好　莫敎仁者換新名

高道瀑

猿山畜雨紫雲蒸　誰遣三龍白日昇
怳惚難摹詩欲拙　靑蓮應復洗徐凝

門巖

頑然一物鎭山門　鬼斧神鞭已掃痕
滿壑風波頹不得　故敎流俗著心根

迦葉舊墟

雨細花心重　林深鳥語閒
幸吾詩力健　穿石向雲間

龍巖亭 亭主林錫馨

龍巖平臥水西頭　滿壑風雷日不休

客到盧亭怊悵久　林花含馥向人留

某里

指點靑山某里云　桐翁一去尙遺芬
風塵震蕩將無國　天地昭明獨有君
銅馬門前因舍劒　蓮花峰下復棲雲
當時縱欲牧名蹟　眞的攸居海左聞

噴雪潭

水到巖空勢自奔　激時成雪散如噴
餘波穩注潭心定　頃刻消融點點痕

月城草堂

憶昔春翁杖屨回　竹窓猶見向陽開
從此昏衢星月朗　後人容易入山來

龍湫瀑

殘流都會怒濤奔　石竇谽谺觸處飜
蟄龍幸得存身窟　雷動春山草木喧

長水寺

古寺荒凉一柱門　頎然金佛坐無言
莫使世人勤供飯　福田猶未救身存

盤松亭

石滑玻瓈盤 松張羽葆盖
坐處身生凉 詩心與物會

尋源亭

德裕山中水 尋源亭下流
武陵知在此 春到每漁舟

鹿峰舊居

昔聞劉處士 今拜鹿峰祠
從古尋眞洞 主人更有誰

月淵巖

盤似其巖鏡似淵 前人何故月名傳
千載有心寒水照 一川光景玩先天

君子亭

亭在名區客送迎 從知君子汎愛情
風光不逐遊人去 依舊靑山綠水聲

過大孤臺

四圍靑嶂一坪開 中出高巖上可臺
隱若雲鬟華閣倚 忽疑風帆大洋來

花山揖進簪先墜 藍水交橫錦自堆

渭北千年留作鎭 地靈端合産奇瑰

閔在南, 『晦亭集』 권1

○ 三洞紀行十四首

將向三洞路中 口號

終日風煙步步奇 洞天開處又淸漪
恰似西湖西子畫 詩人爭說杭之眉

到上瀑

我行疑是到匡廬 終日看山興有餘
誰將素線三千尺 掛著風端自卷舒

文巖

文昌星隕漏天傾 凝作千年混沌精
風媧欲鍊還無刀 抛卻空山勢欲爭

上迦葉庵古墟

巉巖石勢入雲端 五月登臨佛骨寒
香霧至今猶有窟 六朝僧去但蒲團

登凌虛亭 次板上韻

前賢遊賞地 臨水有高廬

卽喚杯罇款　勿云契分疎
宿盟證水鶴　相忘信湖魚
攬結金山色　誅茅願卜居

滌愁臺

夏日登臨爽欲秋　一邱形勝似高樓
爲問風湍飛下鷺　爾頭幾滌獨無愁

搜勝臺 謹次退溪先生韻

此區名搜勝　山水得人佳
白石侈經刻　蒼苔不敢埋
少傾當洽醉　頻詠曠幽懷
坐久猶餘興　扶藜更陟崖

葛川道中

葛翁栖息地　風俗至今淳
遊客休吟楚　居人不改秦
野橋緣木石　村火雜松筠
入洞聞歌詠　漁樵自任眞

滿月堂 謹次桐溪先生板上韻

畫閣東頭百尺軒　爲邀明月正開門
三章歌發追先輩　八玩詩傳緬後孫
良夜來時淸意味　寒潭照處活眞源
中筵勸影還堪喜　相對成三倒玉樽

留葛川 謝主人勤意

主人留客儘慇懃　山話燃松到夜分
登盤淡泊皆仙味　間錯巖香與澗芬

到某里　敬次曆上韻

從某至某某在斯　一路線通草萊披
更覩皇明天日月　樓前花葉不曾移

敬次某里鳩巢韻

鳩巢營幾載　心上一皇朝
白刃惟知義　靑雲已謝要
煙霞當戶鎖　花葉引泉澆
登彼西山日　採薇飢可饒

續某里吟

山水玆鄕曲曲奇　先生何事索居爲
爲藏花葉春王曆　故拓榛荒別立基

臨別　敍懷奉呈諸君子

臨歧摻袂路悠悠　此口相分幾日攜
莫負明春花柳約　白雲多處是頭流

權顥明, 『竹下遺稿』 권1

○ 山中紀行十七首

昔余西遊海上 路過奇潛叟 叟曰遊山海者 引興易濟勝難 子有得
於今行乎 其意盖欲觀余之紀行也 余曰引興者未必非濟勝 然覽物
之目相似 而心之所取則有異矣 以夫子論之 則登泰之觀 在川之
歎 豈吾遊散之所 可彷彿哉 若余者 果引興而已 叟曰子於濟勝 幾
矣 相視一笑 臨分 余曰頭流 嶺湖巨鎭 而前賢無不登覽 孤雲畢齋
一蠹南冥 是已 倘今有意 則竹杖芒鞋 從子于天王峰上矣 叟曰未
嘗無意而衰 甚矣 敢望乎 後七年 余獨登臨 憶潛叟語 自愧老狂之
不廉於山水也 將以濟勝之具 以塞前言爲遊賞者 眼藏耳

頭流山

夙聞方丈有仙靈 第一天王接太淸
塵土六旬空白首 翩然高擧御風行

踰高登峙

石路高登漸入深 滿山幽木但聞禽
遲遲倦脚依筇去 却似閑中靜坐心

宿花林菴

淸晨香積佛前供 瓶鉢中間客坐同
所忌禪家江海族 滿盤山蔌是薇䔫

過五鳳村書堂

峽俗猶知拜客趨 行餘學力亦難誣

金姓老人通世好　自言居陋愧非儒

居山慣識上山程　賴子慇懃導我行
囊米瓶漿裝束盡　不艱高險視如平

俯瞰鐵店村

山硲窮到鐵爐村　蘿葛登階石掩門
問爾秋無王稅否　人烟迢絶似桃源

少年臺

林中失路喚前行　行出峰頭草坐平
奇勝每多新面目　須君指示認臺名

午食靑玉菜

菜莖因煮土漿瓶　初味淸新更覺馨
此行漸入啖蔗境　上上峰頭第幾程

宿中峰

纔到中峰已夕暉　天風如肅海雲歸
高坐虛空山寂寞　竦然毛骨幻羽衣

終夜燃樵可御寒　時時坐起遠天看
俄者晨光巖路辨　更裝筇屨促登巒

披林穿壁乍高卑　臥木因梯積草圍
山意隨人虛響動　踏來稍稍凜生危

登上峰

天風飄忽送人來　萬仞峰頭日月臺
自信平生迂拙客　暫時心目匝天回

一發歔欷更定情　强謀詩唱拙無聲
三淸月露虛空物　百劫風塵下界生
大陸平疑烟海漲　遠巒環似繡屏橫
苔封石面前人筆　天上仙卽識姓名

先祈母壽拜神祠　石像夫人問是誰
福我生民南嶽鎭　摩耶威肅舊傳疑

林霞浮上野雲還　咫尺蒼顔坐失山
自恨今行仙分少　雨師催客下人間

仙靈呼我更留期　楓菊淸秋最見奇
大地氣埃新洗面　晚山光景細看眉
來時喚鶴携琴好　行處牽驢載酒宜
是夜天王峰上月　共君相說劍南詩

重到花林

玉露沾衣淨洗塵　出山輕步更精神
菴僧莫道艱關路　措大忘勞興到濱

閔在南, 『晦亭集』 권2

○ 戲次石圃李侯晩著上山五詠

宿花林寺

遍山楓菊是花林　路入天王絶頂尋
人事百年浮世界　仙方一日幻身心
淸溪石滑行雲盡　冷壁燈殘測漏深
散地自成眞率會　白蓮詩社有遺音

五峰村

行盡淸溪立立峰　峰前一路少人逢
慯樵暮拾楓林落　寒汲晨開石甃封
始啜僧茶丹鼎煉　又呼村釀碧波濃
是非不到靑山裏　惟有浮雲處處從

天女田

麻姑消息問桑田　謾說人間又此邊
絶景早聞靈窟宅　散踪初見別風烟
琪園土積三千界　瑤草春長萬八年
我獨有丹心上在　到今無慾是當仙

宿馬巖

顚側肩輿舍馬巖　洞天寥廓斗牛南
龍精宛擲坡節一　鰲骨同浮海嶽三
下界光陰悲落照　上淸消息隔晴嵐
吾家素尙安閒好　行處山林臥處菴

上日月臺

日月長懸上上臺　大明天地此中開
三淸帝子重霄降　千古人生下界迴
遙海漲光浮積雪　肅風驅力動晴雷
孤雲去後留靑鶴　時喚群眞次第來

閔在南,『晦亭集』권3

○ 遊頭流作

瀑沛

方丈山中得一奇　千尋石壁素絲垂
靑蓮只解廬山瀑　眞是銀河了不知

登天王峰日月臺　値雨作

大擬登臨好抱開　浮雲何事自西來
須臾蔽盡乾坤闊　莫是山靈野客猜

留宿天王堂　再明日復登日月臺

登臨方丈與雲齊　納納乾坤入眼低
安得扶搖九萬翼　直從絶頂上天梯

又次前韻

天掃頑雲霽色開　湖風一陳自西來
始窮萬里乾坤眼　須識山靈不我猜

又吟

欲酬方丈債　今與故人同
海嶽皆胸裏　乾坤卽眼中
鬖髿太古草　癯瘦幾年松
得遂平生願　前程自此通

歲在黃牛　再遊頭流

方丈山高壓峙流　登臨轉覺一身浮
雲容散合疑傳雨　海氣霏微欲作秋
久向塵中憂熱惱　今來天上喜遨遊
豪吟四顧乾坤闊　萬象無邊不易收

金陵姜友碩龜洛瑞　以新恩訪余　留一日　因同往德川　隨處唱和九首

斥土治階石作臺　幾敎騷客任還來
秪緣兩意孤淸賞　剩看驚濤打岸廻

短鞭驅馬傍山來　十里長江響轉雷
豪竹一聲淸入耳　時時和雨惹詩懷

偶作山中客　共憑川上亭
榮行無所助　贈此百年情

今行不寂寞　雙竹供淸閒
對酒休辭醉　開襟且盡驩
長川乘雨急　老樹冒秋寒
坐久同人話　燈花照膽肝

冒雨陶邱下　停驂時靜門
有亭非俗界　無處不桃源
山水奇觀足　烟霞古態存
夜深酒更好　清坐謝昏煩

層巒束筇覺幽深　繞砌瓊湍更好音
一朵天香遊客興　數聲溪鳥故人心
幽情月上壇前杏　詩思烟籠水外林
聞說伽倻君有約　蹇驢他日欲相尋

五臺寺在別般天　樓上堪招鶴背仙
欲向杉槽塵事洗　鍾聲伴月攪昏眠

此地奇觀擅嶺區　藍輿八月更登樓
僧推岀色開紋戶　客踏溪聲漱玉流
酒興頓消秋雨久　詩情剩得晚霞浮
通宵穩話猶無厭　明日同君過遠洲

竹梢月初上　夜景更清新
贈此一張紙　平生莫逆親

李甲龍,『南溪集』권1

○ 方丈紀遊錄

余以院任德山也 石帆文希汝·道洞許致遠·丹溪朴時益·召南趙
允益·鷹洞郭士由·芝溪朴元一·德村金乃規·中山成貫之凡九
人 不期而會 遂定上山之行 時則丙申秋九月六日也 略記歷路所

觀 爲方丈遊錄

山行卽事 四首

十載經營卽此遊　豈憚高峻與深幽
攀崖緣石渾忘倦　正値名山九月秋

五行盡日樹林中　前路微微一線通
進進工夫須共勉　明朝同上最高峰

淸溪纔渡上雲端　山路崎嶇去益難
巖石多危惟信杖　藤蘿頻觸每絓冠
經時每覺精神眩　升處誰能步履安
眞面頭流臨咫尺　却勝當日夢中看

離家三日到山中　行色蕭然但一節
智異仙峯千仞屹　秋風騷客九人同
將抽衡岳開雲筆　不學廬山乏酒翁
一瓣心香齊告祝　海門遙霽廓靑空

三日市

辰韓往迹已先天　泡劫經來幾百年
聞道玆時通貨路　市名三日至今傳

天王峰 三首

蒼然獨立嶺湖中　儀像端嚴體勢雄
八域朝鮮偏小國　三神方丈最高峰
眼前所見惟滄海　頭上昭臨但碧穹

日月臺巓成好會　世人遙望盡喬松

迢迢仙境絶難攀　應爲詩豪久秘慳
擧眼仍兼遊海上　翻身怳若坐雲端
風流吾輩酬塵債　開闢神功見好顔
八域奇觀都在是　從今不妨廢登山

至高無所見　宇宙空濛濛
未有驚神異　終能絶衆同
但可襟懷爽　何能眼界窮
飛動平生意　長天萬里風

日出 三首

長夜漫漫醉夢中　誰能咫尺辨西東
扶桑萬里迎烏婦　先到天王第一峰

須臾一鏡好開圓　千里東溟咫尺然
下界人家雞幾唱　此山朝日已昇天

檜纔盈尺千年後　雪不成泥五月前
颯颯仙風噓兩腋　始知吾輩有眞緣

河惺,『竹軒集』권1

○ 方丈記行 乙巳七月二十三日

踰柏谷嶺

雲淡風輕霽後天　與君携向德之川

長條密葉亭亭樹 不改淸陰度幾年

過柏谷

大野茫茫流水東 兩峯突兀出虛空
試看物色秋光早 日夕天涯鴈唳風

陶邱臺

水鳥驚人兩兩飛 江淸可數鱗魚肥
陶邱臺上超然坐 卽賦新詩更整衣

山天齋

德山餘古宅 寂莫誦絃聲
俯仰嗟陳跡 寒江時自鳴

書院舊基

先生俎豆地 松竹自成林
枝上鳥聲歇 園中秋氣深
至今空幻跡 到此倍傷心
昔日好文物 不知何處尋

入三壯

德川江水響千秋 源自方壺峻極頭
住馬斜陽回首見 山天齋下但淸流

送客亭

愛爾路邊樹　爲誰依舊靑
如我後生輩　愀然過此亭

大源寺

大源名何壯　方丈奇絶涯
山谷繚而深　梵宮奢且華
軒角層生雲　榻前列植花
景狀正如此　禪子爭來誇
更欲登高巘　林間路橫斜
出門步步難　提衣畏嗟跎
曲曲漸入佳　風打忽驚波
壺中日已夕　隱隱聞鐘撾
眼前千萬疊　聳出嵯復峨
與君歸來晚　把酒更吟哦

龍湫

踏石穿林步步眞　吾今非復世間人
一樽酒盡生豪氣　數曲川流破俗塵
畏道連天難似蜀　險關壓地勢爭秦
此間此樂君知否　日暮雲侵頭上巾

障回巖

亂波聲勢動天來　兩岸冥冥眼忽開
如許形容難盡說　障回巖下故徘徊

出禪門

碓壯頭流岳　千秋無恙存
此行看未了　與子出禪門

渡坪村溪

屐末高高立丈峯　去天不遠幻眞容
離家三日復回杖　去路山多水又重

逢雨 還到德川

乍雨乍陽欲暮天　萬千佳景在長川
踟躕不惜衣沾濕　行色蕭然愧壯年

河泳奎, 『士溪集』권1

○ 頭流山記行十五首

陶邱臺

矗石岡頭有古臺　淸風百世襲人來
碧波新漲江聲濶　香稻初登野色開

入德門

靑嶂東回路出門　銀河中割兩岑分
昨宵收雨秋光暮　謾作方壺學仙群

山天齋

頭流萬疊裡　夫子樹風聲
吾道方垂絶　何人復繼鳴

洗心亭

登臨蕭洒滌塵心　從此靈源次第尋
獨有冥翁祠宇屹　輸誠這處感懷深

巨林道中

一路丁寧穿樹林　三三五五後先尋
滿山霜葉紅黃裡　汨瀯溪聲爽我心

細石門

登登攀上去　雙石作山門
檜柏參天翠　陰陰晝欲昏

細石坪

般若東馳一大闢　層岩蒼壁摠奇石
形如張翼茂林平　靑嶋秘言已自昔

通天門

鳥道崎嶇一線通　石門如广上天空
棧橋緣壁攀躋去　眼界無涯吹颷風

天王峯

俯視人寰如坐天　端倪軒豁渺無邊
鍾鳴百世曺夫子　鶴舞千秋玉寶仙
雲雨流光頃刻態　林泉佳景四時遷
放懷斯日塵愁絶　欲寫難詩孰畫傳

日月臺

步屧重登卅四年　送迎今古此臺前
巉岩山色渾依舊　回首往塵倍悵然　丁未秋陪兄同來

文昌臺

挺立層岩苔篆文　高人遺躅至今云
臨望咫尺無由上　却歎仙緣未十分

法界寺

天半孤庵佛燭明　群山中夜擊鍾聲
居僧款接知艱努　暖突任便穩夢成

龍湫

窮源覓到足難容　林樾蔥蒼萬疊峯
古澤黝深秋水澄　龍騰何日瑞雲從

宿蓮溪

蓮溪暮抵宿　新月廓秋天

累日山行苦 晨窓不覺眠

曲店叙別

來此相逢去此分 俗緣難却事多分
臨歧斷斷明秋約 浮海登山更伴君 _{子乾欲看錦山 余推以來秋故云}

鄭德永, 『葦堂遺稿』 권2

○ 頭流紀行三十首

陶丘臺

來到名山景漸佳 蒼然危石跨川涯
昔賢遊賞曾經地 夫子高風壁立崖
松老猶存前歲刦 路深還切晚生懷
林居未必能濟事 安處寧容强力排

南來形勝此爲佳 臺在萬山一水涯
下看無底千尋壑 仰視懸空百尺崖
殘林可想前人跡 荒艸那堪客子懷
自此名山知不遠 香風吹拂我衿排

入德門

崢嶸危磴半天嵬 曲折長江弓字回
萬樹陰陰雲影轉 兩山崒崒石門開
客笻或懼迷前路 大筆輝煌詔後來
壚娃解識詩人意 强勸三盃又一盃

蒼松落落石嵬嵬　下有澄江百轉回
未前常恨岩程阻　旣入方欣洞壑開
我看俗子無心過　誰識冥翁用意來
休言自此仙區遠　剩得天風拂酒盃

過破碑

斯老當年際世明　文章鏗鈺出金聲
丹山片羽猶爲寶　滄海遺珠未易輕
洞天若怨愁雲起　草樹含悽感憤生
瓦全玉碎眞堪惜　忍敎遊人恣意行

夫子千秋道益明　眉翁一筆大方聲
文章有骨爲人望　疵垢吹毫驗俗輕
莫恨一時公議屈　會須百世正論生
愁看龜頭秋草沒　景光悽絶住吾行

山天齋

隱現天王忽露眞　山齋風物倍光新
弟子幾陪門外雪　先生恒帶座中春
兩朝煩召爲黔首　四聖傳神此老身
安得椎如千石重　一叩喚醒醉夢人

講道山齋學得眞　遺芬百世愈光新
嚴厲有持千仞壁　生成施敎一團春
大賢自是難忘世　長往豈爲獨潔身
賤子如今多感淚　頹垣荒艸寂無人

送客亭

道德風流已絶群　引盃大酌俗傳聞
短髮西風吹帽急　長程東望引情分
面像村畔隨人水　送客亭前度日雲
毀譽如今灰若冷　悄然倚石看林曛

峩冠博帶出群群　送客亭前珮玉聞
春花惹興欣相合　秋草無情惜共分
我來欲問當年事　人去空餘舊日雲
悵然不覺彷徨久　坐看西林掛落曛

洗心亭

洗心亭畔路橫斜　極目平原芳草加
瑟瑟長松餘鐵幹　群群白鷺下銀沙
孔孟難容今世界　山天猶鎖舊烟霞
欄頭回首因長嘆　宛在伊人若不遐

群峯簇簇一江斜　地盒淸奇興轉加
山含落日蟬千樹　水映閒雲鷺一沙
先輩豈眞同鳥獸　浮生堪笑夢烟霞
于嗟人去亭猶在　懷緖悵然杳入遐

謁南冥廟

巍然一宇德山陽　箕土衣冠共瞻望
閒雲曾飽前賢賞　講樹知經上世蒼
輪奐於今新築美　溪山從此倍輝光
嘆息賤生來歲晚　西風回首恨何長

遠法孔周近紫陽　蔚然曾負海東望
當日傷時成鬢白　中宵憂國仰天蒼
啓開來學功何烈　扶翼斯文道有光
賤生未及登門日　巾凡寥寥我思長

敬義堂

循山到此放高歌　勝地肯容騷客過
堪憐敬義堂前樹　曾度南冥手裡挲
鈴子於今聲久秘　銀波從古喫餘多
七分丹靑三分儀　天王秀色映嵯峨

西風落日動悲歌　回憶前賢暫住過
宮墻深邃誰能入　敬義輝煌我獨挲
欲知新宇維持久　只在後生景仰多
懔然冥老如臨座　屋後天王萬丈峨

大源菴

秋宵閒夢付禪門　怳覺前身若有痕
默念三生千度刦　須看萬法一掃根
綠水縈洄迷俗路　靑山彷彿入仙村
同來盡是非凡骨　笑對天王酌大樽

披草穿雲入洞門　風光蕭灑絶塵痕
芳樹萋萋歌好鳥　香煙細細煮靈根
已識禪庵非俗境　回看何處是人村
浮生今得仙緣足　盡日未妨共對樽

天王峯

上上天王懍欲寒　莽蒼數畝稍平寬
伯仲拏剛齊上下　兒孫錦菊露拳丸
他時愼莫能言易　此日始知進步難
乘風安得翩然去　五六大洋任意觀

蠢蠢嵬嵬秋欲寒　登臨回首眼前寬
四海如天橫一帶　三韓出地泛孤丸
管窺莫嫌得詩苦　鉅物從來爲說難
天根月窟俱經歷　自許吾生已大觀

日月臺

側身傴僂危巖間　大字煌煌侈石顏
一度歸雲惟漠漠　千層樹色自閒閒
海岳多端開闊壯　姓名無數古今還
大觀已識於斯盡　他日莫余培塿攀

危岩高出白雲間　百閱風霜太古顏
回看山外烟塵惡　誰識臺前日月閒
晴光萬壑陰氛退　朗影千林瑞色還
風泉我思今焉切　上有天王手可攀

觀日出

上帝彫成五色球　圍紅圍白玉盤圓
濃雲遮面層巒起　彩霧盪光畫筆連
壯士試超圍幕潰　纖兒學步紫香連
轉眄俄焉三丈到　旭光晃晃四無邊

扶桑牛夜夜將曙　初日曨曨一球圓
祥雲怳惚紛靑白　瑞氣輝煌幾斷連
火色蒸天飜碧海　淡暉動地破昏烟
看看忽覺全顔露　瞥眼光明照四邊

宿石山幂

木落山空夜寂寥　西風拂拂又蕭蕭
豈眞絶地多盤礴　故敎遊人憩脚腰
石竇寒源鳴汨㳿　林稍濃霧自昏朝
草茵似勝重房坐　排送塵愁物外超

石竇臥深一味寥　天淸木落夜蕭蕭
山行十日曾穿屐　岩宿今宵便曲腰
咫尺歸雲如漆黑　桑柴爘火徹晨朝
願君莫作塵間夢　頭上天王路不超

下山

久客名山客思怰　娟娟澗月若來嘲
天王峯下磷磷石　聖母祠前隱隱梢
濁酒猶能塵世醉　凡生難自上仙交
吾行可笑緣何事　遊子未忘竹下巢

下山今日客心怰　莫奈塵緣我自嘲
洞天漠漠雲生壑　石路陰陰露滴梢
轉眄仙區頭上遠　堪歎世累眼前交
何時了却人間債　澗飮霞餐伴許巢

還家

浪跡遍山詩思豪　歸家正得秋風高
谷雲澗月夢千繞　白石淸湍筆一毫
景色喜收重囊袋　文章愧乏小陳曹
弱妻慰我行吟苦　細敎稚兒進薄醪

方丈歸來氣欲豪　依依雲壑夢中高
復思泉石難塵骨　謾取風光輪筆豪
玩物從來明聖訓　役心今日愧吾曹
逸興陶陶終未盡　題詩更抱一樽醪

鄭憲喆,『石齋遺稿』권1

○ 方丈記行

歲辛亥四月　余與同人　相約往遊於方丈山　始理行裝　卽初八日也　自杏
亭　至宜春邑　適値市日矣　午饒於市肆　周視波斯之萬物　滿場商賈錐刀
相競　羅列廛房口　言難因循之頃　不覺日已西矣　與諸益行　至寶川李鎭
秀家　留數日　十一日發行　抵晉府　鼓角聲學徒歌擾動於江城　人力車自
動車相接於道路　避至一隅　布帳山列　角聲震動　近而視之　是異國之侏
倡輩也　卽上矗石樓　頹堞蕭條　往跡依俙　倚軒眺望　江水嗚咽　祠宇悽慘
不覺思入于龍蛇之當日也　余顧謂諸友曰　此三壯士矢死之樓　一義妓投
水之岩也　相與慷慨　因次其板上韻

長江一帶抱山流　矗石嵬嵬傍碧洲
東國報君三壯士　南州保障一高樓
日來城堞頹無影　風起介岩若有愁
伊昔丹忠何處想　蒼波不渴白鷗遊

題畢 相携入旅館 飮大白食落麵而穩宿 翌日發行 至某處 訖脚而午饒
行未數十里 日已崦嵫矣 入旅屋 呼主人 請一宿 主人迎之 夕後有二人
來問姓名居住者 卽法之所謂宿泊記者也 翌日 隨德川江而登陶丘臺 此
臺乃吾從先祖陶丘公捿息之址也 感舊懷 不禁羹墻之思 因吟五言一絶

陶丘臺下水　陶丘臺上山
追想當年事　遺風在此間

轉至入德門 雄盤巨石 上層下夷 因匜坐濯足 振衣入小肆賖酒 卽抵南
冥先生之書院村 而滯雨數日 同行諸友因事各歸故庄 余獨留 菜饌甚佳
因相笑而吟一絶曰

盤靑木頭菜　著發錦浪花
山廚多別味　何羨水梭蘺

翌日　登洗心亭　次板上韻

洗心亭何屹　相望入德門
義路猶平垣　智水又淵源
三綱墻已頹卽書院舊墻　一筆跡猶存
煌煌楣上字　看來滌塵煩 時院址草蕪而有御製碑二 一先生碑 一崔守愚堂碑也

十七日 早食后 治上山之行 持數日粮 與許觀川學魯 訪權克五·權順
儉 相携入茶澗金曾國家 主人沽酒甚款 與同行 至錦布亭 樹木稠密 水
石明朗 完然如有仙人之跡 因感而吟

好是方壺錦布亭　鶯梭戞札織林靑
相憑谷口尋仙路　一曲芝歌酒半醒

前進風岩　小憩至內源村　村前有大樹　又有巨石　匝坐藝火吸水　因訪權
氏　與之相酬　解渴而口號權氏自三嘉來寓於此者也

行度風岩向內源　村容幽邃掩柴門
王峯此去知何處　鬱鬱叢林摠不言

其上峯之遠近　問於村人　皆曰層岩絶壁　樹木鬱密　禽獸成群　不可容易
而行　且曰有知路則已　若無知者　安危未可料也　擇村人熟路者　可也　咸
曰固然　卽求一人　前導隨後　去來五里　日已西　且驟雨沛然　入山幕避雨
小頃雨歇　喬木黃鶯竝坐愁濕　仍点韻

疎雨稠林愁濕鶯　嚶嚶求友過平生
欲登智異止斯地　愧我無端任俗情

乃借宿山家夾室　而蝎群甚多　未能穩眠　呼主更求　隨而去之　是亦夾室
然一夜經宿之計　足矣　排燈或坐或臥　載欣載笑　因吟一律

野人節屐入山扉　滿木叢中數屋依
雨歇三更吟促膝　山深四月冷侵衣
俯聽泉響枕難睡　仰看高峯身欲飛
伊昔經營今日就　頭流千疊咏而歸

翌日卽行　岩石參差　山水雄流　忽然顧之　有一童隨之　問之　乃村童也　乃
促步登臨　不覺足之繭喉之渴　左瞻右顧　前呼後應　次第愼涉　而擧頭送
目　滿壑者無非連抱之木　當前者盡是磨頂之岩　藤蘿深菁中半死者盡是
何樹　樹林鬱密間相鳴者　未知何禽　乃脫冠着巾　穿林躡險　則採藥者數
三作伴　呼應不絶　蜀道之難不必如是　引至頭流洞口　口呼

短節飄忽抵斯頭　絶壁層岩一沛流
晚到東君薨去後　陰陰萬壑碧山幽

因問居人曰 此去天王峯幾何 答曰五十里云 又問山勢夷險 答曰相違一
岩 終日不相見 卽携手登臨 且攀且陟 比如螳蟻之附層氷 擧目回眺 庶
有凌雲脫屣之想 而至數里 或有腸虛不進者 余亦頭眩口渴 相匹坐一處
共食裹飯 且行且憩 僅登最高峯 天王在前 日月可攀 兀兀憑依巉嵓之
石 隱隱如見神仙之跡 旣登上峰 眞巨岳也 天王日月之刻 未知何時何
人之筆跡也 千疊頭流 低俯於腋下 萬里滄溟 出沒於眼際 天王日月輝
煌於岩面 彌勒石佛端拱於堂中 遙望八埏 俯窺四海 眞慶尙全羅兩道之
巨鎭也 因占韻一律曰

大塊毓精遠接天 天王峯上晝如年
始知方丈誠難涉 庶或神仙幸有緣
曾謂泰山天下少 遙看半島海東邊
吾儕安得凌宵翮 飛騰四方睨八埏

周觀萬像 滿目所睹 難以筆舌盡記 而岩隙有白飯海藿之設 勒前有靑魚
一尾之置 見而思之 異哉 此必人之所爲 非天之所爲 則有何所願而如
是致誠也 若爾則幾日留連而致祭耶 未可曉也 因西望雲峰 東頫蒼溟
淼淼杳杳 處所若培塿池潢 而眼界豁然 小小山水 眞所謂難爲山難爲水
者也 瞬息之間 不覺日已經細柳矣 因起相携而下山 戒懼愼涉 呼應不
絶 撑天者是老檜之木 滿地者彼隕蘀之査 崎險崔巍 有似蜀道劒閣懸崖
複流 不下神山之幽隔 穿林披巇 行到分水嶺 暝色已生於樹間 難分咫
尺 休行匹坐 齊口高聲大呼 有一處 亦高聲應答 卽至山幕 挑燈相看 各
通姓名 是其金敬德也 出粮米促飯 腸楇喉渴之餘 甘食而傫於涉險穩宿
覺而起視 日已上東溟矣 主人接待款曲 處事周詳 眞隱君子也 遂與吟
一絶

拜別天王到水分 隱君子姓始傳聞
通明去後惟餘物 嶺上至今多白雲

復此人家漸近 仙源已邈矣 江淮沅湘 雖乏司馬遷之南遊登臨 深恨無謝
靈運之山屐 頭流千疊 未免夢裏 一觀方丈 遊於是乎 盡矣

李泰夏, 『南曲遺集』 권1

○ 頭流紀行九首 辛丑八月 與權兼山·權沙上·崔達天 上頭流 因下山 觀海

頭嶺途中 用一蠹先生韻

霽天晌午景和柔 筇屐逍遙不覺秋
欲盡方壺千萬景 四人同溯一川流

入德門

可歎世衰道又微 縱橫歧路竟何歸
須從入德門中去 堂上方知堂下非

山天齋 用南冥先生韻

落日步空砌 如聞敎鐸聲
山天齋下水 不捨至今鳴

文昌臺

懸崖磅礴絶塵愁 眼闊東南幾別區
文昌侯去臺空在 遊客相傳千百秋

天王峰

欲窮萬里眼 卜日適秋晴
胸盪雲千壑 首回鶴一聲
凌霄誇我氣 脫俗許君情
宇宙大如許 天王俯衆生

下山 用朱子祝融峯韻

天借吾儕一陣風 靈山大海盡藏胸
悠然回首千巖裏 餘興猶存最上峯

還至公田 別族兄士謙相喆・崔丈達天佑淳與兼山權奎集 踰葛峙 用權遂菴濟民樓韻

不盡江山不盡樓 郎吟詩句壯吾遊
青衿白髮雙笻路 紅樹蒼苔八月秋
賞眼探奇登絶頂 閒情乘醉更芳洲
今行欲試觀瀾術 指點西南大海頭

宿月橫趙敬七纘奎家

斜陽暫討話 半夜又長吟
已飽登臨興 况兼執子衿

昆陽奉日菴

十年重到客 步步一區閒
豪情凌海嶽 故夢繞江關
夜靜鍾聲遠 秋深樹色斑

鏡月蒲團上　頓忘塵世間

權相政, 『學山集』권1

○ 丁巳秋 同李可允 西遊頭流紀行五首

陶邱臺

陶邱臺古弔淸流　靈躅無因筆底收
借問先生知止處　寒泉指證一千秋

叩馬亭

我到韓公叩馬亭　翹頭拂拂淸風生
古來名節眞如此　國力難回匹士行

薩川洞口

玉立奇巖勢喫波　遊人還愧俗襟多
白髮同來梅下老　臨風先唱武夷歌

碧松菴　逢金莊仲鍾和

碧松天險路　忽短行人心
楚楚靑年友　提携眞境尋

天王峯

策足光明日月臺　千邦螺伏一天回

生平願做名山約　五十九年八月來

柳海曄, 『菁川四世聯芳錄』 「川愚稿」 권1

○ 同朴沙村·河下臺載奎 遊頭流南麓 甲寅

深洞

水落三清界　山藏萬古春
巖閒聞犬吠　應是避塵人

洞庭

境壯難爲筆　湖深不可橋
我有胸懷大　群靈豈待招

舟行過岳陽亭下次一蠹鄭先生韻

細柳輕蒲不耐柔　棹歌聲斷幾多秋
三人一笑同舟去　只見山高與水流

李壽安, 『梅堂集』 권1

○ 遊頭流山 與三從叔明庵栻 共和 戊午八月十九日

渡召南江

自恨凡冗未脫塵　世間何處訪仙眞
仙源今夕漁舟溯　倘有桃花解引人 右東野

智異千峰隔世塵　其間自古有仙眞
携明此日飛筇去　恰似天台采藥人 _{右明庵}

上牛芳寺

牛芳古寺上　携手友三三
萬疊雲山興　終宵僧與談 _{東野}

殷烈留眞處　明翁寄宿三
頭流千古事　燈對老僧談 _{明庵}

入三壯寺二首連書

身邊披鶴氅　脚下跨黃牛
悠悠向三壯　曲曲渡溪流 _{東野}

我似箕山老　君騎瀨水牛
耳聞天下事　當洗碧溪流 _{明庵}

一水源窮處　孤筇客到時
居僧供別味　紅柿雜黃梨 _{明庵}

步入大源洞　秋風八月時
崎嶇行到處　相笑摘山梨 _{東野}

瀑布臺 謝鄭維箕持酒來待

烹鰲摘果杖黎來　落瀑巖邊勸客盃
臺上奇觀君莫說　主人風味勝於臺 _{右東野}

鄭相虎,『東野遺稿』권1

○ 頭流山雜詠

敬義堂

敬義家曾日月明　諸生不講謾留名
頭流遊客堂前過　但見春鶯葉裏鳴

法界寺途中

山行四月際時晴　佳卉名花去去程
漸覺前頭多可觀　上房仙子可同情

天王峯途中

步武巍巍路轉艱　緣崖抱檜躡雲鬟
生平未解春秋意　竟見天王霧掩顏

聖母祠 聖母卽摩耶夫人 妙香僧天然 曳倒其神像 而燒其祠 其後 爲何人所更立耶

石像頑然聖母祠　妙香下代手陵夷
至今峯上摩耶坐　易世風妖亦怪奇

細石平地

平地歸來別有天　脫塵容有作仙年
靑雲白雪稜稜處　霽月光風浩浩邊
谷靜麕獐倚塔宿　樹疎鸞鶴傍花眠
林雯不惜衣巾濕　但得靈山枕共連

平地遇雨 用朱先生韻

四顧雲無際 仰疑天有端
心期由此廣 眼界自然寬
禽語林間樂 雨聲花外寒
衣沾無足惜 攜手不知還

韓禹錫,『元谷集』권2

○ 遊頭流山記行

羽衣西入紫霞飛 淨洗青山夕雨霏
萬壑丹楓秋後勝 勝於春色上當歸 右西望頭流山 敬次曾王考凌虛先生韻

青藜來到水西村 寒竹蕭蕭晝掩門
爲我主人催午飯 笑他煙火分猶存 右到土谷

驢背崎嶇路 爲誰踏夕崖
清高養正叟 蕭灑慕寒齋
志業圖書壁 生涯花竹堦
深燈勤琢切 至樂在吾儕 右慕寒齋 呈養正齋河丈德望

眉翁手字石生輝 我浴何妨節序非
冠者三三童五五 風乎石上詠而歸 右詠歸臺

闔閭深深方丈幽 世人誰識陶邱子
陶邱子有遊憩臺 上依青山下綠水
一竹杖與一芒鞋 來往南冥夫子里
顏淵舊巷臥曲肱 許由何川勞洗耳

亂礎頹垣餘廢墟　冷落荒凉秋草裏
我來登臨一喟然　臺上淸風吹不已 右登陶邱臺

初年失路路多岐　摘壎俍俍迷所之
入德門前醒大寐　也知吾道在於斯 右入德門

瞻仰先生像　巖巖千仞壁
緬想先生心　亭亭歲寒栢
吾道屬誰邊　杏壇春寂寞
方丈山高德川長　先生之風永無極 右謁德川書院

幾夜吳州月　依依入夢頻
白髮猶佳興　靑燈摠故人
莫怕餘年短　渾忘世味辛
秋深山似錦　明日去尋眞 右永慕齋 喜金大集曺仲吉善迪來會

太古靑山老　諸天慧日遲
禪心那有事　庵號本無爲
物我相忘裏　鴻濛未判時
自開還自落　牕外桂花枝 右無爲庵

石竇危棧三丈餘　躋攀凜若薄冰於
若把是心隨處用　可能無愧聖賢書 右行過石竇

白雲紅樹岸　峭絶一庵懸
窈窕壺中界　淸凉象外天
蓮牕深不世　雪衲淡如仙
桑下能無戀　回笻却黯然 右南臺庵

人言不可上　千丈接靑空

中途莫回杖　登登山自窮 _{右望絶頂}

回首人寰萬品低　燕秦吳楚一鶴栖
是知生處高然後　列嶽群峯不敢齊 _{右登天王峯}

一萬四千丈　俯壓馮夷宮
桃鷄五六唱　縱目扶桑東
滄海浩茫茫　視天何夢夢
煙霧共掩靄　依黯更朦朧
乾坤混侖間　方未判鴻濛
俄然五雲闢　金莖聳虛空
圓轉大如輪　直遵黃道中
陰陽分一着　豁然如發蒙
掃除夜色黑　揮拂朝暉紅
山河紛照曜　宇宙條玲瓏
煌朗開玉燭　依俙堯舜功
所貴乎君子　觀物反諸躬
我願明明德　與汝同始終
何由畫出日　再拜獻四聰 _{右日月臺觀日出}

林深人跡絶　石路摠雲梯
無數磨天嶺　有時絶壑溪
緣崖身欲墜　攀壁手相携
日暮愁歸宿　可憐捷逕迷 _{右轉向雙溪途中口占}

孤庵明慧日　迢遞碧峯巓
亂石清流洞　白雲紅樹天
居僧無世事　遊客亦仙緣
可惜名山勝　任他釋氏專 _{右佛日庵}

萬壑香煙起　峯晴日照紅
地勢千尋兀　天容一望空
脚下環蓬海　頭邊接閬風
喬期杳消息　怊悵倚枯松　右登香爐峯古靈臺

香爐峯下鶴淵頭　斷崖千丈玉飛流
流過雙溪寺外去　消息應傳八詠樓　右玩瀑臺

尖峯突兀石棧高　飛步凌空氣欲豪
回首入仙何處去　滿天斜日依東皐　右登毘盧峯

玉簫仙子去茫然　喚鵝虛臺幾百年
惟有臺前紅桂樹　花開花落夕陽天　右喚鶴臺

釋氏家傳普照師　師以甚明普照爲
普照衆生師莫說　恐不能於自照之　右過普照庵

萬壑霜楓石逕藤　超然蘭若壁層層
客來流水聲邊暮　仙去靑山影裏曾
靈隱未能專勝槩　天台何必願攀登
嶽神亦解遊人意　分付丹霞到底凝　右到雙溪寺

孤雲宿虛堂　依俙眞面目
仙歸餘故山　山靑磵水碧　右學士堂

剩賞名區勝　渾忘遠客愁
方丈山中寺　孤雲去後樓
隱隱千峯月　蕭蕭萬壑秋
飄然邀鶴駕　更欲向瀛洲　右題邀鶴樓

任他行且憩　雲壑恣優遊

石老千年字　林深九月秋
逢僧問前路　回馬渡澄流
何處神凝寺　青山影裏樓　右憩雙溪石門　有孤雲手字

層壁重屏面面圍　白雲流水可栖遲
翁已超然煙火外　滿天風露欲忘歸　右神凝寺　敬次南冥先生韻

可笑巢翁多事者　翩然出洞太無端
塵喧遠隔山人耳　巖下清川更不關　右洗耳巖

白石清流絕世紛　鹿門之洞武陵源
往尋七佛庵歸路　巖上清遊更一番　右綠磻巖

步步山將暮　行行路不窮
石老千年白　林濃九月紅
慧日澄朗界　曇雲隱映中
一聲驚客耳　風便上方鐘　右訪七佛庵

山幾重重水幾回　夕陽前路已花開
也應落雁平沙外　明月孤舟待我廻　右花開途中

猗歟鄭一蠹　巍卓後人程
東方大處士　南國老先生
擧與齋宿願　摘埴歎冥行
行渡陶灘水　停驂却愴情　右陶灘感古

路多高蓋鶩　人少角巾還
幾箇風塵外　卓然名利間
清眞韓錄事　窈窕頭流山
欲問踰垣跡　虛巖夕日寒　右錭巖懷古

秋風西上岳陽樓　樓在乾坤日夜浮
回首向山何處是　煙波歸計一孤舟 右行到岳陽

播蕩蘭舟桂櫓柔　笛聲寥亮遠天秋
觀盡千峯江上汎　當年未必獨風流 右蟾江舟中　敬次一蠹先生韻

孤舟移泊荻花汀　九月秋江近五更
禪鐘何處江楓外　彷彿寒山半夜聲 右和養正丈韻

山明水潔去尋眞　物外乾坤送一旬
萬壑煙霞收拾盡　頭流風景想應貧 右昆山途中

朴泰茂, 『西溪集』 권1

○ 重遊頭流

先生三入白雲洞　白雲千載空悠悠
爲問白雲雲不語　獨立斜陽小子愁 右白雲洞　和河千期必淸

山自悠悠水自悠　白雲淸瀑洞天幽
先生一去無消息　誰是千年隱者流 右觀上下瀑　敬次南冥先生韻

川上亭亭玉女峯　依然浮生畫圖中
有水流觴洄九曲　臨風却憶武夷翁 右玉女峯

殘年無好事　泉石最膏肓
落花看可愛　芳草坐何妨
溪聲添宿雨　山影帶斜陽
雲壑迷歸路　逢僧問佛莊 右訪佛莊庵　和河觀夫大觀

洪鐘無大扣　千古竟含聲
請看頭流山　山豈學天鳴 _{右敬次南冥先生聲字韻}

天王峯下薩川湄　綠玉穿霞步步遲
潭名紅到新春驗　山色蒼因靀景奇
無非絶勝挽吾輩　何幸淸遊及此時
遙望白雲深處去　東風吹送萬花飛 _{右萬花潭}

千峯錦照耀　萬壑玉紛流
巖間歸路細　林下小庵幽
故人來白髮　仙子自丹邱
題品慈恩興　何如此勝遊 _{右佛莊庵 喜金上舍伯厚墩來會}

南冥曾送德溪歸　亭樹含情遠別離
分付兒曹須勿翦　此翁俱是士林師 _{右送客亭}

萬疊屛顔裏　三藏大耳基
本來幽邃勝　方値艶陽時
軟綠茱萸葉　深紅躑躅枝
胸中無世累　夜靜話厖眉 _{右宿三藏寺}

幾重山又幾重溪　山盡溪窮又一溪
溪上有山山有室　莫向廬山訪虎溪 _{右訪大源庵}

恣意煙霞久不歸　子規啼送不如歸
不如歸坐書牀下　收斂身心定所歸 _{右聞子規}

慟哭荒山雨露濡　斑衣兒已白頭鬢
年來久曠晨昏拜　慚愧人間不孝吾 _{右歸到公田省墓}

擇不處仁爲得智　昌平門外講壇高

何事蔥林無味地　等閒生長倚空皐 _{右五臺寺老杏}

人而無禮死其宜　知禮之家此世稀
方丈有巖巖有號　春遊非爲訪林菲 _{右家禮巖}

澄波洗復洗　曾不點塵留
深邃頭流麓　清高錄事遊
有懷空谷暮　無語遠山愁
事與巖俱白　巖前雲水悠 _{右白巖}

不忍春來獨自哦　安溪無主尙淸波
一聲悽愴山陽笛　萬事悠悠夕日斜 _{右安溪感懷}

人間多別路　溪上去留懷
好會重有約　清秋慕寒齋 _{右別安溪諸益}

萬壑煙霞宿債酬　殘年活計便休休
頭流山在詩篇重　從此松牕足臥遊 _{右歸園}

朴泰茂, 『西溪集』 권2

○ 頭流紀行

訪朴君永叔

秋雨蕭蕭莫我之　多君此處任捷遲
夜讀畫耕深有樂　安豐古里董生誰

陶邱臺 用俛宇先生韻

此臺何事錫名陶 想象當年志尙高
水面天光裁一色 察求上下理昭昭

入德門 復用俛宇先生韻

入德門前秋水活 光風霽月一般澄
此間誰識先生化 濟濟群賢接踪興

山天齋 敬次柱上韻

一萬四千丈 默然本無聲
先生宅于此 終古一大鳴

神仙磧

肅然住竛立 石佛次第連
此磧誰記世 人稱古能仙

與永叔 宿法界庵 金瑞九 · 金致行乘暮上來

三日望望一夜同 始知聲氣暗相通
百里人來星有老 千年佛坐石磨風
世情逈脫塵表仙 分如留碧落空埃
上山趣味從那得 便自沈吟喚覺中

上天王峯

努力攀躋正值秋 乾坤軒豁滌塵愁

巨靈最著三列後　輩深山推南嶽遊
俯觀滄海涵猶漾　仰察銀河不流凝
盡日徘徊心有得　森然群物露頭頭

聯句

直上頭流巇　秋風特地寒　南湖
鶴駿今有日　鰲背更無山　立庵
脫跡塵埃外　放懷宇宙間　平谷
浩然何物競　胸次自閒閒　弘庵

下山

飄然飛下少寬平　石竇寒淙冉冉生
回顧天王終未忘　丁寧召我更關情

矢川途中

歸路駕風發　方壺何彼遙
金光鋪遠野　秋氣雲霄霽
隱隱穿林壑　遲遲度石橋
願言春日煖　文酒更相邀

送別諸公

遍觀方丈屹　更吸德山江
縞衣鶴影隻　彩翼鳳儀雙
應聲三柱立　何患萬波撞
晚唱隱侯曲　各歸栗里窓

以上天王峯分韻得上字

跧伏山間广　恒欲自下上
朱衡俄瞻忽　孔泰幾鑽仰
方丈知不遠　一蹴亦足往
道侶適愬呼　時秋天氣朗
鳩山告岐路　其奈征馬瘴　權友愆期·金友未至故云
勇意駕長風　飛自德門昉
晚憩法界庵　颷風來颯爽
樹間照衣珮　二友共飛杖
何幸此處前　期是孟浪上
明朝風未歇　上達還惘惘
立友發豪氣　平弘亦骯髒
着足層厓表　飛身絶壁㟪
顧余力未及　何似彼魍魎
攀岩滑老苔　穿林跰墜橡
屨脫宜有楄　喉渴恨無醠
須臾躋頂上　天王許我賞
上有日月臺　千古一炳烺
下臨萬疊峯　兒孫拱立象
汪漾渺溫處　仙槎可運榥
一瞬端倪□　看遊觀胡壯
東盡蝦夷界　南至瓜佛坱
未及西北隅　薄雲山腰網
問子何所之　擊鋏歌慨慷
天閽在咫尺　帝前拜稽顙
鬼獸滿疆土　大道不復晃
眷祐周孔學　一體受敎養

更願同來子 努力相與伎

李圭南,『南湖集』권2

○ 大源紀行 丙子七月 與李士瞻偕行 而次兒泰瓔陪從

過沙亭村

輕屧短笻一路遵 路傍花柳隔江村
江花落盡村娥老 猶向壚頭擁翠樽

磨鏡臺 坮在陶邱臺下 先祖雪窓先生所築游咏之所

磨鏡千秋有一臺 雪江於此復瀠洄
却憐皓月中洲滿 留與先人氣像來

宿槐陰館

客館精治布室堂 槐陰尤可納清涼
登初傲骨先凭榻 喝後餘情促獻觴
絶峽翻驚車篴至 小衙能備電絲長
中宵遽作紗窓雨 欲使眞緣蹔不忘

入大源洞口

亂木穹林兩岸生 渢渢又起磵流聲
孤僧百八垂珠去 怪鳥千雙戞玉鳴
這裡應藏壺裏世 心中如入海中瀛
短笻落日尋眞客 一代清遊與子并

大源寺

天光殿起頭流東　法界三千大抵同
慧月慈雲清淨裡　藍風瑟雨有無中
晨鍾忽破天機靜　造物艱成地勢雄
無怪古人曾染跡　桑門纔到客心空

龍湫

石筋碅脈猂成隣　中有魚龍窟宅新
坤道含弘清者水　天工陶鑄巧於人
吼時素沫翻成雪　靜處文瀾總是銀
未見幷州餘一快　半江剪取更誰因

宿大源寺　翌日滯雨

一盂相對兩相推　適值窮山夜雨時
晚到忽驚梵唄語　驟聞輕許放光碑
清虛無業禪師在　危險杭州刺史知
堪笑書生稍學佛　跏趺終日渾忘詩

贈晚應上人二首

晧雪輕侵晚應頭　諸天花雨動驚秋
如今試向人間去　種馥家家暖景浮

聞君昔自儒家路　高步柳營三十秋
曾謂東風下喬鳥　彷徨盡日入于幽

大源寺 連雨不止

山中法雨多 倦屐遲還家
簷角蒸玄霧 庭除漾綠波
蛙吹當部鼓 柳織沒綾羅
借問禪窓夢 能無老佛呵

河禹善, 『澹軒集』 권1

○ 次李叔眞遊德山諸作五首

入德門

夫子宮墻在此間 門名以德仰如山
後生跂躄登來日 宛聽惺惺是覺關

山天齋

草樹雲霞十里川 山中別有一團天
先生大德於焉畜 門掩春江九曲前

洗心亭

淸風吹竹簟 爽若狃寒門
對越天王面 流通山海源
虛靈大寐覺 宇宙此亭存
眞境淸如許 微斯奈世煩

大源庵

銀臺渾不似人寰　四顧環山却忘山
危徑客從斜日入　暮梯僧共宿雲攀
佛深禮磬凝枯骨　林靜幽禽怪俗顏
流水桃花杳莽去　仙源奚獨武陵間

龍湫

亂瀑成湫愁太陰　潛藏料得老龍心
祥雲久斷人間雨　甘作區區小洞霖

李禹爾,『月浦集』권1

○ 方丈紀行四首

到大田　次錦湖亭韻

名亭卜築錦湖濱　此會多緣趁暮春
地不尋常藏勝塏　人能康濟豈憂貧
山陰是日來狂客　錦里秋花有主人
清福羨君全晚境　任他魚鳥自相親

過嚴川

終日艱關踏水邊　寺名云是古嚴川
行臨峽口疑無地　轉入壺中別有天
村色帶煙深樹隱　溪聲添雨亂山穿
昏扉望叩因投宿　勤苦田家夜食傳

到碧松庵

庵在諸天最上頭　雨聲終夜坐高秋
微涼乍動蓮花塔　積潦初收貝葉樓
七月仙緣餘赤壁　五更淸夢繞頭流
山靈若會韓翁意　南嶽開運許壯遊

用前韻 示騎羊大師

頃刻峯雲起屋頭　滿天寒雨一山秋
擬將蠟屐飛登嶽　收拾奚囊倦倚樓
臥省晨鍾三夜發　坐聽雷鼓百川流
何勞老脚躋攀遠　纔到玆庵亦勝遊

權顯明, 『竹下遺稿』 권1

○ 方丈紀行

中山趙月皐性家丈宅

世路崎嶇摠哂魚　碧山深處丈人居
別界寬開雲霧裏　生涯自足典墳餘
看鹿應同張氏隱　漑田須似白公渠
函席從容承誨久　豈徒勝讀十年書

踰中山後嶺

頭流岋嶪鎭吾東　已與蓬瀛推許同
形形怪怪多奇蹟　認是天翁造化工

入碧溪洞口

非寒非熱適斯時　石背楓丹葉倒垂
行到碧溪三十里　天王峯上日西移

碧溪寺

一堆崔巖壓群山　脉脉中分去復還
寶塔年深經歲百　新菴櫛比列中間
半日幸登方丈賽　十年更對老人顔
塵埃洗盡胸襟闊　努力何嫌復躋攀

上天王峯

天王巉絶帝居優　南北相分嶺與湖
神淸萬慟迷夢外　目極蒼溟際有無
頭頭老石皆疑佛　面面題名摠舊遊
俯仰轉眄無限意　悔吾晚到自悲夫

文昌臺

丞巖磈磊自成臺　無限風霜閱歷來
孤雲已去今千載　獨有遊人此擧杯

留宿梨谷河丈宅

水色山光此處多　攜節迤訪石川斜
屋後煙霞閒卷舒　眼前風物任繁華
高隱無妨儕鹿豕　此生堪笑溷塵沙
圖書滿壁門摠淨　文藻江山一古家

贈眞上人

碧溪寺裏養心眞 不是從前不遇人
眉頭隱暎烟霞氣 掌上推移造化神
此日幸同方丈月 幾年浪度洛陽春
許多好事非無意 只愛天王遠俗塵

鄭敦均, 『海史遺稿』 권1

○ 追步方丈唱酬韻九首

龍湫

潭小容難得 何時躍上天
飛湍刳石瀉 削壁倚雲連
滿壑喧雷雨 平林暗霧煙
靈源知在此 清瀅古菴前

柳坪

自下須看向上躋 雲收霧捲淨無埃
年來邱垤區區戀 便到於斯快掃除

天王峯

名山抱宿賞 坐我最高巓
俯瞰疑無地 仰看只有天
大鵬搏海外 征鳥沒雲邊
報道乘槎客 窮河果信然

宿巖間

巨岳先秋秋氣闌　同眠猿鶴夜驚寒
臥雲一宿天應許　清夢悠悠繞碧巒

望日出

羣仙燁燁降瑤臺　東望扶桑曙色開
蒼黛最先紅暈射　此身如自日觀來

日出　次程伯子東摠韻

炫煌初景畫難容　海色蒼然盪暈紅
大地何嘗陰翳有　一天無不太陽同
默推黃道璇璣上　旋斡玄機橐籥中
壯觀平生於此盡　光明磊落是眞雄

鼆項洞

踏盡靈區絶世紛　歸來雙袖滿山雲
回首咫尺天王面　峻極千年鎭厚坤

用南冥先生韻

誰云方丈上天難　一步躋登百尺竿
憶昔冥翁遺馥地　聯翩襟佩好相看

一絶書志　以呈同遊諸君子

迢迢黃鵠邈推難　尺鷃楡枋只自歎

無數璃琚看作畫 頭流千嶂眼前寬

金基周, 『梅下集』 권1

○ 新安精舍八咏

祠墟

模來二賢影　奉安一山谷
今日獨餘址　烟寒草自綠

書社

結搆旣壯雄　導引亦中正
父老勤苦心　至今道說盛

寒泉

十筧抵岩簌　一函爲泉底
盛夏纔半盃　煩衿頓若洗

射場

試看地坦平　可記昔乘發
此爲君子爭　胡然棄藝末

蓮塘

朶朶逈泥中　葉葉覆水面

好風時一過　芳香透片片

皇筆巖

穹然四字巖　深在萬重樹
輝煌爭日月　洗泐豈風雨

詠歸臺

爲慕古人狂　錫名孤臺立
悠然時一登　春風正習習

送客亭

促膝心無間　解手懷漸落
幾折亭上楊　濃陰漸成薄

權昌鉉, 『心齋集』 권1

○ 頭流錄八首 丁丑

葦峙

遊山遙繼向禽風　方丈元來五嶽同
松根絡石崎嶇路　草屐飛雲矍鑠翁
世間莫道閒人少　峽口方知異境通
約束今行爲互僕　褰衣負杖出林中

公田

擬上頭流最上峯　彤雲千疊望中濃
松間聽咳知癯鶴　石窟噓腥認老龍
會友尙傳江左俗　尋眞聊躡武陵蹤
山行却似屠蘇盞　殿後斯翁路幾重

宿中山山齋

衆山欲語夕陽時　面面蒼嵐步步移
村懸雲裏仙居雜　亭出巖頭客上遲
人間昏嫁何須畢　象外逍遙自有期
好是毘盧峯上約　天公莫遣雨師知

滯雨

同行誰是陸探微　擬畫玆山興欲飛
稽岾白雲高士屐　武陵明月洞仙扉
一生榮辱知誰忘　百事疎慵似我稀
方丈千年多藥草　勸君從此采當歸

喜晴

廉纖忽卷啓行初　始信方壺不我疎
已知達士崢嶸氣　不在前人糟粕書
奇峯爲集群仙設　幽洞要居百姓虛
去歲曾遊蓬島返　三山只是一山餘

上山

樵蹊易失應前呼　魚貫相攜影不孤
奇峯巧曆猶難數　異境良工亦莫圖
一邊闖樹天些有　十里攀巖土寸無
定欲白雲深處住　山靈倘與一塵吾

天王峯

十有一人丁丑秋　同登方丈作豪遊
化工極費無窮力　列岳咸推第一流
誰道三山居外國　定如五岳在中州
白頭愧乏長杠筆　萬傷天形豈盡收

下山

卅載胸中此一山　白頭今日偶偸閒
招仙伴宿雲霞上　攜友題名牛斗間
莫遣藤蘿迷舊路　儘敎猿鶴記前顏
平生無限不平事　萬里長風一嘯還

趙性家,『月皋集』권3

○ 方丈紀行二十首

陶邱臺

稻香魚又老　時物宛當時
怊悵人何在　江頭行欲遲

入德門

舍此無從入　先生曾卜居
懸懸千仞壁　氣像尙玆餘

山天齋

天王山下屋　誰續大叩聲
可惜虛庭草　殘蟲各肺鳴

洗心亭

當時正字心　豈俟碧波尋
要使營營者　千秋愧也深

宿曲店

挾路數三家　長川回一曲
朝來思所行　大刹通前谷

巨林道中

巨山又巨林　杳杳一逕尋
咫尺迷相失　幾人九疑心

場岩

岩石曷云場　較來稍廣長
窮山無嘉穀　橡栗得其方

石門

上覆中通石　堪名造化門
疾雷轟不闢　窄窄晝常昏

細石坪

山上大開坪　洌泉又透石
試耕耕不成　人住稀今昔

香爐峰

削立千峰上　昔時誰禱香
物産非偶爾　柏子曝秋陽

老姑壇

西佛自遷東　福線注下同
莫知分已定　石上費袈紅

通天門

絶壁路難通　棧頭一竅空
飄然長嘯立　腋下生天風

天王峯

石角森森倚半天　高秋遙望眼無邊
胸襟從此全無俗　方術胡爲苦學仙
片刻飛雲人不辨　尺餘矮木歲多遷

抵今不可無詩過 欲寫眞容下界傳

日月臺

團圓臺上石　流照萬年前
孰不天王側　顧名思所然

宿法界寺

沈沈夕月明　岩下有人聲
始放勞勞脚　良覺佛緣成

文昌臺

不是照星文　崔候遊去云
凜乎升不敢　仙俗逈然分

龍湫

休言潛處容　動作雨千峰
神物居非偶　瑞雲自外從

仙磧

立立團團石　看看箇箇仙
遲遲棊一局　桑海已飜千

至巡頭里　余與晶山　徑向內源　奉別諸公　下鼓淵

萬壑已成秋　回頭問下流

三宵方丈客 明日各南州

至內源 回憶諸公 宿蓮溪

八月蓮花洞 曾聞別有天
終難容易去 又作一宵眠

南伯熙, 『石圃集』 권1

○ 頭流精舍雜詠

精舍

琴書四十年 枉作山中客
今日始定居 居然我泉石

臥龍潭

潛見各有時 於山或於水
一朝如得雲 大雨忽千里

伏龍巖

蜿然石留跡 汨瀧水餘響
尾藏不見處 孰能知短長

起而臺

潭巖皆臥伏 特傍起而臺

晦翁當日意　吾友更提來

日新盤

日新無盡意　千載仰湯盤
有石自成器　莫令舊染干

振鷺瀑

雙溪爭噴雪　一水石間來
千流萬派處　有客獨徘徊

流玉澗

名山塵不染　碧玉四時流
上下天光徹　我來興轉悠

獨寤臺

考槃遺韻在　千載簞誰於
此意無入會　睡餘更看書

朝宗巖

朝開洞裏水　直向巖下瀉
東海長百川　以其居於下

我哉室

有時歌擊壤　於我亦何哉

誰將畝畎樂　輸與白雲隈

上藍懷古

痛矣今天下　入山恐不深
上藍當日涕　偏感古人心

法莊石窟

仙翁遺石窟　欲遁豈無深
道隱方直隱　不須怪閴蹤

大源龍湫

爲將垂拱箭　列坐講龍湫
遠壑悲風發　有誰念彼周

送客亭

兩賢當日事　行路至今傳
胸裏圓瀜趣　鳥雲魚泳川

德川院

鹿院鞠爲草　令人興獨喟
天中日月懸昭揭敬義字

山天齋

方丈山之下　巋然有此齋

取義云奚以 晦身畜德偕

入德門

入德眞工在 聖門大學書
冥翁去我久 卽此是其閭

晚霞臺

石氣千年白 丹霞忽上眉
無人醫此痼 何處問軒岐

春蘿臺

烏石靈源好 去人不還而
春蘿臺上景 不覺自爲詩

路嶝望海

元來天一水 分作萬川流
畢竟同歸海 疑瞻地盡頭

入頭處

根基在小學 誠敬是其源
日用無餘事 最初灑掃存

金顯玉, 『山石集』 권1

○ 遊山記行十五首

陶邱臺

丹崖屹屹白雲陰　陶老焉歸我懷深
自得金湖臺上樂　眞傳山海席間心
人才固是分淸濁　地勝偏何似古今
神異不羈要激懦　終然無立悔難禁

山天齋

君子光輝德　宅邊大畜齋
遺緖雖堪覓　傷心廬阜頹

道中口號

德川淸若許　人在鏡中行
頭流高絶處　知有的源生

送客亭

一樹爲人所愛之　亭亭江上口傳碑
苟將敬義專心做　不愧當年去送誰

大源菴洞口

巖間路轉劈山門　先入羣仙掃却痕
只可南遊恢眼孔　肯將西敎累心根
雲中眞贗初尋境　林外浮沈已過村
天爲玆行呈霽景　詩筵將對月明樽

上山吟

枕溪纔一宿　方丈活源尋
石白千年骨　楓丹八月林
仰止如有道　俯世了無心
須盡最高處　兼窮大海尋

謹次南黎許丈愈開雲巖命名韻

今黎杖屨抵奇巖　衡岳餘愁又嶠南
認是精誠天所感　長風頃刻簸蒼嵐

天王峯　用朱子南嶽韻

陰陽孕此處　星斗冠其端
丈夫俛又仰　宇宙窄而寬
海闊黃雲薄　臺高白日寒
今來珍重意　不獨朗吟還

仰彌臺

山兮邱垤類　拔由土積來
士鮮希顔士　臺獨仰彌臺

銀餘灘

我愛天王九天近　銀河飛下南冥居
今來白手期充量　喫後餘波喫又餘

次南黎丈人韻 贈鳴遠

從古天王絶頂臺 未聞一躍遽登回
秋風賴子遊山脚 始信前頭寸進來

濯纓臺

爲慕冥翁愛此臺 滄浪之水德川廻
日將敬義吾心潔 不獨當時濯纓來

水淸街 別南黎丈人

令望曾灌耳 此行幸陪遊
春風吾道里 得所我衣摳

天王峯歸路 用朱子祝融峯詩 分韻得盪字

天下名山三在東 漢挐楓岳曁方丈
方丈尤爲高絶者 我於平地如天仰
欲兩峯腰雲霧暝 凌空臺角日月朗
耳得此景擬拚躋 浮生早未卸塵網
信息忽自汶上盧 高秋八月云遊賞
肯爲蠶者守堂空 願隨仙侶駕風爽
才過水淸屆德門 冥老遺蹟如疇眼
士流傳誦頭流錄 恨不親覩壁立像
踏來黃昏入僧居 宿與白雲超塵想
柳坪深窄天橢覆 直向前頭共少長
黎丈從容步芒屩 囂翁飄逸飛杞杖
晦窩頻顧諸朋戒 秖恐艱險不利往

石杠湍撲淙淙鳴　楓林雨落蕭蕭響
竟日捫壁夜棲巖　澗飲霞飧腹猶餒
今行不可止半塗　風袂獵獵凌晨上
四山靜似太古意　巨靈爲我藏魍魎
危路纔通境漸佳　嵐散須臾霽儀兩
眞面天王却分明　局眼少年還敞悅
萬四千丈旣盡頭　正冠兀立胸衿盪
太上瑤座呼吸通　以下幅員際涯罔
北望三角依俙界　蓬萊宮闕逼魏象
水淸山高五百秋　憂國人民願歲穰
馬島出沒蜃樓中　隱隱翠髻小如壤
黃岳鷄龍亦兒孫　敢與尊者較彿彷
俯察地脉如舟搖　泛在派派水勢瀁
大哉鄒賢觀有術　何勞搏躍使過顙
我欲周流薄四海　那惜輕風一爲槳
良苦天吳呼萬壑　縈回諸域尤沆漭
倭夷龍伯東重譯　佛齊蜒蟎南絶黨
北開黑齒何杳茫　西接紅毛太漠廣
愧余淺見難遠明　敢曰登斯氣助養
華夏淪喪穢德臨　皇明遺士志益慷
天王尙撐皇明天　日月光輝舊時倣
擧手可飮雲表露　栢梁謾叙銅人掌
凜凜扶臺俛仰勤　始信乾坤太浩蕩
大章猶難步樞極　小知徒能適莽蒼
不圖所見愈所聞　四座無言若失惘
東國宜訓南岳祠　祭儀年年致神饗
不獨當時廣利廟　海之百靈畢出怳

笑撫奇巖認前跡　濟濟冠冕名標榜
山靈不敎苔蝕字　努力臨高似嘉奬
長嘯碧空飄然降　始顧吾身化羽倘
午陰休于仙磧樹　至今傳說鶴駕枉
特書仰彌淸灘石　各歸平地庶勉强
升必自下焉用躐　鑑在智異壯遊鄕

權奎集, 『兼山集』 권1

○ 後遊山記行二十一首

辛丑八月　與士兼達天衡五　遊頭流山途中　用一蠹先生韻

早稏新登老采柔　田家正値倍忙秋
自笑書窓無事客　方壺深處問仙流

入德門

人心不聽道心微　萬逕千蹊各自歸
須從入德門中去　的訣當年爲格非

山天齋　敬次柱上韻

寸筵與大丘　係是有無聲
喩鍾皆一理　吾道兩賢鳴

洗心亭　次李息山萬敷韻

迢迢萬里恨無媒　黃鵠何年去不回

秋草山中亭獨在　夕陽江上客雙來
正廟遺文昭載石　盧疆古制覆如盃
臨流若洗吾心累　庶識前賢義理裁

早發稷門

爲觀南極老　明日是秋分
家信逢金友　詩愁別李君
水色全蒼玉　林容半白雲
山間多玩客　逕蘇不成文

碧溪菴

頭流中嶽一孤菴　白衲平安寫悉曇
聖壽如山祈向北　大觀兼海眼窮南
五月翬飛修古址　千年龍去證深潭
衰病吾生跟不固　登顚吐納未能參

文昌臺

後去臺空雲自愁　滄桑猶不變靈區
若使當年留筆跡　儒禪傳誦溢千秋

下山　用朱子祝融峯韻

少日吾隨長者風　能敎鄙吝自消胸
傍人不識多怊悵　却笑今行牛到峯

發公田 踰葛峙

朝陽雙屧下西樓　酬唱從容路上遊
海內舟航非昔日　山中稼穡勝前秋
王孫厚蔭公田閒　曺子遺風德水洲
酒溢家家留客醉　不遑吟渴向壚頭

葛峙鄭光仲家　用學圃孤山韻

厭看邪氣在那間　大筆題橋得自閒
千古紛紛治世少　吾生可樂白雲關

宿月橫趙敬七纘奎家　用權邃菴偶吟韻

斜陽檜院醉　入夜月峯吟
江亭無限好　端合聚靑衿

次橫溝趙公性宅涵月亭韻

經營十載築登登　道德川流逼戶澄
雲裏林容藏密密　曉來山色出層層
栗學常懷終得領　蘆心端合後傳燈
徘徊望月人何處　恨我陪遊早未能

昆陽 奉日菴　用屏上韻

西風尋絕境　海上十方閑
客枕朝猶穩　禪門夜不關
菊紅林似繡　苔碧石成斑
欲向金鰲去　相望一舍間

又用前韻 贈龍舒上人

坐持無孔笛　霜鬢日閑閑
西竺爲歸所　南原是夢關
慈念今傳鉢　誠心昔舞斑
□□□□□　□日在楣間

多率寺太陽樓　用柱上韻

奉日菴前太極樓　孤雲往跡閱千秋
憐顚戒島昌黎老　不是當年向釋流

多率寺

方丈山南水石憐　芒鞋晏上歇茶烟
象外仙踪靈日去　雲間樓額太陽懸
桑從改海安知後　苔不生碑可證前
林鳥猶憎僧太寂　故啼寮側替歌絃

大峴詩社小集

兩地迢迢隔一同　金鰲靈境但聞風
今日吾行休道晚　烟波無恙夕陽中

又用前韻 贈河明可河而七　遊錦山

十載西林講異同　初非抹月又斤風
錦山最可觀瀾術　萬派滔滔入海中

鄭致亨擬遊露梁中止用朱夫子西巖韻以示

大海經南地欲窮 登樓怳若坐船中
八月籬花紅的皪 十年峯玉碧玲瓏
鹿洞頹垣違宿約 鰲軒古宅仰遺風
羨君自恃靑年脚 還北飄然擬向東

留致亨家走筆

白露候西成 碧波紀南國
日月猶昭臨 乾坤奈否塞
夏聲詩以能 春氣醉因得
華髮可還山 欲前懶筋力

愚泉亭 與姜學叟鄭致亨 用退陶題黃仲擧頭流錄韻

淸時文物在林間 歲久逢君白髮憐
亭盃乍醉新秋露 島帆初回近午烟
靈區秖在昆明地 餘興猶瞻智異天
松水仙枰非所樂 晴朝拈韻退陶編

權奎集, 『兼山集』 권2

○ 頭流紀行

黃沙 逢朴菊我度鉉

黃沙秋色老三分 半是稻香半是雲
歧路參差空自惱 野亭西畔喜逢君

陶邱臺

臺下清江臺上風　三人瀟灑快開胸
至今精采猶餘在　老木閒雲護翠峯

過入德門

少時如夢此山歸　書帶遺芬尙在扉
蒙鑿傷心桓斧惡　江聲咽咽夕暉微

宿中山

路從罅裏轉　門對倒流新
松暗頻欺雨　竹深不雜塵
理生多劚地　見客鮮冠人
風氣猶淳厚　山藏太古春

劍巖

崢嶸光氣射穹林　底事窮山坐老深
聞說山中多虎豹　也應驅除答君心

望巖

南望復此望　雲林儘奇絶
下山猶顧瞻　係戀難爲別

碧溪菴

暝踏雲梯問碧溪　殘花病葉不相齊

業緣果是虛無說　古寺荒凉任野鷄

石山幕

巖石如山虛左脅　中間容坐十餘人
欲辭多少塵寰事　弄月披雲老此身

上天王峯

文昌日月兩亭亭　上護天王入翠冥
莫測量其雲變態　可模狀者石丹靑
端倪無際難窮目　江海當前似喚醒
此去三淸才咫尺　仙韶時有耳盈聽

日月臺

磅礴千年不變更　也知長與天齊傾
任他雲霧中間宿　只有星河側畔橫
半夜扶桑光射采　新秋搗藥細聞聲
吾家敬義君知否　努力登攀益自明

文昌臺

孤雲徧踏域中山　隨處煙霞縹緲間
削壁那能盤馬戲　懸崖不可等猿攀
千年志怪終難信　一日尋眞剩得閒
野鳥本非雲學侶　天寒方丈倦知還

暎波亭

林端精舍影中峨　石鑿方塘漾綠波
繞岸繁陰多好樹　秋來只欠不鍾荷

反川 送同行人 入弓項

石路崎嶇步步難　反川難到午煙寒
直緣鷄黍無人具　今夕分離未盡歡

河啓輝,『我丹集』권1

○ 後頭流詩辛巳

陶邱臺

秋風方丈客　江臺住杖時
境與心俱會　何嫌去路遲

入德門 南冥先生所命名 裵洛川題刻 今爲新路撞破 麗有摹移他石 而殊失舊觀

斜陽冉冉我來初　入德門前問廣居
滿眼銀河空十里　摩挲石刻已無餘

山天齋

寂寞冥翁宅　無復大叩聲
只餘九曲水　日夜循除鳴

洗心亭

斷岸孤亭出　其名爲洗心
俯仰欣有契　林泉一何深

宿曲店 崔君文仲所居　時夜深更君以炬火出迎于洞門外

一笑趁相迎　故人曲店曲
徹夜魂夢淸　寒流吹兩谷 店中山下流巨林水來會

巨林途中

提携度石礿　招呼穿雲林
仙靈如相待　定知不枉尋

宿場岩

行行山日暮　相携宿場岩
橡栗秋正熟　何愁食無方

石門

穹然開石窟　天作之高門
其上有仙座　一陟破塵昏

細石坪

山腹鑿成平　强半是流石
人居知何爲　政虎今蹟昔

香爐峰

天王咫尺地　仙女坐燒香
荒臺雲雨夢　莫似巫山陽

老姑壇

老姑何爲者　誕荒今古同
壇邊餘古樹　寂寞數枝紅

通天門

雲梯通一線　到頭卽蒼空
兩腋如生羽　曠然御八風

天王峯

一入天門直上天　齊烟回首杳何邊
瑞光坐捧咸池日　笙鶴行參玉府仙
壯志從來多絆住　良辰況復易推遷
玆遊少答生平願　鸞嘯悠然萬壑傳

日月臺

舊遊宛宛幾經年　是處高臺又眼前
臺石不騫人事異　餘生那禁涕泫然　丁巳 陪先君子來遊 今忽忽十五年矣

洗界寺 一名碧溪 古有遺址 新構纔數歲

霜葉霜花互照明　層嵯決決細泉聲

雲開一杵鍾鳴樹 爲喜新菴法界成

文昌臺

咫尺文昌臺上跡 山僧爲我細云云
終然斷徑無由入 奈此仙凡界有分

龍湫

龍湫不辨在何處 但聞風威撼碧峰
神物由來多變化 寸雲片雨豈無從

神仙磧 上下磧略同

卽看此日仙■石 誰道異時石化仙
魁面魁形難盡記 應經風雨歲長千

李鉉德, 『晶山集』 권1

○ 頭流錄

※ 『果齋集』「南選錄」에는 천왕봉을 유람하고 지은「두류록」과, 청
  학동 일대를 유람하고 지은「岳陽錄」을 일정별로 실었는데, 여기
  서는 해당 키워드에 따라 발췌하여 수록하였다.

麗澤堂

丹城法勿洞後中堂平鋪處 有麗澤堂 卽嶺右數郡講學之所也 堂傍
有許性齋先生文集藏板閣 其下金氏族居百餘戶 約泉金鎭祜亦望

士　弱冠初相見於達城邸舍　其後忽已三十餘年　今白首相對　有悲
感者矣　其弟侄金在鎭·金在洙·金鎭鳳　皆少年佳士　知其有約泉
薰陶之力也

少時初見氣堂堂　今日重逢白髮長
赤壁江山多勝地　黃花樽酒近重陽
潭光滴戶琴書潤　岳色當軒几案蒼
講習皆資麗澤力　君居方是士林鄕

孤樓迢遞起中堂　暮合朋筵夜話長
赤壁船歸蘇學士　黃梅驢過孟襄陽
三淸漸近胸襟濶　一別無多鬂髮蒼
築版徒勞千卷讀　巖烟空鎖老窮鄕 約泉

衰年壯志怎堂堂　盤礴風流到處長
日月臺高鎭南國　茱萸花發近重陽
詩情應得江山助　別意偏憐鬂髮蒼
愧我塵中愁矗矗　後期浩渺海之鄕 約泉

丹城道中

九月西風過赤城　丈人不見天初晴
雲歸列岳僧頭出　水唇空汀石齒生
梁氏樓臺新布置　漢陽村巷舊家聲
瘦驢犖确愁寒進　前路靑山夕照明

蕭蕭微雨過郊城　天爲吾行一夜晴
赤壁江高寒帆去　丹溪村晚細烟生
長空雲斷孤鴻影　落木風驅萬馬聲

此地羽人今在否 居民傳說未分明

赤壁江

江自山淸而來 至丹城而爲赤壁 壁上題嶺南第一江山字 緣江上下
十餘里 白沙翠竹 浩茫無涯 官路通於院木亭 亦一都會也 放舟中
流 叩舷歌之 灑然有蘇學士 羽化之想

仙遊高泛大江舟 蒼荻丹楓冷動秋
地名第一江山字 天序廣三歲月流
塩肆酒旗通市戶 凝笙畫角近官樓
蘇學士今安在也 白雲千載空悠悠

陶邱堂

自新安溯流 上七松亭復折 而西有釣臺 昔陶邱李濟臣隱釣於此
後人名之曰陶邱臺 臺下蒼壁成削 水勢瀠洄 見白鷗一雙對相沈浮
有同行少年一人 欲打起 余止之曰 此李公結盟之友也 李公今不
得見 而其友其可嫚乎 行中皆大笑之

斜陽客過古磯頭 人去臺空水自流
惟有白鷗時復下 主翁消息爾知不

入德門

遵陶邱而西上十餘里 兩峽削立松檜參天 有石當路斜出 刻入德門
三字 卽冥翁手筆 筆法甚遒健 傳云 入字上畫內向 能收入德山流
泄之氣 盖命義所初學入德之門 而由此入德山也

巖巖德之岳 坦坦德之門

後人由此入　冥翁古里存
古今德山路　幾人入此門
路入冥翁宅　德山古今存

濯纓臺歌

德巖下數武地有盤石　臨於淸川　可以坐數十人　石上松生無根　托
處昂莊　不知幾百年　亦奇事也　冥翁曾濯纓於斯　故後人刻之曰濯
纓臺　登此不覺爽然發歌

滄浪之水淸兮　可以濯斯纓
滄浪之水深兮　可以濯斯心
濯斯濯斯其誰識　惟有一片臺石　高出雲之端水之側
臺兮臺兮其誰媒　猶使千秋百世　可以仰其風慕其節

首陽山

有山岩崒於德山之門曰首陽　昔韓錄事隱居采薇於此山　而獨守首
陽之節　故得其名　錄事不知何代人　而其事蹟未聞　可恨也

首陽萬古獨淸風　周粟殷薇取舍中
不識當年韓錄事　有何名節伯夷同

山天齋

南冥先生讀書之所　盖取易大畜之義也　當時施以丹雘　其後修葺者
亦依舊施之也　壁龕奉孔子兩程朱子眞像　而先生常瞻拜於是　至今
猶奠之

先生當日讀於斯　一部易中用義知

壁立千尋蟲尙氣 頭流萬疊遯肥時
洗心亭自尼辭得 貞利門徒彖象推
靜玩山天涵畜理 滿川明月上欄眉

德山書院遺墟

院是南冥先生主壁 而以崔守愚堂配享也 三十年前 余過是院 時
當新掇 惟有東廂 西廡半頹半立 垣墻則皆築以三綱五常 依然可
記 今見免葵燕麥 一望蒼凉 無復舊時形影 昔我宜庵先祖模畵三
山院宇 揭於中堂 朝夕瞻慕之 德山其一也 可憑者只此耳

三十年間已海桑 伊來物色倍荒凉
綱常垣作免葵野 俎豆墟爲鹿睡場
手植杏亭依舊在 頭流山色抵今蒼
先祖宜庵移畵揭 請君歸玩我家堂

洗心亭

院前有亭 臨於川上 通暢可觀 繫辭云 聖人以此洗心 退藏於密 胡
雲峰解之曰 聖人之心 無一點塵累 故無事則退藏於密 莫窺其際
盖先生退藏之時 特取諸此而爲亭者也 至今數百載 淸風猶灑然使
人登是亭 頓忘塵世之想 而渣滓淨盡 本源瀅澈也 板上曾有本韻
而宜庵公亦次之 敬讀不勝感舊之懷

淸風今尙凜 況及先生門
亭納虛靈氣 江涵活潑源
能令七竅洞 肯許一塵存
此地常居子 不知胸裡煩

公田

自院南 遵矢川而上 開一區 川之左曰內公 右曰外公 本天荒之地
內坪 全州李氏數家居 後人文始闢洞 風亦美 卽余委禽之門 而李
仁夏贊仲爲婦弟也 其人淳雅 有古家風味 見皆稱獎不已 余自出
入是洞 今三十四年 山川花鳥 皆所慣面 而中年又移寓於此 老少
上下 咸輸其情 有若並州之誼 今來太半凋落 存者無幾追念往事
歷歷 可悲也 南川李致綏·小族張德喬 其文華聲望 曾所艶仰 而
追行至此 其喜可知也

行到深山更有山　邥登萬莫一當關
風光似去依俙際　人事由來夢寐間
歷歷東床曾坦腹　休休南老此開顏
淸江明月今猶在　慰我孤懷夜與還

矢川道中聯句

德山秋九月　遠客過公田 (春觀)
雲日穿林隙　筇鞋入洞天 (南川)
溪流疑路斷　壁立有橋連 (小旅)
智異峯頭兩　彌庵佛手千 (素農)
石高老釋像　竹翠晩村烟 (鎭夏)
倦策馬隨後　催炊僕送前 (忠濟)
陪從知幾日　談笑便忘年 (熙濟)
披草路如織　編蓬屋似船 (春觀)
羈心隣越鳥　歸意效巴鵑 (南川)
白菊明村遙　黃花覆野阡 (小旅)
樽濃紅射臉　山聳翠生肩 (素農)
孤鶴歸雲洞　匹驢度矢川 (聖)

今朝同發客　明日可登仙 (君)
木落人行際　秋晴鴈到邊 (泰)
澗流憂管瑟　藤蔓彈鞦韆 (春觀)
稧事歌豊野　盃情濁比賢 (南川)
多勞頻倚杖　臨渴急奔泉 (小旅)
魯少宣尼眺　蜀難李白篇 (素農)
頭流縈幾疊　羽化登三玄 (聖)
霧罷群峯出　巖虛一路懸 (君)
楮原土面薄　壇石木根堅 (泰)
村樣嵐依樹　店婆霜不綿 (春觀)
寒沙嫌鷺迹　亂葉伴鴻翩 (南川)
是非都付忘　榮辱莫相傳 (小旅)
夷險隨時適　行休任自便 (素農)
好我同携手　勉君猛加鞭 (聖)
登臨無或倦　攀躋有奇緣 (君)
方丈畫中境　輸來一幅全 (泰)

中山洞天臺

自東堂村　緣溪而上　地勢漸高　視平衍處　不知幾層峯頭　去中三里
許　有盤石　臥於龍湫上　好事者以墨書之曰中山洞天臺　惜乎　其無
所傳之名　而水溢墨磨　則只一塊石而已

淸川白石洞天臺　胸抱冷冷眼忽開
千歲老驪其下在　藏珠爲待文章來

文章臺

自中山 踰鷹峯 中路遇風雨 暫避於巨巖穴 取落葉爇火 煮酒禦寒
直上臺前 雨下如注 不可登覽 過臺而入碧溪寺 寺與臺相對也 巖
角削出雲宵 高數十丈 圍數十抱 昔崔阿飡盤遊於其上 彎弓以爲
戲 越五里 一石上有鵠布所竪穴 臺上有甘露水 渟滀於石竇 潦不
可溢 旱不至固 飮之可使延年云 噫 是水果有靈效 州牧郡宰 必先
取飮 又上達於朝 陞運傳輸 此地爲繁華熱界矣 何至冷落如是耶
其說固不可信 而亦一奇觀也

金芙削出玉臺成　此必文章去後名
上有千年甘露水　令人一呷可延生

碧溪庵

庵在上峯四之一古寺已墟矣 中年上山者 無可倚之所 而辦得濟勝
之具 用力甚多 一自是庵之創 便於登覽 鄭靑松雲弼所建也 放眼
遐矚 若固城之臥龍 南海之錦山蓮花浴池 對馬蘆麻等島 皆可指
點而知也 以除是人間別有天分韻 賦古詩一篇

昔聞方丈高　今上方丈山
混沌一元初　神斧巧劈刪
石擎文章臺　峯秀玉女鬟
若無乾坤大　不能載兩間
上可摘星辰　下可俯滄灣
磅礴復轇轕　靈異久秘慳
鍾人爲魁傑　産物爲芝蘭
職方漏不記　名列三神班
雲藏雙鷄背　霜打六鰲䯤

呂政崇妖說　萬里空往還
漢家六葉皇　淚下汾水關
古今徒費力　仙豈在人寰
眉翁與宜翁　當年愛幽閒
道岸知在此　後人仰躋攀
下學必上達　休說登高艱

方丈山名天下高　其中綽約多仙居
青鶴洞裏雲如水　閏月晶晶玉蟾蜍
汨沒科臼五十年　此行料理十年餘
九月木落征袍冷　奚童背囊携一驢
歷盡江南好樓臺　滾滾來到中山閭
纔行五里神仙蹟　此身已覺飄飄如
半嶺寒雨注如瀑　萬山掀動喧川渠
挺節蓁屬貼身輕　仰脅俯躓登彼岨
碧溪庵上夕烟起　殘僧偈罷鳴木魚
眼底群山塿垤細　滄海茫茫雲煙嘘
瓦樽白酒當歸肴　丹楓釀面胸氣紓
竟夜待仙仙不至　世事荒唐夢蘧蘧
三山藥草竟誰采　白髮霜凄空自梳
我不見仙仙豈無　方丈之名應不虛
天上眞仙不須求　天下古人有遺墟
三壯元峯岳陽亭　孕出群賢淑氣儲
千仞峯頭冠一玉　冥老文章放瓊琚
巖巖壁立三百載　少微精收處士廬
佛日臺高何處是　漣上長眉花外車
放眼看盡千萬疊　采采芝蘭薰襲裾

我聞神仙長不死　人能不死垂名譽
此山不騫人不朽　萬古無盡茫堪輿
泰山頂上天下少　八荒雖遠皆庭除
努力躋攀有奇觀　請君半途莫躑躅
方丈山歌淸且都　天風籟籟秋燈疎
方丈神仙不可見　不如歸去遂復初

日觀臺

天王峯上有日觀臺　爲風雨所阻　不得上見　人言其上寒冷　草木不
長　或八月飛霜雪　依巖壁築垣　爲日觀之所　西北阻山　東南際海　浩
茫無涯　見日出之時　紫雲黃霞　怳惚百怪　須臾日上　如轆轤之牽登
大如槃子　冷氣逼人　其亦異哉　淪入西海時　如石之投水　頃刻無光
不可窮看　其沒若沒影　則天地晦塞　咫尺不辨　未得還來　臺處種種
致斃於千塹萬壑者　多矣　盖人世黃昏　卽此臺之白日　此臺晨光　卽
人世之長夜　其得日果何如哉　蘇詩所謂一日兼兩日者　此也　恒居
此者　飮霞服藥　其生倍於人世　豈不得爲神仙乎

默推銅渾日行途　冬短夏永此應無
下界人生方夜夢　半天仙侶已朝餔
赤雲噴薄金螭蚪　碧海牽登玉轆轤
咫尺瑤臺親未見　聽來傳說影中圖

智異山

智異　南據嶺湖七邑之間　西自盤若峯　落脉崛起　爲天王峰　峰上有
日觀臺　東迤爲晋州德山　南邐爲細石坪田　有石門　從門而下　爲河
東花岳等地　西爲雙溪七佛　北爲咸陽山淸嚴川馬川等地　周回數百

餘里 爲全羅鎭山也 盖智人異物多産於其間 故謂之智異 一名頭
流 一名方丈云

盤若主峯奮起於 嶺湖中界大蟠居
智人異物多藏畜 山得其名不是虛

頭流山

按海東輿地圖誌 白頭山在咸鏡道甲山府惠山鎭西北 天下之水 皆
出於是山 一源自三水西 踰薛列罕嶺北 通遼東鳳凰城 一源自潼
關北 爲黑龍江豆滿江 皆水道也 山脉東走 爲先春嶺 自先春南踞
全羅 智異爲三千里也 其間長江大岳 重重疊疊 安有三千里之落
脉 踰山渡水 南流爲智異者乎 世或稱此山 卽白頭之南流 故曰頭
流 其說甚虛遠 難信辨之如此

智異山云祖白頭 白頭餘脉是南流
蒼蒼遠遠堪輿說 此去先春幾百州

方丈山

方丈 卽海東三山之一 智異是也 中國職方氏說云 三神山在東海
上 曰蓬萊 曰瀛洲 曰方丈 仙人所居也 千古帝王 謾信虛誕之言
而入海求之者 多矣 噫 居三山之國者 人人盡仙 村村皆壽乎 天下
之人慕虛曠者 皆如是夫

一山稱號有三山 方丈頭流智異山
海上三山何必慕 此山看後更無山

天王峯歌

今吾行未躡天王者 非直爲風雨所戲 而亦不欲窮躡天王也 夫世間
甚事 常有餘地 已極則更無餘矣 故知進而不知退 亢龍所以有悔
也 有得則有失 塞馬所以倚伏也 興盡悲來 物盛必衰 理之常也 傍
人不識此意 以九仞之虧 一爲言 此非可與進工時言也 進工則進
進不已 期到十分地頭 可也 此不過遊觀之事 興盡則已 何必窮奇
索怪 以求至乎極處也 且天王之號 尊而重也 下界微踪 妄踏肆踐
則亦非尊王道理 梁太傅疏曰 足反居上 首顧居下 是頭足易處 夷
狄之禍 必兆於此矣 噫 王風已降 世不知尊王之義 而夷狄之患 未
有甚於此時者 亶由於下凌上賤侮貴之致也 可不戒哉

方丈上峯是天王　天王之號尊如皇
世人不識天王重　足踏天王如睡場
寧可仰止那何踏　山非重也名是惶
今行未敢凌高意　春秋大義在腔腸
六鷄風雨山東晦　一士倜儻能扶綱
久矣天王無英氣　至使蠻夷恣搶攘
雙明日月歸燕世　萬國衣冠動漢陽
足反居上頭居下　太傅之言今切當
袁安空自懷王室　中夜拊枕涕淚滂
微臣偏切華封祝　但願天王發靈光
神劍鬼斧驅魍魎　廓淸區宇回霽暘
奠我家邦如天王之强　壽我皇帝如天王之長
於千萬年　永享無疆

高高莫若天之高　尊尊莫若王之尊
此山雖高猶在地　高高那得及天門
此山雖尊猶國土　尊尊那得名相渾

山之天也山之王 統天皇王調三元
但願天王峯上靈 輔我天王萬萬世子孫
德如天王峯之尊 福如天王峯之高 一掃烟塵廓乾坤

下山 到公田

黃花樽處處 赤豆飯家家
休道山民嗇 到皆供億奢

張錫藎,『果齋集』(南選錄 上)

○ 新安十二景

新江明月

玲瓏月彩輾天東 水國澄淸萬頃空
秋夜山堂無限景 全然來自一江中

庠宮絃歌

千歧紛紜道無宗 洙洛遺言莫見容
寄語而今絃誦士 尤宜努力策怠慵

石岱樵笛

菊白楓紅日晏時 樵兒葱笛聽堪宜
太平烟月爾全管 憂世幽人思正遲

玉峰朝霞

俟斷俟連俟顯微　彤光尤盛得初暉
何年追躡台山老　一飮餘糟醉以歸

新溪明沙

一帶晶晶照月如　巧因山斷入窓虛
幽人爲愛光明氣　雙眼常馳十里餘

赤壁淸風

江山何處不長吹　最愛來從赤壁涯
玉局文章秋七後　至今謾擧幾人厄

嚴灘漁火

獵魚誰子彼南方　燈火遙遙數點光
磯上倘非嚴氏老　千秋想望我懷長

濟峯驟雨

渺渺天端起黑雲　乘風驅急瀄紛紛
忽焉亂脚來如注　大界炎蒸退十分

白馬古堞

將軍遺蹟已千春　青史無傳莫記人
陟險扶危岩上坐　空令遊子感懷新

賢山落照

夕陽返照翠崖顏　歷歷淸光萬樹間
高帽短驢乘興客　時從遊賞不知還

道川虹橋

鑄石爲橋架碧瀾　千秋風雨也鞏安
彼奴施設皆如此　吾人莫謾等閒看

臥龍歸雲

巨山磅礴倚南天　天末遊雲集此邊
有似市門交易日　千人隊隊共歸然

權昌鉉, 『心齋集』 권1

○ 西遊雜咏 庚申三月

入德門

德門問無處　山水空蒼深
夕陽數脚雨　凄凉會我心

拜南冥墓

莫道先生墓草寒　山南遺化未全殘
生平景仰非人後　慙愧而今始拜看

讀神道碑

大老揮杠筆　斯文賴不荒
可憐一片石　豊釖與爭光

山天齋

古齋寥落水雲淸　敬義當年日月明
客到如今多感慨　繽紛羌笛隔溪聲

訪大源寺　中途命酒呼酌

冠衣染翠屧黏花　盡日行尋釋子家
歷歷身隨寒磬落　依依眼穿重山遮
兩行穹樹天全沒　一道鳴湍石半斜
却恨緇流先点據　至今謾負好烟霞

宿順頭流

複水重山東復西　人家隱映向林低
烟簑古老慊塵客　頻拾桃花不下溪

望天王峯

幾年徒爾蟄同居　勝界多慙腹裡虛
探盡天王全局事　第期讀罷五車書

送客亭

冥翁已古但留亭　太息誰人復送迎

惟有烟絲數株柳　至今猶似繫離情

塘山旅夜　懷深寂諸友二首

自笑仙緣不似人　遊笻向處便烟塵
深寂曇花羅漢月　夢魂只自去頻頻

白屋紅燈誰與鄰　終宵旅思起層鱗
遙知古寺團圓席　對酒應歎少一人

權昌鉉,『心齋集』권1

○ 遊三洞記

暮投鳳捿亭　_{主舊時曺牧使}

難關涉險暮投亭　洲渚烟沈岸樹暝
東山好月如相待　爲送明光入戶扃

次板上韻

名區淑氣洞天開　環揖溪山曲曲來
中有鳳亭如鳥革　主翁幽迹宛重回

千憩伊淵院

老松蒼鬱立江邊　此也曾經駕鶴仙
鶴去千秋亭尚在　伽倻秀色遠含烟

到武陵橋 姑從聖潤以腹病去

步步芒鞋逐水來　桃源消息一橋開
不勞更覓能三入　饒笑漁郞俗念催

至紅流洞

伽倻形勝盡紅流　半日尋源卽到頭
午岩萬壑開圖盡　滿路繁陰轉覺幽

籠山亭　次孤雲舊題

瀧瀧爲流矗矗巒　東南形勝萃其間
俗氛不到招提境　所以孤雲入此山

發海印寺

嶺右仙區海印云　羅麗千載舊維新
峯峯怪石羅菩薩　樹樹名花織錦紋
鳥語猿啼如奏樂　龍蹲虎踞等行軍
若因天險爲城堡　保國金湯勝漢濱

心蘇亭　次尹弦窩詩

斯亭愛戀再登臨　舊面溪山暢我襟
百丈杉松環北砌　萬條楊柳織前林
逢春擬寫花溪句　得月宜彈竹館琴
斜倚風欄仍曲枕　偸間半日頓醒心

夕投文山齋

筇到娥林强北尋　一區峯壑窈而深
松柳環庭蓮在沼　新齋物色洗塵心

登四樂亭　次退爺板上詩

杖屨何年趁早春　舊楣遺墨宛如新
安陰迎勝名嶠右　全氏樂亭隔水濱
短檻幾經遊賞客　脩林煩点往來人
幸因溪老傳佳號　可驗主翁性味眞

登搜勝臺　次退溪詩

愁送爲搜勝　退翁肇錫佳
臺名今盆壽　石字不能埋
感此先賢跡　起余翫客懷
斜陽沽酒醉　强欲續題厓

附元韻

搜勝名新換　逢春景盆佳
遠林花欲動　陰壑雪猶埋
未盡搜尋興　惟增想象懷
他時一樽酒　巨筆寫雲厓

次葛川詩

葛翁當日挈花樽　爲是超坮絶俗紛
黃愼無端今染指　堪羞世道忝先君

附元韻

花滿江皐酒滿樽　遊人違袂謾紛紛
春將暮處君將去　不獨愁春愁送君

除夕

霖霖凍雪印前山　獨坐禪燈客意閒
奔走頭院何所事　禜灾所福餞辺間

午抵某里齋 桐溪鄭先生所卜也

桐老遺風宛在斯　入山何日草萊披
帝秦之恥尊周義　萬古綱常獨不移

金履杓, 『尙友堂集』 권1

智異山 遊山記에 수록된
漢詩

智異山 遊山記에 수록된 漢詩

○ 南孝溫의 「智異山日課」

孤雲歸不駐　靑鶴返何遲
人物無今古　淸寒賈島詩

○ 曺植의 「遊頭流錄」

20일. 남명이 신응사 옆 물가 반석에서 지은 시

水吐伊祈璧　山濃靑帝顔
謙誇無已甚　聊與對君看

22일. 신응사에서 지음. 비가 내려 이틀 째 묵음

高浪雷霆鬪　神峯日月磨
高談與神宇　所得果如何

위 시에 대한 李楨의 答詩

溪湧千層雪　林開萬丈靑
汪洋神用活　卓立儼儀刑

○ 成汝信의 「方丈山仙遊日記」

25일(임진)

身爲天地一閒人 到處溪山入眼新
醉殺東城無限酒 頹然倒着白綸巾

차운시

東城秋日暮 白髮對黃花
把酒還添恨 山陽舊意多

樂天窩에서 지은 시

心事休休學古人 一堂簪盍摠情親
始知良性無矯餙 散植黃花却任眞

26일. 樹谷의 姜士順에게 줌

爲訪故人來 東籬菊正開
明有松林約 君須無負哉

26일. 昆陽을 지나며 지음

我是寰中人 初非物外人
秋風動高興 將作學仙人

昆山西畔有松林 林下長楊翠影深
始知陶潛門外植 葛巾空負掇英心

28일. 鄭熙叔의 시에 차운함

一身已潦倒　百計入長嗟
拂袖尋眞路　佳期喜不差

29일(병신)

仙區底處有仙樓　擬拍浮丘辦勝遊
何事留侯徑謝病　玉簫空負鶴巖秋

섬진강 가 孫裕卿의 亭舍에서 지음

高亭瀟灑俯澄湖　湖嶺中間別一區
數曲纖歌留遠客　依微山翠有而無

興龍에 있는 河應一의 집에서 지음

軒臨靑草岸　門對白雲峯
一宿壺中去　應看杖化龍

鉎巖에서 지음

訪古騷人雪滿頭　來登先哲舊林丘
天連上下猶湘浦　地坼東南似岳州
遁世淸標靑嶂立　踰牆高躅白雲浮
一聲長笛江山老　蘆荻花飛入晚秋

桃灘을 지나며 지음

鄭先生是儒林匠　晩卜幽貞溪水西

落日停驂傷往事 雲容水色共悽悽

雙溪寺 八詠樓에서 지음

柯亭道上帶微醺 尋到仙區野色昏
束火渡橋危石露 攝衣登閣暮鐘聞
煙霞縹緲三神洞 苔蘚微茫四字門
欲泝仙源何處是 香爐峰上喚孤雲

「感舊遊」한 편을 지음

可笑鷗翁山水癖 頭流半世幾來來
驂鸞欲向三淸去 駕鶴何人共我廻

향로봉에 올라 「仙遊辭」를 지음

山矗矗兮攢碧   水泠泠兮下綠
有仙曹兮袟聯   八飯靑精兮杖綠玉
踞虎豹兮登虯龍 驂紫鸞兮控白鶴
左洪崖兮右浮丘 喚孤雲兮問眞訣
挽赤松兮弄紫簫 頭邊咫尺兮玉皇攸宅

神凝寺에서 지음

路入桃源別有天 雲煙鎖斷洞門邊
塵間消息誰傳我 報道漁郞繫釣船

神凝寺의 승려 시에 차운함

觀水觀山是我能 談玄談寂又何能
渠家自有眞如法 爲問太能能不能

淸虛堂老曾相見 此地論文乙丑年
今日逢師談舊事 淸詩照眼百餘篇

신응사를 나서며 지음

笑別廬山一柱門 攙頭黯倚虎溪雲
遙知山外風波急 誰繫蘭舟擁綠罇

말을 타고 가면서 아홉 개의 '橋'자 韻으로 3수를 지음

落花流水舊虹橋 今日胡爲一木橋
春風擬入天台路 誰復看余渡石橋

懶鞭羸馬過溪橋 紅葉颼颼亂颭橋
遇景沈吟肩自聳 傍人錯比浩然橋

山日依微照斷橋 詩人何處泊楓橋
江天漁火無窮興 知在蟾津湖上橋

平沙驛 村家에서 지음

朝出花開洞 江風晚更尖
斜陽投古驛 閒坐待波恬

배 위에서 지음

吟裏詩毫短　船頭舞袖長
斜陽無限興　都付故人觴

5일. 배에서 내려 지음

洞賓飛過洞庭潯　袖裏靑蛇幾浪吟
興入舟中歌笛響　詩成湖外鷺鶿音
工夫不向名間沒　計較寧隨利上沈
此日仙遊非偶爾　請君休負歲寒心

6일(계묘). 아침에 일어나 지음

嵐橫遠樹山顔靜　日上高峰鏡面紅
凡骨不知朝景勝　舡絃徑倒陋房中

정자 위에서 술을 마시며 지음

臺中有酒人先醉　湖上無風葉自飛
徙倚老査吟未了　群鷗又向水南歸

昆明을 지나며 지음

三仙歷覽三仙洞　腋挾天風駕鶴廻
須臾飛過君山北　看送昆明幾劫灰

8일(을사). 藥洞嶺을 넘으며 지음

山中十日窮探討　滿壑煙霞拾滿裾

僮僕亦知山水號 雲中鷄犬不爲虛

林川灘을 건너 守愚堂을 지나면서 지음

林外西風吹葉去 雲邊北鴈帶霜來
荒凉古宅無人守 枯竹寒梅不盡哀

黃柳灘을 건너면서 지음

探勝心如鵬徙北 還塵身似鷗還南
平生倘不懷經濟 鶴可駕兮鸞可驂

○ 朴長遠의 「遊頭流山記」

20일. 沙斤驛에서 지음

山驛夜留客 三更溪月明
酒杯深復淺 斟酌異鄕情

涵虛亭에서 지음

亭子何年廢 遊人是主人
山連方丈麓 水接剡溪津
聽笛魚時出 臨筵月自新
吾曹須盡醉 俱是旅遊身

龍游潭 하류에서 지음

南岳名方丈　他山摠不如
崚嶒雄地理　氣色近天居
田土皆宜稻　泉源亦有魚
何當謝簪紱　於此結茅廬

天王峰에서 지음

天王峯頂接天門　頭上星辰手可捫
兩眼力窮無所碍　不知何處是崑崙

峯上長吹太始風　怪來呼吸與天通
持杯放盡平生目　九點秋烟夕照中

天王峯上觀日沒　月生日出三者兼
僧言奇事曾無有　天餉茲游固不廉

一宿君子寺　遠上天王峯
月明吹玉笛　滄海舞群龍

하산하며 지은 시

靑鞋踏破萬重山　更向金臺古寺還
第一峯頭昨宿處　白雲靑靄有無間

醉上沙斤馬　臨流不用扶
平生得意處　肯羨執金吾

○ 吳斗寅의 「頭流山記」

청학동 하류를 지나며 지음

青鶴峰前路　澄潭影翠杉
羽仙探勝處　仍號狀元巖

신흥사에서 지음

萬事人間念久灰　超然方丈夢頻回
千秋學士丹書在　一曲靈區翠檻開
霞洞怳聞仙語近　雲岑疑見鶴飛來
潭龍有意挽遊客　雨後溪流吼作雷

三神洞 洗耳巖에서 지음

滯雨三神洞　塵寰隔幾重
應知洗耳者　挽我水雲中

龍游潭에서 지음

地勢陰森最　川流激射來
風雲龍拔出　巢宅石穿回
凜若深秋氣　公然白日雷
危橋跨不測　生路渡方開

雲鶴亭 근처에서 지음

卸輿聊復坐　餘興此脩然
石勢龜龍錯　亭名雲鶴傳

徘徊得意趣 瀟灑遠塵緣
智異惟高峻 玆潭却補愆

君子寺 근처에서 지음

三山斯世亦王田 一望靈區黍稷連
土利應無海內剩 民生何苦壑中捐
使君拄笏評遊歷 父老當輿乞免蠲
若遣漢皇今日在 侖臺哀詔此居前

○ 鄭栻의 「靑鶴洞錄」

內院庵에서 지음

淸泉亂石是仙區 翠壁丹崖作畵圖
白首探眞今已晚 鶴倚猿怨未應無

내원암에서 雲甫 金光緖가 지음

兩峯環合白雲區 半壁微茫粉墨圖
吹澈玉簫人不見 夜深靑鶴正來無

佛日庵에서 지은 鄭栻의 시

琪花影動曙河傾 手拓雲局北斗平
碧玉簫聲淸嫋嫋 鶴邊松月滿壇明

불일암에서 金光緖가 지은 시

古龕燈翳斗西傾 松露冷冷宿霧平
寒磬一聲僧報月 俯看層壁水簾明

○ 朴來吾의 「遊頭流錄」

入德門에서 지음

清溪曲曲抱山流 薜磴松林去路幽
從此神峯看不遠 覓眞仙子摠丹丘 _{朴來吾}

塵心洗盡碧溪流 爲訪仙岑路轉幽
也識天王開好面 吾行今日自丹丘 _{朴來叟}

曲曲清溪流 重重翠壁幽
烟霞多此地 何用羨丹丘 _{朴享初}

昔聞方丈勝 今入德門幽
清風能立懦 何必問丹丘 _{李聖年}

洗心亭에서 지음

小閣臨溪上 飛甍接院門
坐時無俗慮 俯處有深源
眞樂遊魚泳 幽懷語鳥存
仙區知在此 蕭灑絶塵煩 _{朴來叟}

溪上小亭子 翼然對院門

觀仁求至樂 入德溯眞源
遺躅杉松老 威儀廟宇存
我來終永夕 一半洗心煩 朴來吾

樂道吾夫子 千年開德門
功傳伊洛後 波接泗洙源
遺躅碑鑱古 洗心亭額存
淸風吹不盡 令我滌塵煩 朴享初

德川書院에서 지음

靈區風物一節尋 不覺歸程步步深
吾與名山曾有素 天王應許遠來心 朴樂初

崎嶇山路一節尋 雲樹蒼蒼望更深
半夜虛齋推戶見 千年秋月照江心 朴來叟

先生遺躅此行尋 千載山高水亦深
中夜虛齋梧月白 風流安樂一般心 朴來吾

數載經營此日尋 緣溪一路轉幽深
明朝可對天王面 倘許吾曹遠訪心 河成之

行行方丈尋 步入德門深
此日重來地 起余敬慕心 許老瞻

公田村 근처에서 지음

幽抱前宵得好開 臨行胡不惠然來
眉端未帶烟霞氣 也識山靈俗子猜 朴來吾

洞門烟樹爲誰開　似識丹邱羽客來
奇絶玆遊仙不遠　山靈奚獨向君猜 朴享初

聯翩數日穩懷開　中道胡爲異去來
也識吾君仙分少　尋眞好事物兒猜 朴樂初

보문암에서 지음

崒乎萬仞山　雄據嶺湖間
嶽補天官豁　洞無地勢寬
雲烟多古氣　蒼翠露新顔
石路輕藜響　淸秋意自閒 朴來吾

磅礴頭流山　雄盤宇宙間
藤蘿崖路暗　日月洞天寬
入處渾幽境　看時亦好顔
仙人知在此　行尋意正閒 朴來叟

鍾湫에서 지음

銀潢一派吸嵐烟　激石衝崖走大川
白日長雷誰敢蟄　空留瓊玉散壺天 朴來吾

遠望初疑起素烟　近瞻還覺掛長川
飛波觸石爭喧豗　不雨雷聲殷洞天 朴來叟

천왕봉을 오르며 지음

緣崖步步趺　攲處路難知
地設羊腸險　天移鳥道危

豈無隤谷慮 方覺上山遲
行行猶不止 靈境有前期 朴來吾

雲深山共白 咫尺杳難知
鳥失巖邊樹 谷藏崖角危
欲前心有戒 顧後步還遲
好待消陰翳 將成遠望期 朴享初

小逕穿藤壁 依微見不知
着筇心轉怕 結襪步還危
嵐逐征衣濕 雲隨去袂遲
俄登最上頂 好遂十年期 朴來叟

정상에서 지은 頭流歌

頭流之山崒崔而高大兮　　白頭一脈從南而千里來
天機之所含吐　　　　　　元氣之所胚胎
吾知其盤據之廣遠兮　　　四面湖嶺之界環且回
尊嚴兮以天王稱其峰兮　　有意哉以日月名其臺
此特東海外三神之第一兮　愼莫道耽之瀛關之萊
滿山蒼翠之佳可賞兮　　　瑤草一長兮琪花開
塵人俗子安敢到底而遊觀兮　應有仙翁兮下降而徘徊
時維八月之天氣凉兮　　　嗟我遠道之人胡爲乎來哉
我有出塵之遐想兮　　　　每欲御泠風而超九垓
今乃志願之及伸兮　　　　浩然長往兮陟崔嵬
上扣天關兮祈上皇　　　　願借瓊漿兮一盃復一盃 朴來吾

천왕봉 일월대에서 지음

上面危臺逼帝館　天鍾靈嶽壯南藩
尊嚴氣壓三千界　環立支分百萬孫
烏兎浮空雲路永　玄黃無際海門昏
登臨快遂平生願　浩浩長歌倚大樽　朴來吾

千仞危臺勢崒屼　萬山蒼翠作籬藩
渟泓海水迷南北　羅立羣峰似子孫
大地嶺湖皆下界　一天星宿近黃昏
登臨遠客靑眸送　興滿胸襟酒滿樽　朴樂初

平生大眼今始開　卽見天王好面來
萬壑秋生雲氣盡　胸襟洞豁兩無猜　許老瞻

今對天王好面開　風烟浩蕩眼前來
靈區指点看無厭　不必山靈向客猜　河成之

千古神岑海上開　秦皇漢武未曾來
丹邱客子眞仙骨　也識山靈不我猜　朴享初

雙眸遙向日邊開　歷歷咸池倒影來
最惜浮雲爭掩翳　小人情態認多猜　朴來吾

登高遠望海門開　許我親看日月來
陰翳忽遮嵎昧界　雲師胡乃此行猜　朴樂初

일월대 밑 神堂에서 날을 새며 지음

靈宮燈烟照婆娑　競進神巫舞且歌
誰遣仙區供此戲　宛丘遺俗誤人多　朴來吾

靈燈明滅影婆娑　對舞堂前迭唱歌
名區自與宛丘異　神女如何此地多 朴來叟

張燈靈塔舞婆娑　轉袖回裙步步歌
求福禱神眞可笑　宛丘餘習此中多 朴享初

신당에서 날밤을 새며 지음

席地衾天自在人　偶然乘興陟嶙岣
御風昨日超塵界　步月今宵問漢津
千秋雲烟渾意思　一聲鸞鶴最精神
沉吟想得平生計　虛送蜉蝣四十春 朴來吾

同志同行六七人　浩然長往到嶙岣
山千点外迷雲海　月一輪邊近漢津
鶴唳晴空消世慮　秋生晚葉爽心神
淸宵坐待羣仙駕　倘借金光不老春 朴享初

斗轉天淸月近人　蒼蒼烟霧露嶙岣
秋光晼晚危臺上　靄氣迷茫遠海津
最喜奇觀當此夜　偏欣靈嶽冠三神
凝情默坐消塵慮　快倒仙醪數斛春 朴樂初

竹杖芒鞋六七人　飄如羽化陟嶙岣
夜深風露侵松榻　天豁星辰列漢津
春火遠生何處店　靈燈近伴古龕神
歸來欲揖浮丘袂　倘借瓊漿數斗春 朴來叟

白母堂을 내려오며 지음

迷行半日一心勞　分內靑山笑我曺
舍正不由今可戒　更從何地着跟高 朴來吾

十里雲崖下上勞　此行何處訪仙曺
逢人鮮識三神界　不怕山程望裡高 朴樂初

下山輕藜步步勞　迷行十里哂吾曺
南歸分界誰能指　頓覺前程更向高 朴來叟

此日胡爲向遠勞　偏欣行子慰吾曺
指南一路今由捷　肯憚雲崖步步高 朴享初

靈神寺 坐高臺에서 지음

帝遣仙翁護此巖　千年遺刻老苔緘
淸塵未躡烟霞界　頭白人間愧我凡 朴來吾

孤雲去後獨留巖　苔面千年舊刻緘
恨未超塵霞駕躡　始知今日隔仙凡 朴樂初

霱雲深處露奇巖　苔蘚蒼蒼舊字緘
去後仙蹤今未躡　分明猿鶴笑吾凡 朴來叟

三旨村에서 지음

繭足兼飢困　貪程意惘然
欲投人處宿　隔水起村烟 朴樂初

莫道下山疾　前程尙杳然
行行愁日暮　相顧覓人烟 朴來吾

困步深山路　無人意索然
有村知不遠　寒樹起炊烟 朴來叟

看盡雲山景　歸程亦漠然
艱關行步疾　遙望有人烟 朴享初

梵王村에서 지음

曉星引去路　朝日上東遲
幸有兪生者　進飡慰我飢 朴享初

趁曉更踰嶺　神疲步亦遲
一盃兪子飯　能慰丈夫飢 朴來叟

失炊踰曉嶺　去路自遲遲
不遠村家在　一盃足解飢 朴來吾

懶眠初罷聽樓鍾　池上曇花倒影紅
枯檜奇觀留寶址　靈宮亞字擅山東
携歸且莫前程促　遊賞偏宜永夕終
却恨靈區傳釋子　仙人去後遠岑空 朴來吾

七佛庵中聽晚鍾　曇花秖樹映池紅
寶臺往迹留山北　亞殿奇觀冠海東
鶴背仙歸風不盡　柑床僧坐法無終
烟霞此地多呈態　客到靈區世慮空 朴來叟

'三神洞' 石刻을 두고 지음

千古三神洞　仙歸水自流

空餘數丈石　苔面寶鑱留 朴來吾

秦童採藥地　巖屹枕溪流
誰道雲無迹　仙鑱百載留 朴亨初

仙遊舊洞府　有石俯深流
苔蘚不能蝕　遺鑱千古留 朴來叟

神興寺에서 지음

風霜古楬幾移灰　靑鶴孤雲去不回
洗耳巖空流水在　香爐峰屹法天開
莫誇七佛庵前勝　我愛三神洞裡來
一秌斜陽樓上近　齋鍾聞處響如雷 朴來叟

一入仙區世慮灰　緣崖創寺幾年回
群山重疊如屛立　溪水澄淸若鏡開
極樂界中秖樹老　洗塵樓下慧雲來
仙人去後巖猶在　嗚咽寒波萬壑雷 朴樂初

洗耳巖高世慮灰　丹丘遊客杖藜回
三神舊字留仙刻　一壑烟扉許我開
鶴去何天猶不返　鳥愁蘿月倦飛來
空敎法侶守靈境　笙韻寥寥鍾響雷 朴亨初

步上危樓百慮灰　眼前流峙互縈回
澗禽磷磷飛還集　洞霧蒼蒼合復開
洗耳仙翁乘鶴去　留宮鐵佛自西來
始知方丈眞靈界　到底風烟卽一雷 朴來叟

佛日庵에서 지음

庵在玆山第幾層　危梯百尺惻難登
遙知白鶴峰頭月　獨伴栴床面壁僧 朴樂初

庵路緣梯危百尺　今行無計可攀登
歸來未得跨靑鶴　一面仙區謾許僧 朴享初

斲木連梯石壁層　人人到此惻攀登
良箴欲佩巖墻訓　滿頂烟霞反付僧 朴來吾

架壁危梯幾百層　人言繭步決難登
烟霞半面今誰主　峰鶴時來訪道僧 朴來叟

쌍계사 입구에서 지음

粤在羅朝創此寺　層楹疊榭絶塵紛
浮嵐細細囚山角　烟樹重重鎖洞門
三尺遺碑何日竪　雙溪合派至今奔
秋來遠客聞情足　坐聽深林怪鳥喧 朴樂初

古寺鍾鳴日已晩　洞天花雨正紛紛
龕中彩幅留仙像　碑面遺鑱護法門
靑鶴不知何日返　空山但見碧流奔
携笻更上蓬萊殿　頓覺靈區隔世喧 朴來叟

古寺荒臺秋日午　山空松子落紛紛
雙流溪曲開明鏡　對峙奇巖作洞門
靑鶴已歸峰獨屹　孤雲無迹水空奔
蓬萊舊殿今猶在　一面仙區絶世喧 朴享初

玉鴨金獅古佛宇　疊花庭畔落紛紛
鑑師往蹟留碑面　崔老遺鑱宛石門
隔世雲林供勝賞　尋眞遊客競波奔
胸衿浩浩幽情暢　坐聽斜陽亂鳥喧　朴來叟

花開에서 지음

尋眞行色入方丈　羽駕何天去杳然
回首花開琪樹老　偏欣歸路見蘇仙　朴享初

蘇君之世我何敢　遜謝淸風仰自然
最是人間先覺士　冥棲巖穴便成仙　朴樂初

數架茅廬竹影蔭　琴書左右亦蕭然
囂囂自得眞豪士　肯羨靈區駕鶴仙　朴來吾

鬪影淸霞近竹塢　石門紅樹望依然
琴書一室風流足　遜世遐蹤亦地仙　朴來叟

岳陽에서 지음

解纜輕舟去櫓柔　晩天涼思亦高秋
今來至樂兼仁智　奇絶淸遊得峀流　朴享初

檣烏輕憂綠波柔　兩岸楓蘆不耐秋
最是吾人心豁處　霽天晨月倒光流　朴來叟

曉泛孤舟去櫓柔　眼前光景正高秋
蓬窓踞坐塵襟豁　江水無風也自流　朴樂初

晨橈憂憂綠波柔　漏月踈篁帶晩秋

十里前山看漸近 玆遊奇絶峀兼流 朴來叟

帶月乘舟去櫓柔 平沙鴈落正高秋
吾人樂事兼仁智 看盡靑山又碧流 河成之

섬진강에 배를 타고 내려가며 지음

對月篷窓坐 波心秋正高
燈明山下店 風緊帆前濤
向遠心猶樂 乘流意不勞
風烟隨處足 到此卽雄豪 朴亨初

微凉生荻浦 月白曙天高
舟解風前纜 水添雨後濤
絶勝騎馬去 頓忘下山勞
興發兼詩酒 男兒到此豪 朴來叟

雨晴凉月白 正値秋風高
花老沙頭荻 魚游鏡面濤
長歌宜浩浩 勝事豈勞勞
十里堪乘興 憑船意自豪 朴樂初

輕橈鳴戞戞 坐点曉天高
琴奏風前竹 鏡牽月下濤
始知觀水樂 爭似上山勞
醉裏長歌發 心閒意亦豪 朴來叟

宿雨纔收曉月斜 江村漁火望中賖
依微遠岫雲猶濕 蕭瑟寒汀荻始花
隔岸斑筇悽怨淚 呼群落鳥下平沙

輕橈十里如飛箭　朝泊蟾津近酒家　朴來叟

天容如水月西斜　解纜中流望漸賒
舟外燈明江口店　帆前風打渡頭花
秋光隱映天竿竹　曉色纔分十里沙
浩浩長波能利涉　山開平陸有人家　朴樂初

水竹淸寒兩岸斜　長洲解纜曉天賒
乍前乍後晴岑色　忽看忽失荻蘆花
漁火微明江口店　商帆簇立渡頭沙
胸襟浩浩豪情發　笑問靑帘賣酒家　朴來叟

烟籠江樹月西斜　曉色微茫舟路賒
遊客興來抽健筆　漁翁睡起傍蘆花
烏檣逐浪飛灘石　鴈陣迎秋落晚沙
但坐篷窓行幾里　蟾津已近見人家　朴享初

文巖 賓遊洞에서 지음

逍遙仙杖下山歸　嵐氣霏微襲草衣
日暮鄕關何處是　涼風皓月竹間扉　朴來吾

看盡仙區携杖歸　紫霞猶濕碧蘿衣
農家近隔何溪上　稚子分明候夕扉　朴來叟

風烟搜盡向東歸　路上淸秋雨濕衣
此去家鄕知幾許　也應候我啓柴扉　朴樂初

離家十日始言歸　勝地風烟染我衣
回憶中間酸苦事　黃昏幾處扣山扉　朴享初

踏盡頭流萬疊歸 至今仙籟響秋衣
携笻步向南沙路 稚子欣迎月下扉 _{許老瞻}

看盡名山節滿歸 霏微秋雨濕人衣
諸君且莫遲行李 日暮鄕關也掩扉 _{河成之}

○ 宋秉璿의 「頭流山記」

外細石에서 지음

頭流山逈暮雲低 萬壑千巖似會稽
杖策欲尋靑鶴洞 隔林空聽白猿啼
樓臺縹緲三山近 苔蘚依俙四字題
試問仙源何處是 落花流水使人迷

○ 朴致馥의 「南遊記行」

박치복의 부친이 紅流洞을 지나며 지은 시

士可名於竹 煩君石上爲
山中多劫雨 一洗有誰知

○ 許愈의 「頭流錄」

淨雲亭을 지나며 지음

蒼山無古今 丹鳳逝不來
秋風數行淚 斜日獨登臺

○ 鄭載圭의 「頭流錄」

龍湫에서 지음

短杖鳴金鏡湖石 好將流玉振玆山
方壺仙子遙相愛 擲與名區更別看

○ 裵聖鎬의 「遊頭流錄」

咸陽의 棗亭에 이르러 지음

來汝書童不待呼 擔囊春日渡西湖
白頭惟有看山癖 林鳥巖花莫笑吾

위의 시에 차운한 시

弄春花鳥若相呼 緩步攜節渡鏡湖
西去方壺餘幾里 桑蓬素志便今吾

또 율시 한 수를 지음

纔到林廬天又雨　翻成午睡散衣裳
固知蔥麥情相餽　自笑詩樽老更狂
客子遊觀非役物　主人耕讀樂居鄕
幽牕更閱薇山集　斯世斯文一線陽

宿雞峙에 올라 지음

欲向方壺一出門　徐行暮抵渭南村
桃花氣暖春過半　松藪園深雨乍昏
秦谷石多藏別界　華菴鍾近爽人魂
看水看山遲步步　關艱行役不須論

鼻嶺에 올라 지음

澗流汩瀗石頭生　躑躅爭紅雨後情
雲裏諸天知不遠　松風吹送午鍾聲

또 한 수 지음

客牕休脚寄從容　日暮蓮燈蠟炷紅
松韻寥凉鍾細引　巖巒拱抱塔齊同
玄虗禪法三乘界　翻覆塵寰一局中
夜半忽驚轎馬到　當今薙髮是豪雄

유람 도중 지음

間關花鳥送春音　萬疊頭流轉入深
始識前賢看盡處　此行我亦十年心

또 한 수 지음

尋眞成癖外無求　爲愛山深路轉幽
雲裏師應從藥峀　日斜客又到林丘
得兩階泉琤可聽　近人園鹿慣看遊
桃源眞不荒唐說　莫道漁郞謾泊舟

또 한 수 읊음

碧宇丹欞對翠峯　排鋪羅絡各具容
諸天蓋在藤蘿外　坐挹方壺千萬重

堂興에 이르러 지음

恨不名區結數椽　金臺山下鶴亭前
亂谷中開初見野　淸流兩合僅容船
方壺樹色朝霞外　安國鍾聲細雨邊
回首歸來如有得　始知史記在山川

悟道齋 주인의 환대에 감사하며 지음

悟道題扁有本源　蠹翁去後此山存
雲林境界寬吾分　詩禮家謨有衆論
春來每對尋眞客　峽邃方知出世村
更願諸君工日就　齋名無使寄空言

○ 金澤述의 「頭流山遊錄」

淳昌의 赤谷에 이르러 지음

鷲峯矗矗柏山蒼　四尺之高萬古藏
柿栗當年皆手種　林泉故宅有遺芳
不因道學高如許　那得衿紳久未忘
珍重礧巖巖刻字　淵源足證自華陽

歸來亭에서 지음

作亭歸老意　不爲田園荒
陋巷眞安土　萬鍾是濫觴
玉川魚可釣　峨谷蕨何香
曠感多今日　登臨整我裳

沙溪精舍에 이르러 지음

半千世業罕吾東　文獻足徵精舍中
板上曾多先輩筆　牕前已老十圍松
鼎鍾當日浮雲薄　講學相傳琢玉瓏
試看沙溪流不盡　德門遺蔭也無窮

龍頭亭에서 지음

布衣零落會龍頭　追說龍頭昔日遊
烟景堪憐三月暮　滄桑其奈萬緣休
積懷定與蛟山屹　深恨難將蓼水流
晚有故人斟斗酒　滌塵勝似玉京樓

帝釋堂에서 지음

高哉此絶頂 一陟欲何爲
語恐驚天上 眼應極地涯
宣尼泰嶽日 晦老祝峯時
而我千秋想 傍人那得知

천왕봉에서 지음

天王峯上餞靑皇 日月臺前又夕陽
來路東風同作伴 春歸我獨未歸鄕

白武村店에서 지음

誰言壯觀好 身苦更無比
堪笑靈臺主 自求快一時

又題曰

非求快一時 要見智仁術
我苟淨私塵 從知儞亦逸

洗耳巖에서 지음

高人洗得耳根餘 俗子名心洗未除
云是孤雲遊賞地 刻題石面紛紛如

雙磎石門에서 지음

爲迎靑鶴起樓臺 物外仙人幾度來

仙去鶴歸千年後 豈知滄老此徘徊

眞鑑禪師비를 읽고 지음

儒有大本與達道 虛無寂滅佛所寶
動靜體用本自殊 混而無分已糊塗
孔發釋窮是何言 援儒入佛佛反尊
孤雲豈非儒家子 無乃名實不相似
退溪而後逮淵艮 良有以來千秋論

섬진강 가에서 지음

烟光助興入毫柔 綠樹陰濃麥未秋
蟾水滔滔萬丈屹 蠹翁高咏想風流

屯山嶺을 넘으며 지음

白頭流脈鎭南州 中國衡山可與儔
萬壑皆懸銀漢瀑 千峯高逼玉京樓
精靈幾毓群賢出 深廣多治五穀疇
登覽要知仁智術 看如不看也堪羞

○ 李炳浩의 「游天王峯聯芳軸」

花開를 지나며 지음

一溪溯入萬山中 洞裏漁樵路不空
行到新興峰日午 黃鸝啼送棟花風 白村 李炳浩

吾行從此萬山中　雜樹晴嵐境轉空
洗耳岩前波正綠　惘然起敬昔賢風　荷田 金性權

草樹交蒸古洞中　誰將熱惱洗還空
晚來微覺衣衿爽　認是溪凉不是風　菊田 李建浩

入山還似入雲中　仙境從來世慮空
直到上峰明日事　披襟一嘯萬林風　小溪 柳寅奎

花開溯入水聲中　遙指名山通碧空
靑鶴禪樓知不遠　五鐘如縷落天風　文江 文在準

刊除俗事到山中　要識圓明色是空
爲取靑霞無限意　翩然笻屐自生風　春圃 李相淑

靑螺萬疊作壺中　到此塵襟一洗空
怪鳥奇花相引路　怳然追躡到仙風　小隱 許楤

新興 洗耳巖에서 지음

決決溪流簇簇峰　薄天林越午陰濃
隨人歇涉不知處　遙揖英靈更肅容　荷田 金性權

洗耳巖頭萬疊峰　澗流淸澈樹陰濃
忽看石上片雲起　畵出先生三昧容　白村 李炳浩

坎作溪潭削作峰　濛濛積翠化雲濃
大書岩面孤雲蹟　風雨磨來尙舊容　菊田 李建浩

雪噴四瀾玉削峰　孤雲遺墨淡還濃
吾曹亦是忘塵客　手弄淸波盥疲容　春圃 李相淑

懸崖疊石路遠峰　萬葉鱗鱗露氣濃
誰復于今能洗耳　饒中水石畵難容　小溪 柳寅奎

一溪百折鎖重峰　翠壁丹崖樹色濃
洗耳岩頭有遺跡　臨風如見昔賢容　文江 文在準

溪流百折繞千峰　樹色蒼蒼石氣濃
洗耳堂年遺世事　先生高躅自從容　小隱 許楸

細石平田의 孫在倫 집에서 묵으며 지음

逼空成突兀　雲雨少晴時
累石危如墜　疎藤倒自垂
天低捫極宿　仙近夢靈芝
躑躅春猶在　知應氣序遲　白村 李炳浩

平曠開佳壤　石門春暮時
人煙環境落　星漢薄簷垂
綺樹含霏雨　瓊崖長朮芝
一區風水美　神秘發祥遲　荷田 金性權

石門迷失路　林霧少晴時
地闢東溟闊　天包南嶽垂
暮探延壽茯　朝採療飢芝
躑躅花爭發　高山節候遲　文江 文在準

峽身忽中曠　怳若野行時
澗道澹花落　石門涼月垂
居人惟喫薯　樵客亦歌芝
一宿空山裏　冷冷做夢遲　菊田 李建浩

平圓開別境　遠客往還時
蔽戸烟雲濕　短簷星斗垂
經春播稷粟　灌水種蘭芝
躑躅花明處　彷徨步武遲　小溪 柳寅奎

絶頂環鋪野　罡風吹到時
怪石參佛座　瑞日向人垂
住杖捫蒼薜　聯衿唱紫芝
山靈如助興　戲使得留遲　春圃 李相淑

遽作山中客　岩花未盡時
峰巒平地落　石棧半空垂
炊薪多斫械　盤菜雜登芝
但今仙分足　何恨此行遲　小隱 許橙

山花晚自好　正是客來時
鶴宿蒼松老　人蹤碧荔垂
雲深藏岾壑　風動覺蘭芝
問我林居樂　淸談抵日遲　晦山 孫在倫

集仙臺에서 지음

巖石幾千尺　浩然臨海舟
岩中紅躑躅　想像列仙游　右不用韻 － 荷田 金性權

仙歸但有坮　石老苺笞白
寄語告山靈　莫嗔浮世客　白村 李炳浩

曉日雲坮側　奇花蒙露白
羽儇如可遇　倘我非塵客　菊田 李建浩

垪高雲已捲　日照生靈白
來嘯何處人　應非塵間客 春圃 李相淑

老木龍鱗丹　古岩苔髮白
願言臺上仙　莫笑人間客 文江 文在準

風動鳩聲寒　雲歸棋影白
晚登垪上休　吾輩亦仙客 小隱 許橃

曬陽苔髮靑　磨雨石鱗白
上有集郡仙　也應嫌俗客 小溪 柳寅奎

通天門에서 지음

千古穹窿石　緣崖裂作門
路窮乘棧入　一竅破天昏 白村 李炳浩

萬丈雙石立　通天作一門
登梯更回顧　惝惝動神昏 小溪 柳寅奎

雲白橫南岳　天靑出石門
上峰遲日落　下界但烟昏 文江 文在準

俯棧回回上　凝心出石門
如將兜率入　解穀破塵昏 春圃 李相淑

古洞多石門　通天第一門
從底復回上　茫茫下界昏 菊田 李建浩

穹窿雙石罅　隨道仰通天
緣壁人如蟻　重梯白日昏 荷田 金性權

巖穴回穿上　儼然自作門
天然造化蹟　由是破迷昏 小隱 許樅

天王峰에서 지음

陰雲湔洗曉天晴　便覺飄然步屧輕
聖母精靈懸日白　仙人几席繞花明
世間何處無佳景　物外眞遊盛此情
蕭蕭松風吹鬢起　依然玉寶奏琴聲 荷田 金性權

天爲吾行假日晴　上峰高座世緣輕
千尋窟宅罡風厲　萬里雲烟海水明
閱盡鴻濛凝淑氣　泛來鰲背脫塵情
撑空一柱三淸近　帝座應驚咳唾聲 白村 李炳浩

喜看峰頂十分晴　白首猶能步屧輕
楓岳漢拏相伯仲　南溟北渤入虛明
集仙臺闊登臨跡　聖母祠荒感慨情
此去帝宸應不遠　諸君且莫放高聲 菊田 李建浩

一半雲陰一半晴　絶巓行客御風輕
四時氣候中峰變　萬朵芙蓉九字明
決眦遙開千里眼　盪胸能得百年情
天王祠下逍遙久　欲嘯直如鸞鳳聲 文江 文在準

千峰進翠十州晴　兩腋生風步步輕
海色微分雲更暗　地輪無際日長明
摩耶聖母依俙跡　想像文昌萬古情
小盞數巡請欲就　恐驚天上未高聲 春圃 李相淑

艱辛陟降協新晴　節屐欲飛衣帶輕
雲裏峰巒爭出沒　天涯日月倍光明
靈祠萬古留遺傷　下界千人盡記情
幸問近居樵採客　有時髣髴聽簫聲　小溪 柳寅奎

陰翳澔開萬里晴　飄然節屐覺自輕
鶻立蒼崖雲際訖　鷄鳴初日石頭明
莓苔老壁尋陳跡　風雨靈祠感古情
俯仰惝然無語久　依俙環珮耳邊聲　小隱 許樴

新興店에서 점심을 먹으며 지음

麥穗未黃秧葉靑　每逢佳處去還停
上峰昨日尋眞客　又復雙磎綠樹亭　白村 李炳浩

回看回路萬峰靑　爲愛名山去復停
中有雙磎泉石淨　今宵莫向別離亭　文江 文在準

四月新興麥半靑　了觀方丈去還停
追隨緩緩無期劃　休處樹仍爲勝亭　春圃 李相淑

數日追隨兩眼靑　老來盃酒莫相停
名山別恨君休說　到處風流擇勝亭　菊田 李建浩

南望白雲千嶂靑　計程十里暫相停
數聲黃鳥酒情發　笑向花開江上亭　小溪 柳寅奎

暖日衣衫下峽靑　多峰水石去還停
香花酒熟顔如蘚　罨盡溪頭一座亭　荷田 金性權

出山對酌眼俱靑　洗耳岩前暫借停

林茂竹修經過路　吾人此事勝蘭亭　小隱 許橾

雙磎寺에서 지음

綠樹淋漓碧玉流　石門凉氣似淸湫
花香繞榻龕燈逈　竹影登欄曉月浮
客路已經千嶂石　禪緣更續十方樓
淨師又有勤迎意　筍蕨慇懃奬我遊　白村 李炳浩

寺下雙磎水自流　先生遺蹟足千秋
瓦簷鍾歇音猶在　茶鐺烟消氣尙浮
模得雲龍成畫壁　大書羽鶴出處樓
要將聲色觀空裏　知是道人方外遊　小溪 柳寅奎

碧空如洗月華流　曉起牕櫳爽欲秋
十日烟霞眉際綠　名山草樹夢中浮
雙磎石老文昌筆　七佛雲深玉寶樓
老不忘情文雅會　且將白髮付淸遊　荷田 金性權

磬響初殘月影流　良宵不寐遡千秋
迷離樹色千峰曙　淅瀝溪聲萬壑浮
靈運招人同絶頂　懷民邀我更高樓
古來登臨應無數　難及文昌玉寶遊　菊田 李建浩

寺下雙磎碧玉流　凉風兩岸麥全秋
孤雲題篆石碑古　六祖留魂香火浮
暮入黃鸝樹中峽　曉餐靑鶴月邊樓
遙看瀑布廉山近　今日相隨惠連遊　文江 文在準

叢林如幄玉雙流　靈籟颼飀客髮秋

詩令戒嚴鍾後寫　唄聲寥亮月中浮
已從樵叟尋溪洞　也與禪僧睡鶴樓
難道三生能可悟　祇將數句屬淸遊 春圃 李相淑

石門艸色夕陽流　學士遺蹤度幾秋
露濕庭花河影轉　月環玉塔桂香浮
兩鶴峰靑僧入院　黃鸝樹綠客登樓
踏破蒼崖千萬疊　更叩朱扉續此遊 小隱 許楲

유산 도중 읊은 시를 엮고서 지음

字字分明照眼開　依然影子月徘徊
願令石面瑩如玉　風雨千秋不綠苔 小溪 柳寅奎

○ 승려 應允의 「頭流山會話記」

함양군수가 저자에게 준 시

癯骨枯形木石如　此山居住幾年餘
長伴白雲無一事　一盃松水一床書

저자의 화답시

心機寂寞死灰如　佛戒吟哦况復餘
禪道本來無一物　笑他猶有滿床書

함양군수의 증별시

萬疊靑山萬疊雲 悠悠湖嶺共瞻雲
今朝別意知多少 萬疊靑山萬疊雲

옥천군수의 증별시

出岫還同彭澤雲 一樽長憶江東雲
今朝聚散還如許 笑指天王峰上雲

저자의 증별시

山雲隨客我隨雲 一席靑雲復白雲
送客出門成悵望 始知人事不如雲

옥천군수가 見性庵에서 지은 시

聞道高僧禮佛去 獨留經冊關山門
偶閱楞嚴林日暮 却忘前路遠靈源

함양군수의 차운시

見性庵僧應笑我 行人怊悵出山門
請看一道山中水 畢竟尋源定到源

저자의 차운시

歷歷靑山行五馬 雙雙胡笛出雲門
知應萬水朝東外 泛出桃花別有源

옥천군수의 시

入山三日踏千山　未進天王百尺竿
恨無二客曺兪輩　萬疊雲烟一笑還

함양군수의 차운시

今世誰堪伴入山　空敎山日上川竿
樽前獨閱金公記　此日金公悵獨還

저자의 차운시

仙遊曲曲盡圖山　第一高峯隔一竿
但可登登誰不到　未登其頂未言還

함양군수가 지은 시

此地相逢意若何　何須辛苦歷藤蘿
禪庵半夜懸燈意　滄海高山較孰多

저자의 차운시

籠雲千岫奈愁何　況有前程亂薜蘿
入室細論仁智道　天王勝賞未應多

함양군수가 옥천군수의 시에 차운한 시

靈山眞面問何如　昨夜輕風細雨餘
世間魔障君知否　此事須參鏡老書

저자의 차운시

從僧石榻講眞如 秋日松窓山雨餘
君子自居仁壽地 長生不識有丹書

함양군수가 지은 시

嬾梅疎雨碧闌干 長憶舟中翠袖寒
忽見使君如夢寐 題詩寄與玉娘看

저자의 차운시

觀空觀色揔無干 高臥雲端碧樹寒
聯的伊憐工部語 老年花似霧中看

옥천군수의 차운시

佳人翠袖淚闌干 尙想分醪慰薄寒
一幅情詩同活畫 强敎泥絮霧花看

함양군수가 지은 古詩

君莫恨不上天王峰 天王萬丈只在吾心胸
日出日入東西海   衆景滅沒迷千重
大千世界渾如此   鏡師爲我言從容
一笑出山日已晚   天王峰上雲溶溶

저자의 차운시

我昔登天王第一峰   茫茫千界開心胸

吳楚江南列碁局　　黃河碧海環重重
邦國賴之萬世固　　奉頭四岳無慚容
使君努力且前行大觀　須到山迥迥水溶溶

옥천군수 차운시

君不見方丈山上山上峰　　一上此峰使人萬里眼八荒胸
天不覺高只覺大覆之有餘　山重重海重重
余乃一身渺然而高視兮　　孰非吾人腔子裡所包容
今日與君轟飮日月臺　　世人但見此峰之上雲溶溶

❈ 저자 목록 ❈

姓　名	生沒年	字	號	本貫	居住	師承(家系)	文　集
姜景敍	1443-1510	子文	草堂	晋陽	京城	文大司諫	草堂詩集
姜起八	1858-1920	文一	稽黎	晋陽	正谷	四未軒后山俛宇門人	湖上趾美錄
姜大遂	1591-1658	學顏	寒沙	晋陽	陜川	寒旅門人栗谷林北	寒沙集
姜大延	1606-1655	學平	鏡湖	晋陽	山淸	寒沙弟思湖門人	湖上趾美錄
姜大適	1594-1678	學仲	鷗洲	晋陽	陜川	戀庵子學圃暄妹夫	鷗洲集
姜命基	1674-1744	敬章	亦樂亭	晋陽	山淸	竹峰子與金霽山從遊	湖上趾美錄
姜文秀	1849-1931	周應	溪西	晋陽	山淸	私淑齋后則齋閔璣容門人	溪西遺稿
姜栢年	1603-1681	叔久	雪峯	晋陽			雪峯集
姜柄周	1839-1909	學叟	斗山	晋陽	昆陽	性齋門人晚松后	斗山集
姜聖中	1898-1939	尙見	梨堂	晋陽	晋州	井村面花開里　晦峰門人	梨堂遺稿
姜璲桓	1876-1929	源會	雪嶽	晋陽	晉州	居雪梅里晚求俛宇門人	雪嶽集
姜龍夏	1840-1908	德一	武山	晋陽	咸陽	鼓山門人居嚴川蓮花洞	武山遺集
姜用欽	1822-1889	應晦	海巢	晋陽			海巢遺稿
姜貞秀	1900-1984	子元	隻菴	晋陽	晋陽	艮巖朴泰亨晦峯河謙鎭門人	隻菴遺稿
姜學濬	1760-1821	聖翼	寒溪	晋陽	沙月	壬子文科　南溪門人	寒溪集
姜　顯	1485-1553	顯之	新安	晋陽	新安	1513司馬　1517文科	新安遺集
姜徽鼎	1634-1674	商卿	竹峰	晋陽	山淸	鏡湖子寒沙謙齋門人竹峰稿	湖上趾美錄
姜希孟	1424-1483	景醇	私淑齋	晋陽			私淑齋集
高敬命	1533-1592	而順	霽峰	長興			霽峰集
高用厚	1577- ?	善行	晴沙	長興			晴沙集
郭再謙	1547-1615	益輔	槐軒	玄風	大丘	享柳湖書院	槐軒集
郭鍾錫	1846-1919	鳴遠	俛宇	玄風	沙月	晚醒寒洲門人	俛宇集

姓 名	生 沒 年	字	號	本貫	居住	師承(家系)	文 集
郭鍾千	1895-1970	乃成	靜軒	玄風	鐵城	毅齋李鍾弘俛宇郭鍾錫門人	靜軒集
郭泰鍾	1872-1938	仰汝	毅齋	淸州	丹城	厚山門人	毅齋遺稿
具鳳齡	1526-1586	景瑞	柏潭	綾城	安東	退溪李滉門人	柏潭集
權奎集	1850-1916	學揆	兼山	安東	丹城	文任后性齋門人	兼山集
權克亮	1584-1631	士任	東山	安東	丹溪	東溪從子寒旅門人	東山集
權基德	1856-1898	子厚	三山	安東	丹城	霜嵒后蘆沙老栢軒門人	三山遺稿
權 佶	1712-1774	正甫	敬慕齋	安東	丹城	權逵后	敬慕齋集
權 濤	1575-1644	靜甫	東溪	安東	丹溪	寒岡旅軒門人享浣溪院	東溪集
權斗經	1654-1725	天章	蒼雪齋	安東	奉化	葛菴李玄逸門人	蒼雪齋集
權斗寅	1643-1719	春卿	荷塘	安東		梅軒洪浚亨葛菴李玄逸門人	荷塘集
權斗熙	1859-1923	道敏	石樵	安東	江樓	心石齋宋秉珣勉菴崔益鉉門人	石樵遺集
權 萬	1688-1749	一甫	江左	安東		訥隱李光庭門人	江左集
權秉軾	1867-1928	孟車	玉潤	安東	南隱	老栢軒鄭載圭門人	玉潤集
權命熙	1865-1923	公立	三畏齋	安東		心石齋宋秉珣淵齋宋秉璿門人	三畏齋集
權文海	1534-1591	灝元	草澗	醴泉		退溪李滉門人	草澗集
權鳳鉉	1872-1936	應詔	吾岡	安東	丹城	載斗子勉庵門人	吾岡集
權鵬容	1900-1970	文善	近菴	安東	丹城		近菴遺稿
權相政	? - ?	衡五	學山	安東	立石	后山許愈俛宇郭鍾錫門人	學山集
權肅鳳	1886-1962	聖詔	小溪	安東	丹溪	濤后晦峰松山門人	小溪集
權寧鎬	? - ?	雙石		安東			雙石遺稿
權五福	1467-1498	嚮之	睡軒	醴泉		佔畢齋金宗直門人	睡軒集
權 煒	1708-1786	象仲	霜溪	安東	丹城	亮5代孫	霜溪集
權載皐	1867-1905	汝贋	悠然軒	安東	鎭海	竹谷四未軒俛宇門人	悠然軒集
權在奎	1835-1893	南擧	直菴	安東	九印	性齋門人	直菴集
權載奎	1870-1952	君五	松山	安東	丹城	霜巖后溪南勉菴老栢門人	而堂集
權載璣	1887-1930	子璿	堅菴	安東	三嘉	三畏齋權命熙艮齋田愚門人	堅菴集
權載采	1872-1917	子德	習齋	安東	丹城	溪南崔琡民老栢軒鄭載圭門人	習齋遺稿
權載瑚	1890-1922	賜仰	竹谷	安東	三嘉	三畏齋權命熙心石齋宋秉珣門人	竹谷遺稿

姓　名	生沒年	字	號	本貫	居住	師承(家系)	文　集
權載丸	1888-1951	子庸	一軒	安東		三畏齋權命熙艮齋田愚門人	一軒集
權正容	1874-1899	文中	春坡	安東	丹城		春坡藁
權昌鉉	1900-1976	晦卿	心齋	安東	松山子		心齋集
權泰珽	1879-1929	應善	惺齋	安東	立石	相續子	惺齋遺稿
權平鉉	1897-1969	孔述	華隱	安東	宜寧	澹山門人竹村5代孫	華隱集
權憲璣	1835-1893	汝舜	石帆	安東	立石	與端磎晩醒從遊	石帆遺稿
權憲貞	1818-1876	學老	遯窩	安東	九印	竹下權顯明子	遯窩遺稿
權顯明	1778-1849	見之	竹下	安東	丹城	源塘權文任后	竹下遺稿
奇大升	1527-1572	明彦	高峯			退溪李滉門人	
金季潤	1875-1951	士範	明溪	義城	巨濟		明溪遺稿
金教俊	1883-1944	敬魯	敬菴	慶州		淵齋宋秉璿艮齋田愚門人	敬菴集
金奎泰	1902-1966		顧堂	瑞興	求禮	栗溪鄭琦門人	顧堂集
金克成	1338-1384	敬之	惕若齋	安東			惕若齋集
金克永	1863-1941	舜孚	梅西	義城	勝山	東岡后重齋父	信古堂遺輯
金基堯	1854-1933	君弼	小塘	商山	丹溪	景訒后居法勿小塘端磎門人	小塘集
金璣柱	1907-1977	自衡	敬齋	蔚山	花亭	白巖後修堂門人	敬齋遺稿
金樂行	1708-1766	艮夫	九思堂	義城	安東	密菴李栽門人	九思堂集
金大鳴	1536-1603	聲遠	白巖	蔚山	白也	南冥門人享大覺書院	白巖逸稿
金得臣	1604-1684	子公	栢谷	安東			栢谷集
金冕運	1775-1839	天贊	梧淵	義城	鴨峴	重齋從高祖	梧淵集
金奉祖	1572-1630	孝伯	鶴湖	安東		西厓旅軒門人	鶴湖集
金成烈	1846-1919	源仲	兼山	慶州			兼山集
金誠一	1538-1593	士純	鶴峯	義城	安東	退溪李滉門人	鶴峯集
金聖鐸	1684-1747	振伯	霽山	義城	川前	瓢隱是楲孫葛庵門人	霽山集
金世弼	1473-1533	公碩	十淸軒	慶州			十淸軒集
金壽五	1721-1795	君一	南厓	義城	山淸	大山李象靖門人	南厓遺集
金時習	1435-1493	悅卿	梅月堂	江陵	漢陽		梅月堂集
金安國	1478-1543	國卿	慕齋	義城	京城	寒暄堂門人	慕齋集

姓　名	生沒年	字	號	本貫	居住	師承(家系)	文　集
金永奎	1885-1966	敬五	存谷	商山	丹城	景謹后	存谷遺稿
金榮祖	1576- ?	孝達	忘窩	豊山	安東		忘窩集
金永祚	1842-1917	五兼	竹潭	龍宮	山淸	居長溪里從遊勉庵淵齋	竹潭集
金容浩	1900-1980	正宣	樵隱	烏川	山淸		樵隱手藁
金宇顒	1540-1603	肅夫	東岡	義城	星州	德溪南冥退溪門人	東岡集
金麟洛	1845-1915	錫義	前川	義城	勝山		前川集
金麟燮	1827-1903	聖符	端磎	商山	法坪	景訥8代孫定齋性齋門人	端磎集
金麟厚	1510-1560	厚之	河西	蔚山	長城	慕齋金安國門人	河西集
金馹孫	1464-1498	季雲	濯纓	金海		佔畢齋金宗直門人	濯纓集
金正國	1485-1541	國弼	思齋	義城		寒暄堂金宏弼門人	思齋集
全鍾性	1887-1967	敬進	艮菴	完山	道村	農山張丙辰門人	艮菴遺稿
金宗直	1431-1492	季昷	佔畢齋	善山	善山		佔畢齋集
金鎭祜	1845-1908	致受	勿川	商山	法勿	晩醒性齋寒洲門人	勿川集
金昌翕	1653-1722	子益	三淵	安東		李端相門人	三淵集
金春慶	1589-1661	善餘	隱淸齋	金海	山陰		隱淸齋實記
金泰鳴	1661-1721	達夫	香溪	義城	魯坡	磻谷孫	香溪集
金澤述	1884-1954	鍾賢	後滄	扶安		田愚門人	後滄集
金澤榮	1850-1927	于霖	滄江	花開	開城		江稿
金顯玉	1844-1910	豊五	山石	金海	山淸	鵝村蘆沙門人	山石集
金弘郁	1602-1654	文叔	鶴洲	慶州	漢陽		鶴洲集
金會錫	1856-1933	奉彦	愚川	善山	安義	淵齋宋秉璿門人	愚川集
羅燦基	1872-1953	文極	竹窩	壽城	星州	淵齋宋秉璿心石齋宋秉珣門人	竹窩集
南公轍	1760-1840	元平	思穎	宜寧	漢陽		瀛隱文集
南伯熙	1886-1969	善維	石圃	宜寧	靈山	玉宗茶亭晦峰門人	石圃集
南龍翼	1628-1692	雲卿	壺谷	宜寧			壺谷集
南廷瑀	1869-1947	士珩	立巖	宜寧	板谷	老柏軒鄭載圭農山張升澤門人	立巖集
南孝溫	1454-1494	伯恭	秋江	宜寧		金宗直門人	秋江集
盧士豫	1538-1594	立夫	弘窩	豊川	介坪	敬菴子學義豊川世稿	弘窩實紀

姓 名	生沒年	字	號	本貫	居住	師承(家系)	文 集
盧相稷	1855-1931	致八	小訥	光州	昌寧	性齋許傳門人	小訥集
盧守愼	1515-1590	寡悔	蘇齋	光州	尙州	灘叟退溪門人	蘇齋集
盧秀五	1838-1908	允行	芳旅	光州	居昌	從四未軒遊	芳旅集
盧 積	1518-1578	子應	玉溪	豊川	咸陽	信古堂子唐谷門人豊川世稿	玉溪集
睦大欽	1575-1638	湯卿	茶山	泗川	京城		茶山集
文景奎	? - ?	晩窩	江城	稷田		練江齋六大孫	晩窩遺稿
文敬忠	1494-1555	兼夫	四美亭	南平	三嘉	與南冥從遊 武科	四美亭遺集
文 勵	1553-1605	子善	雪溪	南平	陜川	玉洞第2子擧義 泉谷	雪溪集
文相日	1919-1993	德加	竹軒	南平	星州	一軒李圭衡門人	竹軒遺稿
文尙海	1765-1835	聖庸	滄海	南平			滄海集
文宣鎬	1865-1903	性天	畏菴	南平	陜川	后山許愈門人	畏菴集
文在琳	1789-1848	而瑞	竹坡	江城	稷田		竹坡遺稿
文正儒	1761-1839	景明	東泉	南平	陜川	益亨后大山門人	東泉集
文存浩	1884-1957	養五	吾岡	南平	大幷	謙山子俛宇門人	吾岡集
文鎭龜	1858-1931	禹瑞	訥菴	南平	陜川	敬忠后居嶧坪里后山門人	訥菴集
文晉鎬	1860-1901	國之	石田	江城	稷田		石田遺稿
文泰郁	1867-1944	周尙	豊山	南平	丹城	益漸后淵齋門人	豊山遺稿
文弘運	1577-1640	汝幹	梅村	南平	嘉坊	從謙齋遊玉洞孫劫子	嘉湖世稿
文 後	1574-1644	行先	練江齋	江城	丹城	覺齋寒岡茅溪門人	練江齋集
閔百祺		仲謹	德林	驪興	山淸	宜洙子	德林遺事
閔宜洙		士尙	東湖	驪興	山淸	農隱安富后鄭祖毅女壻	東湖遺集
閔在南	1802-1873	謙吾	晦亭	驪興	山淸	盧光履奇正鎭門人	晦亭集
朴 嶠	1634-1700	聖居	安齋	竹山	三嘉	漁隱吳國獻門人	安齋遺集
朴東奕	1829-1889	舜仲	病窩	密城	丹城	進台里萬樹堂寅亮后	病窩遺稿
朴來吾	1713-1785	復初	尼溪	密陽	丹城	圭浩高祖成涉稱嶺南三高士	尼溪遺稿
朴 敏	1566-1630	行遠	凌虛	泰安	奈洞	寒岡門人享鼎岡院	凌虛集
朴 祥	1474-1530	昌世	訥齋	忠州			訥齋集
朴 淳	1523-1589	和叔	思菴	忠州	京城	花潭門人	思菴集

姓 名	生沒年	字	號	本貫	居住	師承(家系)	文 集
朴承任	1517-1586	重甫	嘯皐	潘南	榮州	退溪門人1540文官大司諫	嘯皐集
朴汝樑	1554-1611	公幹	感樹齋	三陟	咸陽	來庵鄭仁弘門人	感樹齋集
朴遠鍾	1887-1944	聲振	直庵	密城	沙月	沙村俛宇門人	直庵遺集
朴 絪	1583-1640	伯和	无悶堂	高靈	冶爐	享龍淵院來庵門人愚居村	无悶堂集
朴長遠	1612-1671	仲久	久堂	高靈			久堂集
朴在植	1862-1938	禹欽	紫南	密城	清道		紫南集
朴齊家	1750-1805	次修	楚亭	密陽			貞蕤閣集
朴枝華	1513-1592	君實	守庵	旌善		花潭徐敬德門人	守庵遺稿
朴致馥	1824-1894	薰卿	晚醒	密陽	三嘉	定齋性齋門人	晚醒集
朴泰茂	1677-1756	春卿	西溪	泰安	奈洞	密庵門人凌虛曾孫	西溪集
朴泰亨	1864-1925	文幸	艮嵒	咸陽	晉州	淵齋門人	艮巖集
朴亨東	1875-1920	輔卿	西岡	順天	晉州	俛宇郭鍾錫門人	西岡集
朴垕大	1735-1756	德初	安敬窩	咸陽	三嘉		安敬窩遺稿
朴熙珵	1864-1918	玉汝	貞山	密城	丹城	老柏軒門人	貞山集
朴狐衢	1587-1658	子龍	畸翁	順天	星州	寒岡鄭述門人	畸翁集
裵聖鎬	1851-1929	景魯	錦石	盆城	山淸	訥菴璹子性齋門人	錦石集
裵世謙	1540-1632	公益	心遠齋	盆城	山淸	愼[illegible]忱子	心遠齋遺集
裵龍吉	1556-1609	明瑞	琴易堂	興海	安東	金誠一柳成龍趙穆南致利門人	琴易堂集
裵義重	1574-1637	汝彦	鏡隱	盆城	山淸	愼忱孫倡義	鏡隱實錄
裵 瓚	1825-1898	禹瑞	錦溪	盆城	山淸		錦溪集
白光勳	1537-1582	彰卿	玉峯	海美		淳梁應鼎盧守愼門人	玉峯集
邊士貞	1529-1596	仲幹	桃灘	長淵	南原	一齋玉溪門人	桃灘集
徐居正	1420-1488	剛中	四佳	達城	서울		四佳集
徐道鎭	1891-1973	達三	耻齋	達城	仁洞	覺齋權參鉉心石齋宋秉珣門人	耻齋遺稿
徐 湑	1558-1631	玄紀	藥峯	達城		栗谷李珥龜峯宋翼弼門人	藥峯集
成師顔	1762-1820	景默	琴溪	昌寧	水谷	川齋后	琴溪集
成石璘	1338-1423	自修	獨谷	昌寧			獨谷集
成 錞	1590-1659	而振	川齋	昌寧	龜洞	浮查子凌虛女壻	川齋集

姓　名	生沒年	字	號	本貫	居住	師承(家系)	文　集
成汝信	1546-1632	公實	浮查	昌寧	金山	享金山臨川書院	浮查集
成一濬	1850-1929	貫兼	桂窩	昌寧	宜寧	性齋許傳門人	桂窩集
成在祺	1912-1979	伯景	定軒	昌寧	琴洞	權秋帆金重齋門人	定軒遺集
成采奎	1812-1891	天擧	晦山	昌寧	德山	浮查后晦峰撰狀	晦山集
成煥龜	1896-1946	瑞一	後琴	昌寧	晉州	農溪金基老門人後琴藁	
成煥赫	1908-1966		于亭	昌寧	水谷	晦峰門人	于亭集
孫命來	1664-1722	顯承	昌舍	密陽	山淸	1710文科以善對策名	昌舍集
孫舜孝	1427-1497	敬甫	勿齋	平海			食療撰要
宋明欽	1705-1768	晦可	櫟泉	恩津		陶菴李縡門人	櫟泉集
宋秉璿	1836-1905	華玉	淵齋	恩津		宋達洙李世淵門人	淵齋集
宋秉珣	1839-1912	東玉	心石齋	恩津		宋達洙李世淵門人	心石齋集
宋　晌	1610-1694	明遠	麴巖	礪山	三嘉	滄洲河憕舍川鄭謇門人	麴巖集
宋　純	1493-1583	士一	企村	新平	潭陽	善山府使	企村集
宋時烈	1607-1689	英甫	尤菴	恩津	懷德	沙溪金長生愼獨齋金集門人	尤菴集
宋挺濂	1612-1684	繼孟	存養齋	恩津	大幷	翊子桐溪林谷門人	存養齋集
宋準夏	? - ?	魯菴	冶城				魯菴集
宋之栻	1636-1718	敬修	松風齋	恩津	大幷	挺濂子與葛庵從遊	松風齋集
申光漢	1484-1555	漢之	企齋	高靈			企齋集
申命耇	1666-1742	國叟	南溪	平山	若木		南溪集
愼炳朝	1846-1924	國幹	士笑	居昌	正谷		士笑遺藁
愼守彝	1688-1768	君叙	黃皐	居昌	安義	李陶菴門人	黃皐集
申應時	1532-1585		白麓	平山	靈光		白麓集
申益愰	1672-1722	明仲	克齋	平山	仁洞	葛菴李玄逸門人	克齋集
沈光世	1577-1624	德顯	休翁	靑松			休翁集
沈相福	1876-1951	景晦	恥堂	靑松	丹城	鄭載圭宋秉珣宋秉璿門人	恥堂集
沈自光	1592-1636	仲玉	松湖	靑松		丙子殉節南漢享伊溪祠	松湖實紀
沈　錥	1685-1753	彦和	樗村	靑松		霞谷鄭齊斗門人	樗村遺稿
安益濟	1850-1909	義謙	西岡	耽津	宜寧	宜庵玄孫	西岡遺稿

姓　名	生沒年	字	號	本貫	居住	師承(家系)	文　集
安鍾和	1885-1937	禮叔	約齋	廣州	咸安	俛宇門人	約齋集
安喆基	1889-1952	吉又	梧山	延安			梧山遺稿
安致權	1745-1813	允若	乃翁	順興	咸安	黃後幹門人	乃翁遺稿
梁慶遇	1568-1638	子漸	霽湖	南原	南原	大樸子	霽湖集
梁大樸	1544-1592	士眞	靑溪	南原		擧義慶遇父	靑溪集
楊士彦	1517-1584	應聘	蓬萊	淸州			蓬萊集
梁誠之	1415-1482	純夫	訥齋	南原			訥齋集
梁應鼎	1519- ?	公爕	松川	濟州	綾城	彭孫之子	松川集
梁會甲	1884-1961	元淑	正齋	濟州	和順	奇宇萬門人	正齋集
魚得江	1470-1550	子游	灌圃	咸從	晋州		灌圃詩集
吳　健	1521-1574	子强	德溪	咸陽	山陰	南冥門人文科典翰	德溪集
吳光運	1689-1745	永伯	藥山	同福			藥山漫稿
吳道一	1645-1703	貫之	西坡	海州			西坡集
吳斗寅	1624-1689	元徵	陽谷	海州			陽谷集
吳　長	1565-1617	翼承	思湖	咸陽	山淸	德溪子擧義配李虎變女	思湖集
吳正杓	1897-1946	和宣	梅峯	寶城	寶城	鄭琦門人	梅峯遺稿
吳　翻	1592-1634	肅羽	天坡	海州			天坡集
禹　績	1509-1582	功叔	愚泉堂	丹陽	咸陽	南冥門人	愚泉堂遺集
柳德龍	1563-1644	時見	鷦鷯堂	文化	三嘉	南冥覺齋門人享北巖院	鷦鷯堂實紀
柳夢寅	1559-1623	應文	於于堂	高興	漢陽	宋承禧金玄成成渾申濩門人	於于集
柳汶龍	1753-1821	文見	槐泉	晋州	丹城	與李南皐從遊	槐泉集
柳方善	1388-1443	子繼	泰齋	瑞山		春亭卞季良陽村權近門人	泰齋集
柳相大	1864-1935		敦齋	晋州	陜川	鄭載圭柳鍾源宋秉璿崔益鉉門人	敦齋集
柳正鐸	? - ?	直哉	木軒	晉州	丹城	柳增瑞門人	木軒集
柳海曄	1910-1996	晦夫	華隱	晋陽	晋陽	勿川金鎭祜門人	華隱集
兪好仁	1445-1494	克己	㵢溪	高靈		佔畢齋金宗直門人	㵢溪集
尹根壽	1537-1616	子固	月汀	海平		斗壽弟退溪 李滉門人	月汀集
尹斗壽	1533-1601	子昂	梧陰	海平		履素齋李仲虎・退溪 李滉門人	梧陰集

姓　名	生沒年	字	號	本貫	居住	師承(家系)	文　集
尹鳳儀	1839-1919	舜九	荷塘	坡平	居昌	與膠宇尹冑夏從遊	荷塘集
尹宣擧	1610-1669	吉甫	魯西	坡平		愼獨齋金集門人	魯西集
尹冑夏	1846-1906	忠汝	膠宇	坡平	居昌	性齋寒洲四未軒門人	膠宇集
李家淳	1768-1844	學源	霞溪	眞城	禮安	后山李宗洙門人	霞溪集
李甲龍	1734-1799	于鱗	南溪	星州	沙月	河台窩門人及第者九人	南溪集
李景奭	1595-1671	尙輔	白軒	全州		沙溪金長生門人	白軒集
李擎柱	1480-1577	石礎	孝廉齋	月城	鐵水	延豐縣監	孝廉齋集
李觀厚	1869-1949	重立	偶齋	碧珍	宜寧	四未軒張福樞晩求李種杞門人	偶齋集
李光友	1529-1619	和甫	竹閣	陜川	丹城	淸香堂從子	竹閣集
李敎冕	1882-1937	周汝	內山	全義	山淸	內古里權明湖老栢軒門人	內山遺稿
李敎宇	1881-1950	致先	果齋	全義	丹城	老栢軒門人	果齋集
李圭南	1870-1944	舜擧	南湖	慶州	山淸	端溪后山勿川俛宇門人	南湖集
李奎報	1168-1241	春慶	白雲	黃驪			東國李相國集
李圭直	1863-1911	方彦	玉下	江陽	昆明	端磎后山門人	玉下集
李　達	1539-1612	益之	蓀谷	新平		鄭士龍朴淳門人	蓀谷集
李道汝	1865-1908	舜功	月湖	星州	丹城	昌10世孫老栢軒門人	月湖集
李道復	1862-1938	陽來	厚山	星州	丹城	淵齋門人	厚山集
李道源	1898-1979	孔承	則齋	星州	丹城	昌后居月城村	則齋遺稿
李東汲	1738-1811	進汝	晩覺齋	廣州	漆谷	恕軒李世行受學	晩覺齋集
李東沆	1736-1804	聖哉	遲庵	廣州		崔興遠門人,許穆私淑	遲庵集
李　陸	1438-1498	放翁	靑坡	固城		居서울靑坡洞	靑坡集
李滿敷	1664-1732	仲舒	息山	延安	尙州	淸南系列	息山集
李萬運	1736-1820	元春	默軒	廣州	漆谷	歸巖五代孫霽山外孫	默軒集
李敏求	1589-1670	子時	東州	全州			東州集
李秉焄	1885-1957	泰根	谷隱	載寧	咸安	景成后棲山門人	谷隱遺稿
李鳳興	1735-1810	興叔	武山齋	星州	丹城	居加坪夢賚子渼湖門人	武山齋遺稿
李師範	1849-1918	舜瞻	新川	星州	丹城	賀生后寒洲后山門人	新川集
李　森	1677-1735	茂叔	白日軒	咸平	尼山	尹拯門人	白日軒集

姓　名	生沒年	字	號	本貫	居住	師承(家系)	文　集
李祥奎	1846-1922	明賚	惠山	咸安	丹城	梅軒仁亨後海閭性齋門人	惠山集
李相楫	1691-1758	夢良	聾隱	載寧	密陽	居華山下	聾隱集
李　穡	1328-1396	穎叔	牧隱	韓山		益齋李齊賢門人	牧隱稿
李昭漢	1598-1645	道章	玄洲	延安	漢陽	李廷龜子,李明漢弟	玄洲集
李睟光	1563-1628	潤卿	芝峯	全州			芝峯集
李壽安	1859-1929	可允	梅堂	載寧	麻津	屈川祖晶山父	梅堂集
李純仁	1533-1592	伯生	孤潭	全義	京城	履素齋退溪門人	孤潭逸稿
李崇仁	1347-1692	子安	陶隱	星州			陶隱集
李承現	1883-1956	乃郁	栗軒	全州	河東	橫川	栗軒遺稿
李時發	1569-1629	養久	碧梧	慶州		西溪李德潤門人	碧梧遺稿
李　湜	1458-1488	浪翁	四雨亭	全州			四雨亭集
李安訥	1571-1637	子敏	東岳	德水	漢陽	李荇曾孫,李植從叔	東岳集
李陽元	1526-1592	伯春	鷺渚	全州		退溪門人	
李如琢	1693-1736	治玉	嚴灘	星州	丹城	梧崗惟訥玄孫　嚴灘遺稿	橋梓輯錄
李堯默	1809-1852	克中	篁巖	載寧	東山	李月浦金梧淵門人	篁巖集
李瑢秀	1875-1943	性汝	性菴	全州	嘉佐	東山禮吟里趙一山門人	性菴集
李禹善	1840-1898	文國	艾廬	全州	河東	橫川	艾廬遺稿
李佑贇	1792-1855	禹爾	月浦	星州	藍坪	梅月賀生后南皐門人	月浦集
李宜顯	1669-1645	德哉	陶谷	龍仁	京城	農巖門人右議政大提學	陶谷集
李　珥	1536-1584	叔獻	栗谷	德水		成渾從遊	栗谷全書
李　栽	1657-1730	幼材	密庵	載寧		葛庵李玄逸子	密庵集
李　楨	1512-1571	剛而	龜巖	泗川		宋麟壽門人李滉從遊	龜巖集
李廷龜	1564-1635	聖徵	月沙	延安		尹根壽門人	月沙集
李正模	1846-1875	聖養	紫東	鐵城	于石	栢菴旨后晚醒寒洲門人	紫東集
李廷奭	1611-1671	公輔	菊軒	江陽	丹城	竹閣光友孫　謙齋門人	菊軒實記
李定洙	1877-1957	安甫	浩齋	星州	丹城	惟訥后老栢軒門人	浩齋集
李濟臣	1510-1582	彦遇	陶丘	固城	宜寧	安宙南冥門人	陶丘實紀
李鍾浩	1884-1948	孟奎	拓齋	載寧	晋州	淸源里　趙一山門人	拓齋集

姓 名	生沒年	字	號	本貫	居住	師承(家系)	文 集
李 埈	1560-1635	叔平	蒼石齋	興陽		柳成龍門人	蒼雪齋集
李準九	1851-1924	平則	信菴	驪州	咸安	勉菴崔益鉉門人	信菴集
李俊民	1524-1591	子修	新庵	全義	琴山	公亮子 甥姪	
李重茂	1568-1629	晦敷	柟溪	碧珍	陜川	寒岡門人龍潭甥姪	柟溪集
李震相	1818-1886	汝雷	寒洲	星山	星州	凝窩定齋門人	寒洲集
李志容	1753-1831	子玉	南皐	星州	丹城	賀生玄孫 從姪南溪門人	南皐集
李忠翊	1744-1816	虞臣	椒園	全州		信齋李令翊門人	椒園遺藁
李 迪	1483-1536	仲豫	月淵	驪州		金安國門人	月淵集
李宅煥	1854-1924	亨洛	晦山	星州	花亭	溪南從遊山淸新安里後川	晦山集
李夏坤	1677-1724	載大	澹軒	慶州	鎭川		頭陀草
李恒福	1556-1618	子常	白沙	慶州		李德馨從遊	白沙集
李 荇	1478-1534	擇之	容齋	德水			容齋集
李鉉德	1887-1964	敬叔	晶山	載寧	麻津	俛宇門人 壽安子	晶山集
李鉉燮	1879-1960	泰仲	仞齋	載寧	昌原	小訥門人	仞齋集
李鉉郁	1879-1948	輔卿	東菴	載寧	晋州	東山里 俛宇晦堂門人	東菴集
李玄逸	1627-1704	翼升	葛庵	載寧	英陽	時明子張敬堂外孫	葛庵集
李鎬根	1859-1902	晦周	某堂	星州	南沙	性齋門人	某堂集
李 滉	1501-1570	景浩	退溪	眞寶	禮安	松齋李堣門人	退溪集
林象德	1683-1719	潤甫	老村	羅州		尹拯門人	老村集
林億齡	1496-1568	大樹	石川	善山	海南	朴祥門人 潭陽府使	石川詩集
林 芸	1517-1572	彦成	瞻慕堂	恩津	安陰	葛川弟 退溪南冥門人	瞻慕堂集
林眞怤	1586-1657	樂翁	林谷	恩津	三嘉	芸孫立齋蘆坡門人樂甫	林谷集
林 薰	1500-1584	仲成	葛川	恩津	安陰		葛川集
張錫藎	1841-1923	舜鳴	果齋	仁同	漆谷	四未軒門人	果齋集
張 維	1587-1638	持國	谿谷	德水		金長生門人	谿谷集
田璣鎭	1889- ?	舜衡	飛泉	潭陽	宜寧	艮齋門人	飛泉集
鄭匡學	1791-1866	時可	西湖	海州	佳谷	病窩子三洲申顯仁女壻	西湖遺稿
鄭珪錫	1876-1954	聖七	誠齋	海州	山淸	龍岡文益后從艾山松山遊	誠齋集

姓 名	生沒年	字	號	本貫	居住	師承(家系)	文 集
鄭奎元	1818-1877	國喬	芝窩	海州	基谷	洪梅山門人 竹醒集行狀	芝窩集
鄭 琦	1879-1950		栗溪	瑞山	陜川	老栢軒鄭載圭門人	栗溪集
鄭基軾	1884-1958	尙德	晴川	晋陽	河東	桶井里 晦峰門人	晴川遺稿
鄭達錫	1845-1886	伯春	湖隱	海州	晋州	雙洲子	湖隱詩稿
鄭德永	1885-1956	直夫	韋堂	延日	德山	石南村溪齋子 晦峰門人	韋堂遺藁
鄭道傳	1342-1398	宗之	三峰	奉花		李穡門人	三峰集
鄭道鉉	1895-1977	敬夫	厲菴	河東	咸陽	薇川 艮齋門人	厲菴集
鄭敦均	1855-1941	國章	海史	晋州	安溪	月村后山俛宇門人	海史遺稿
鄭夢周	1337-1392	達可	圃隱	迎日			圃隱集
鄭文孚	1565-1624	子虛	農圃	海州	京師	謚忠毅 擧義	農圃集
鄭鳳基	1861-1915	應善	守齋	迎日	淸水	學圃后淵齋勉菴門人 晦溪	守齋集
鄭相說	1665-1747	夢弼	萍軒	海州	晋州	農圃後改尙說	萍軒遺稿
鄭相點	1693-1767	仲與	不憂軒	海州	龍宮	農圃後	不憂軒集
鄭相虎	1680-1752	善甫	東野	海州	佳谷	四無齋子	東野集
鄭盛根	1895-1963	而秀	稼軒	海州	晋州	柳溪子	稼軒遺稿
鄭 杙	1683-1746	敬甫	明庵	海州	玉峰	三從兄露頂軒門人	明庵集
丁若鏞	1762-1836	美鏞	茶山	羅州	廣州		與猶堂全書
鄭汝昌	1450-1504	伯勖	一蠹	河東	咸陽	佔畢齋門人	文獻公實紀
鄭汝諧	1450-1530	仲和	遜齋	河東	綾州	1480進士 畢齋門人	遜齋集
鄭 蘊	1569-1641	輝遠	桐溪	草溪	安義	嶧陽子石谷門人享龍門院	桐溪集
鄭闇敎	1850-1933	致學	竹醒齋	海州	北坪	山城村 勉庵門人	竹醒集
鄭 樟	1651-1708	匡卿	一樹軒	海州	丹城	鄭有祐子	一樹軒集
鄭載圭	1843-1911	厚允	老栢軒	草溪	勿溪	奇蘆沙門人	老栢軒集
鄭載星	1863-1941	聚五	苟齋	晋陽	茶田	俛宇門人	苟齋集
鄭濟國	1867-1945	國明	柳溪	海州	晋州	湖隱子	柳溪遺稿
鄭濟鎔	1865-1907	亨櫓	溪齋	延日	晋州	學圃後孫 俛宇門人	溪齋集
鄭宗魯	1738-1816	士仰	立齋	晋州	尙州	愚伏6代孫 大山門人	立齋集
鄭 楫	1645-1728	季通	四無齋	海州	佳谷	鳳岡子 農圃曾孫	四無齋集

姓　名	生沒年	字	號	本貫	居住	師承(家系)	文　集
鄭　澈	1536-1593	季涵	松江	延日			松江集
鄭　樞	1333-1382	公權	圓齋	淸州			圓齋集
鄭太和	1602-1673	囿春	陽坡	東萊		鄭光弼5代孫	陽坡遺稿
鄭宅中	1851-1927	應辰	菊圃	晋陽	昆明	坪村　與李晦山交	菊圃遺稿
鄭必達	1611-1693	可行	八松	晋州	居昌	凌虛桐溪門人	八松集
鄭憲喆	1889-1969	顔卿	石齋	草溪	柏谷	晦峰(龜岡)門人	石齋遺稿
鄭衡圭	1880-1957	平彦	蒼樹	草溪	雙栢	淵齋心石齋艮齋門人	蒼樹集
鄭弘溟	1592-1650	子容	畸庵	延日		宋翼弼金長生門人	畸庵集
鄭弘緖	1571-1648	克承	松灘	河東	介坪	一蠹玄孫　寒岡門人	松灘集
丁　熿	1512-1560	季晦	游軒	昌原	南原	靜菴門人1536文科	游軒集
趙　絅	1586-1669	日章	龍洲	漢陽	居昌	月汀門人　終老抱川	龍洲集
曹兢燮	1873-1933	仲謹	深齋	昌寧	昌寧	俛宇西山門人	深齋集
曹昺奎	1849-　？	應章	一山	咸安	咸安	性齋門人	一山集
曹秉熹	1880-1925	晦仲	晦窩	昌寧	元堂	南冥11世孫俛宇晦峰門人	晦窩集
曹鳳愚	1852-1918	性五	東山	昌寧	陜川	居德峯里　后山淵齋門人	東山集
曹相夏	1887-1925	文卿	石菴	昌寧	臺下	南冥後	石菴遺稿
趙性家	1824-1904	直教	月皐	咸安	檜山	奇蘆沙門人	月皐集
趙性宙	1841-1919	季豪	月山	咸安	玉宗	居月橫　月皐弟　蘆沙門人	月山遺稿
趙秀三	1762-1849	芝園	秋齋	漢陽			秋齋集
曹　植	1501-1572	楗仲	南冥	昌寧	三嘉	金海　德山	南冥集
曹　偉	1454-1503	太虛	梅溪	昌寧	金陵	鳳山鳳溪姉夫佔畢齋門人	梅溪集
趙緯韓	1567-1649	持世	玄谷	漢陽		趙維韓弟趙纘韓兄	玄谷集
趙任道	1585-1664	德勇	澗松	咸安	咸安	旅軒門人　享松汀院	澗松堂集
趙纘韓	1572-1631	善述	玄洲	漢陽		趙緯韓弟	玄洲集
趙泰億	1675-1728	大年	謙齋	楊州		崔錫鼎門人	謙齋集
趙　憲	1544-1592	汝式	重峯	白川		李珥成渾門人	重峰集
趙顯命	1690-1752	稚晦	歸鹿	豊壤			歸鹿集
趙鎬來	1854-1920	泰兢	霞峯	咸安	晋州	大笑軒后　性齋晩醒門人	霞峯集

姓　名	生沒年	字	號	本貫	居住	師承(家系)	文　集
曺禧奎	1830-1877	漢瑞	菖窩	昌寧	德村	寒洲門人	菖窩集
趙希逸	1575-1638	怡叔	竹陰	林川			竹陰集
蔡裕後	1599-1660	伯昌	湖洲	平康			湖洲集
蔡濟恭	1720-1799	伯規	樊巖	平康	京城	德川書院院長領議政	樊巖集
崔慶昌	1539-1583	嘉運	孤竹	海州		朴淳楊應鼎門人	孤竹遺稿
崔兢敏	1883-1970	時仲	愼庵	朔寧	泗川	洙淸里 俛宇門人	愼庵集
崔道燮	1868-1933	勉夫	聽江	全州	靑岡	西山四未軒門人	聽江集
崔東翼	1868-1912	汝敬	晴溪	全州	固城	西山四未軒門人	晴溪集
崔 岦	1539-1612	立之	簡易	通川			簡易集
崔錫鼎	1646-1715	汝時	明谷	全州		南九萬李慶億門人	明谷集
崔錫恒	1654-1724	汝久	損窩	全州		崔錫鼎弟	損窩集
崔琡民	1837-1905	元則	溪南	全州	玉宗	蘆沙門人姓河德望曾孫女	溪南集
崔昌大	1669-1720	孝伯	昆侖	全州		崔錫鼎子	崑侖集
崔 晛	1563-1640	季昇	訒齋	完山	善山		訒齋集
河謙鎭	1870-1946	叔亨	晦峰	晋陽	士谷	俛宇門人	晦峰集
河啓洛	1868-1933	道若	玉峰	晋陽	水谷	禹範曾孫	玉峰遺集
河啓輝	1874-1943	鳳朝	我丹	晋陽	丹牧	菊潭玄孫尹膠宇門人	我丹集
河達弘	1809-1877	潤汝	月村	晋陽	宗化	林月齋6世孫 定齋門人	月村集
河大明	1691-1761	晋叔	寒溪	晋陽	安溪	養正齋德望子	寒溪遺稿
河範運	1792-1858	熙汝	竹塢	晋州	省台	台溪後 江皐柳尋春門人	竹塢集
河鳳壽	1867-1939	采五	栢村	晋陽	栢谷	俛宇門人	栢村集
河 璿	1583-165?	士潤	松臺	晋陽	水谷	鏡輝子	松臺集
河 惺	1571-1640	子敬	竹軒	晋陽	丹牧	晋寶系子 守愚堂門人	竹軒集
河世應	1671-1727	應瑞	知命堂	晋陽	士谷	松亭玄孫與息山爲道義交	知命堂集
河受一	1553-1612	太易	松亭	晋陽	水谷	覺齋門人	松亭集
河 演	1376-1453	淵亮	敬齋	晉陽		鄭夢周門人	敬齋集
河泳奎	1871-1926	景實	士溪	晋陽	士谷	竹軒曾孫 俛宇門人	士溪遺稿
河泳台	1875-1936	汝海	寬寮	晋陽	士谷	石溪後 晦峰俛宇門人	寬寮集

姓　名	生沒年	字	號	本貫	居住	師承(家系)	文　集
河龍濟	1854-1919	殷巨	約軒	晉陽	餘沙	潛后俛宇門人	約軒集
河龍煥	1892-1961	子圖	雲石	晉陽	水谷	三守軒禹範玄孫	雲石遺稿
河　寓	1872-1963	廣叔	潛齋	晉陽	德谷	河東雙溪里生晦峰俛宇門	潛齋遺稿
河禹善	1894-1975	子導	澹軒	晉陽	玉宗	雪牕后 俛宇晦峰門人	澹軒集
河祐植	1875-1943	聖洛	澹山	晉陽	丹牧	滄洲后淵齋勉菴艮齋門	澹山集
河友賢	1768-1799	康仲	豫菴	晉陽	狸谷	石溪后 達中孫	豫菴集
河應魯	1848-1916	學夫	尼谷	晉陽	安溪	性齋門人	尼谷集
河應命	1699-1769	聖休	凝窩	晉陽	丹牧	忍齋子 凝軒遺稿(尼溪集)	
河益範	1767-1813	叙中	士農窩	晉陽	丹牧	鎭兌子性潭宋煥箕門人	士農窩集
河仁壽	1830-1904	千之	梨谷	晉陽	月橫	月村子 奇蘆沙門人	梨谷集
河一浩	1717-1796	履甫	竹窩	晉陽	丹牧	應會子 竹窩遺集	池上世濟錄
河載文	1830-1894	義尤	東寮	晉陽	水谷	一號溪上月村門人	東寮遺稿
河貞根	1889-1973	重浩	默齋	晉陽	丹牧	啓渟子	默齋集
河鍾洛	1895-1969	鳴國	小溪	晉陽		河謙鎭門人	小溪集
河鎭達	1778-1835	英瑞	櫟軒	晉陽	丹牧	滄洲6代孫 河杏亭門人	櫟軒集
河鎭伯	1741-1807	子樞	菊潭	晉陽	丹邱	竹窩子 菊潭遺集	池上世濟錄
河晉賢	1776-1846	師仲	容窩	晉陽	水谷	涵淸軒子南溪門人	容窩集
河必淸	1701-1758	千期	台窩	晉陽	九台	知命堂子與金霽山交	台窩集
河　沆	1538-1590	浩源	覺齋	晉陽	水谷	南冥門人	覺齋集
河憲鎭	1859-1921	孟汝	克齋	晉陽	士谷	台窩後月村后山俛宇門人	克齋遺集
河夾運	1823-1906	漢瑞	未惺	晉陽	士谷		未惺遺稿
河　渾	1548-1620	性源	暮軒	晉陽	冶爐	舉義來菴門人享新川院	暮軒集
河弘道	1593-1666	重遠	謙齋	晉陽	玉宗	松亭門人世稱南冥後一人	謙齋集
河　憕	1563-1624	子平	滄洲	晉陽	丹牧	魏寶子國寶系子1591進士	滄洲集
河　溍	1597-1658	晉伯	台溪	晉陽	南沙	台村公孝子 浮査門人	台溪集
韓箕錫	1684-1741	東賚	柳塢	淸州	丁樹	釣隱曾孫 老論系 平居	柳塢集
韓禹錫	1872-1947	君世	元谷	淸州	元塘	俛宇門人	元谷集
韓　愉	1868-1911	希寯	愚山	淸州	柏谷	趙月皐田艮齋門人	愚山集

姓　名	生沒年	字	號	本貫	居住	師承(家系)	文　集
韓浚謙	1557-1627	益之	柳川	淸州	京城		
許萬策	1890-1962	敬敎	一醒	金海	勝山	權松山門人 李鎬根女壻	一醒遺稿
許　模	1876- ?	學魯	觀川	金海	丹城	后山門人	觀川遺稿
許　穆	1595-1682	熙和	眉叟	陽川	抱川	寒岡門人	記言
許時昌	1634-1690	達元	茶谷	金海			茶谷集
許　愈	1833-1904	退而	后山	金海	吾道	寒洲門人	后山集
許　薰	1836-1907	舜歌	舫山	金海	龜尾	性齋溪堂門人	舫山集
洪箕範	1618-1699	師聖	牛峯	南陽	山淸	无悶堂門人	牛峯實紀
洪命元	1573-1623	樂夫	海峯	南陽			海峯集
洪聖民	1536-1594	時可	拙翁	南陽			拙翁集
洪　葳	1620-1660	君實	淸溪	南陽		趙錫胤門人	淸溪集
黃景源	1709-1787	大卿	江漢	長水		李栽門人	江漢集
黃俊良	1517-1563	仲擧	錦溪	平海	豊基	退溪門人1540文科	錦溪集
黃　玹	1855-1910	雲卿	梅泉	長水		姜瑋李建昌金澤榮從遊	梅泉集

※ 이 자료는 경상대학교 한문학과 이상필 교수의 『남명학파의 형성과 전개』(와우출판사, 2000) 말미
　에 첨부된 「남명학파 관련 인명록」을 우선적으로 참조하였고, 그 외 경상대학교 한적실 文泉閣, 한
　국고전번역원, 국학진흥원 등을 참조하여 작성하였다.

▌편자약력

강정화
경상대학교 한문학과 졸업. 동대학교 문학박사
경상대학교 남명학연구소 학술연구교수
현 경상대학교 경남문화연구원 인문한국(HK) 연구교수

구경아
안동대학교 국학부 한문학전공 졸업
경상대학교 한문학과 박사과정 수료
현 경상대학교 경남문화연구원 인문한국(HK) 연구보조원

지리산 한시선집, 천왕봉

2009년 10월 31일 초판 1쇄 펴냄

편저자 강정화 · 구경아
펴낸이 이은경
펴낸곳 도서출판 이회

등록 2001년 9월 21일 제307-2006-55호
주소 서울특별시 성북구 보문동7가 11번지 1층
전화 922-4884(편집), 922-2246(영업)
팩스 922-6990
메일 ih4884@empal.com
http://www.ihbooks.co.kr

ISBN 978-89-8107-441-8 93810

정가 20,000원
사전 동의 없는 무단 전재 및 복제를 금합니다.
잘못 만들어진 책은 바꾸어 드립니다.